向阳而生

——红色经典背后的故事

李延青　王　律◎著

河北出版传媒集团

花山文艺出版社

河北·石家庄

图书在版编目（CIP）数据

向阳而生：红色经典背后的故事 / 李延青，王律著
. -- 石家庄：花山文艺出版社，2022.3 （2023.7 重印）
ISBN 978-7-5511-5749-0

Ⅰ. ①向… Ⅱ. ①李… ②王… Ⅲ. ①中国文学－现
代文学－文学研究 Ⅳ. ①I206.6

中国版本图书馆CIP数据核字(2022)第004076号

书　　名：**向阳而生**——红色经典背后的故事
Xiang Yang Er Sheng——Hongse Jingdian Beihou De Gushi

著　　者：李延青　王　律

选题策划：张采鑫

书名题签：谢有顺

责任编辑：王玉晓　李倩迪

责任校对：李　伟

封面设计：王爱芹

美术编辑：胡彤亮

出版发行：花山文艺出版社（邮政编码：050061）

（河北省石家庄市友谊北大街330号）

销售热线：0311-88643299/96/17

印　　刷：永清县晔盛亚胶印有限公司

经　　销：新华书店

开　　本：700 毫米×1000 毫米　1/16

印　　张：19.5

字　　数：260千字

版　　次：2022年3月第1版

　　　　　2023年7月第2次印刷

书　　号：ISBN 978-7-5511-5749-0

定　　价：59.00元

序　言

◎ 徐光耀

　　得知李延青和王律合著的《向阳而生——红色经典背后的故事》，即将由花山文艺出版社出版，作为一名从烽火中走来的文艺老战士，我对他们表示衷心祝贺。

　　两位作者想让我写篇序，我今年已经九十七岁，很少再写什么了，不如就着文学作品背后的创作故事这个话题说两句，想到哪儿说到哪儿，也算是与老朋友叙旧了。

　　回顾我的一生，打在心灵上的烙印最深，给我生活、思想、行动的影响也至巨，成了我永难磨灭的"情结"的，便是抗日战争。全面抗战八年，可以说无论什么罪——苦、累、烦、险，急难焦虑，生关死劫，都受过了；熏过一回毒瓦斯，还落在敌人手里一次，但都闯过来了。大背景是全民受难，大家都奋斗，都吃苦，流了那么多血，死了那么多人，个人星点遭际，有什么值得絮叨的呢？

　　然而，永远难忘的是那些浴血奋战的英雄，是那些慷慨捐躯的烈士。他们没有计较过衣食温饱之事，没有追求过功名利禄之私，即使死去了，也没给自己或亲族留下私财私产，最后拥有的仅仅是祖国大地上的一抔黄土！可正是这纯粹，更显出他们那牺牲精神的纯洁神圣、伟大崇高！如果说人性，还有比这种人性更高尚的吗？

我是个幸存者。我幸存下来，而且分享了先烈们创立的荣光，靠的就是他们用破碎的头颅和躯干搭桥铺路！因此，我的绝大多数作品，我的主要小说，都是写他们的。特别是冀中抗日根据地的"五一大扫荡"，那民族灾难的深重，那残酷艰险的极致，超乎人们的想象。所以，我的一部长篇、三部中篇、一部短篇中的大部分，以及我四部已拍摄电影中的三部，都是写这次"扫荡"的。

这就是我的"抗日情结"，用现在的话来说就是"红色情结"，《小兵张嘎》和《平原烈火》都是这个"情结"的直接产物。在《向阳而生——红色经典背后的故事》这本书中，两位作者把我的小说《小兵张嘎》也列入二十部红色文学经典之中。

说起"嘎子"的形象，也算是深入人心，赢得了少年儿童的喜爱。嘎子早已成为中国几代人的记忆。因为我当年也是小八路，很多人以为嘎子的原型是我自己，但我不是嘎子，因为我比较呆板，不活泼。不过，我更喜欢"嘎"一点儿的性格。写嘎子前，我回想了之前遇到过的很多嘎人嘎事，想一条就记一条，记了很长的单子。其实，嘎子没有具体的原型，他是很多人的集合体。我把嘎子放在战争环境中进行调整，嘎子的形象在我脑子里活蹦乱跳，后来就有了《小兵张嘎》这本书。

嘎子的故事虽然已经过去了七八十年，我也已经快一百岁，但我还是经常会想起他们，想起那些刚刚还生龙活虎、转瞬间就血肉横飞的战友，想起陪着我流泪、像母亲般关怀照顾我的房东大娘，想起在鬼子的刺刀前喊我"老二"的机智勇敢的乡亲……怎么会忘记呢？高天厚土，永不能忘！

《向阳而生——红色经典背后的故事》这本书很好，好就好在，它不仅只写那些人们早已耳熟能详的经典作品，还写了那些读者熟悉或者并不熟悉的老作家们，按照过去研究文学史的说法，这就叫作"知人论世"。书中更为可贵的是还挖掘出了众多红色经典作品的生活素材和人物原型，这在古代也算一门专门学问——钩沉"诗本事"。

　　看了此书"目录"所列的那些作家的名字，像丁玲、孙犁，是我的老师，赵树理、周而复等，都是我敬重的文学前辈，其他有几位是我们中央文学讲习所的同学，有的甚至还是我在河北文联相处多年的老同事。

　　但是他们大都已经不在世间了，哲人已逝，故友凋零。我越来越感到有责任告诉后人，我们是在怎样艰苦的条件下，受到党和人民的哺育，才从一名普通战士成长为作家的。

　　我十三岁加入八路军，打了一百多场仗，亲历了抗日战争、解放战争、抗美援朝战争和对越自卫反击战，可以说见证了中华民族一步步从站起来、富起来到强起来的历史性飞跃。丰富的战斗经历既是我写作的底气所在，也是成就我文学创作的源泉。

　　我们这一代在战争中成长起来的作家，当年创作面临的最大难题就是文化水平低。抗战胜利后，我就摸索着写过一些作品，但是反响不大。直到 1947 年，我得到机会前往华北联合大学文学系进行为期八个月的学习。这次学习，除了集中学习了文学基础知识外，更重要的是让我意识到了文学作品中人物的重要性。在亲历了绥远战役、解放张家口、解放平津、太原战役，以及一次又一次的胜利，受到极大鼓舞的同时，我又开始回过头来思考如何用文学方式表现抗战胜利背后的故事。1949年夏，以抗日战争中的亲身经历为素材，经过文学加工，我完成了自己的第一部长篇小说《平原烈火》。

参加过真正战争的作家，作品中往往能写出亲眼看见、亲身经历的战争故事。1939年，我被选送去参加冀中军区举办的锄奸干部培训班。一路上，我和战友们昼伏夜出，在日本侵略者的炮楼间穿插，躲过敌人的巡逻队，钻进稠密的青纱帐。1942年春，日伪军五万余人对我冀中军民发动了空前残酷和野蛮的"五一大扫荡"。我对在敌人眼皮子底下进行军事斗争的环境和斗争方式有切身感受，我所写的东西，不是靠采访、访问得来的，而是我亲身经历的，我对它们太熟悉了。

亲身经历战斗，目睹抗日军民同仇敌忾、浴血奋战的英雄壮举，是写出真正感人的战争题材作品的一个重要条件，也是我的全部人生经验和创作经验最重要的基础和根本。

以上也算是我为《向阳而生——红色经典背后的故事》再增添一点儿文学老战士的创作"本事"吧。

感谢李延青和王律两位同志为研究挖掘红色文学经典背后故事所付出的艰辛劳动，我更要代表书中已经故去的老作家和老战友们，向至今仍然热爱并支持革命题材文学事业的花山文艺出版社，以及广大读者朋友们表达我们的崇高敬意！

2022年岁初于石家庄

目　　录

《白毛女》：说不尽的红色经典传奇

　　《白毛女》是中国革命文艺发展史上的一座里程碑。

　　自 1945 年歌剧《白毛女》在延安首演至今，这一题材先后改编衍生成为故事影片、芭蕾舞剧、京剧及众多地方剧种，可谓家喻户晓。《白毛女》的影响还远播海外，荣获 1951 年斯大林文学奖，深受世界人民的喜爱，是最早一批走出国门、赢得国际声誉的解放区红色文艺经典。

　　剧中主人公喜儿的形象更是具有超越时空的恒久生命力。我们曾采访过在不同艺术形式中主演喜儿的歌剧版主演王昆、电影版主演田华、京剧版主演杜近芳，也采访过创作、改编《白毛女》的作家贺敬之、杨润身、马少波，他们伴随着《白毛女》的诞生而走上艺术的星光大道。一部作品，能够造就如此多样的艺术经典，能够推出如此众多的文艺名家，在古今中外的艺术史上实属罕见。

歌剧《白毛女》的最初创作

　　人们在沉醉于《白毛女》艺术魅力的同时，不禁要问，"白毛女"的故事原型究竟发生在哪里？《白毛女》最初的作者又是谁呢？

创作"白毛女"故事的第一个作者是河北作家李满天。

李满天笔名林漫，曾就读于延安鲁迅艺术学院。1940年，他来到敌后，任晋察冀边区教育科长，兼《晋察冀日报》记者。1942年，他在冀西山区采访时，听到了一则"白毛女人"的故事：一户佃农聪明美丽的女儿被地主看上，地主便借讨债为名将其抢走，侮辱后预谋将她害死。女孩在老妈子的帮助下，连夜逃进深山，躲进山腰一个石洞里，后来生下一个女婴。由于长期见不到阳光，吃不上盐，她的头发和全身都变白了。直到八路军来了，她才被救出山洞，重新过上人的生活。

李满天被这个题材深深打动，多方搜集资料，采访了几十个人，写成了一万多字的短篇小说：《白毛女人》。1944年中秋节，他在任应县县委宣传部部长时，托付前往延安的交通员，将这篇作品亲手交给主持文艺工作的周扬。

这时，西北战地服务团从晋察冀回到延安，团里的邵子南向周扬提及"白毛女人"的故事。恰巧周扬刚看过李满天的小说《白毛女人》，小说给他留下了深刻印象。周扬觉得"三年逃到山沟里，头发都白了，很有浪漫色彩啊，可以写个歌剧嘛"。他支持把《白毛女人》改编成一部新型歌剧，为中共七大献礼。邵子南写的第一版，喜儿的形象"基本按照旧戏曲大青衣设计"，周扬不太满意，觉得"没有走出旧剧的窠臼"。修改过程中，邵子南与创作组发生了激烈争执，最后改由贺敬之与丁毅接手修改。1945年1月到4月间，剧本写作和舞台排练同时展开，创作组一边写唱词，一边作曲，一边排练。

年仅二十岁的编剧贺敬之，自身有过财主逼债、父亲去世、弟弟夭折的痛苦经历。他奋笔疾书，苦战八天完成了剧本。女主角由唐县王昆扮演，黄世仁由宁晋陈强扮演，都是河北人。

李满天是"白毛女"故事的第一个作者，对此周扬念念不忘。他在一次会议上说，歌剧《白毛女》是根据李满天提供的故事情节改写的。1962 年，在大连召开农村题材小说座谈会，周扬把李满天介绍给大家，说他是"白毛女"故事的写作者，很多人不知道这个事情，让大家要记住，不能忘了。20 世纪 70 年代，李满天到北京，住在人民日报社招待所，当时在《人民日报》工作的贺敬之特来看望，对李满天十分尊敬，两位"白毛女"的作者像一家人似的，聊得非常亲切。

《北风吹》作者埋名半个世纪

说起《白毛女》与河北的缘分，不能不提剧中最经典的桥段《北风吹》，它就是以河北民歌《小白菜》为基调写就的。《北风吹》饮誉世界，而曲作者却埋名半个世纪。

多少年来，《北风吹》一直被认为是集体创作的。直到五十多年之后，石家庄举办"张鲁作品音乐会"，人们一看演出节目说明书，方知《北风吹》原来是张鲁作曲。张鲁老师临终前，我们在河北省人民医院的病房里，听他讲述了当年创作《北风吹》的往事。

1944 年冬，在《白毛女》排练的一次试唱后，鲁艺戏剧系主任张庚下令，明天一定要把《北风吹》完成，演员在等待着排戏哩！大家急得要命，张鲁在五位作曲者中是唯一没有单身宿舍的学生。没有创作的环境与条件，无奈只好把本班同学孟于的房门敲开。孟于刚生下孩子才三个月，房间不到八平方米，地上是尿盆、屎盆再加上烤着"屎褥子"的木炭火盆，气味难闻。但张鲁那时哪里顾得上这些，一心钻在《北方吹》的创作上。

正在着急上火、苦思冥想时，张鲁突然想起贺敬之说过的一句话，"喜儿最好用河北民歌《小白菜》作为她的基调"，顿时眼前一亮，高兴地蹦跳起来。听到孟于的孩子哇哇哭叫，他才想起是借着人家的屋子搞创作呢！

张鲁冷静下来想，如果完全用《小白菜》的旧曲填新词，显然不能表达十八岁的喜儿天真活泼、纯朴可爱的性格。喜儿多么盼望爹回来欢欢乐乐过个团圆年呀！从节奏上讲，用五拍子不适合喜儿的心情，如用两拍子又过于轻佻，所以改为三拍较为适当。在旋律上，根据喜儿当时的内心矛盾和思想感情予以发展变化，使感情更深化。改编后的《北风吹》，显然比旧曲更为饱满和吻合喜儿盼爹爹又担心爹爹的内在感情。

原本非常普通的河北民歌音乐，经过张鲁苦心巧妙的编排再创作，产生了震撼人心的力量，受到了国内外人民的欢迎。《北风吹》掀起了一场农民翻身解放的风暴，鼓舞了亿万群众和革命战士推翻旧社会的斗志。张鲁理应载入红色音乐史册。

1945年4月，歌剧《白毛女》如期为党的七大召开献礼。上演期间，反响极为热烈：当黄世仁在白虎堂向喜儿施暴时，首长席后面的几个女同志失声痛哭；当幕后唱起"旧社会把人逼成鬼，新社会把鬼变成人"的主题歌时，全场响起了经久不息的掌声。演出结束后，毛泽东、周恩来、朱德等首长破例上台接见演职员，与他们握手表示祝贺。当走到扮演黄世仁的陈强面前时，沉浸在剧情中的毛泽东竟不肯同他握手，直接走向下一位演员，陈强尴尬地愣在那儿。

第二天一早，中央办公厅便向剧组传达了中央领导同志的三点意见：第一，《白毛女》主题好，是一个好戏，非常合时宜；第二，艺术上是成功的，情节真实，音乐有民族风格；第三，黄世仁罪大恶极，应该枪毙。

最后一条建议来自刘少奇，"黄世仁如此作恶多端还不枪毙了他？这说明作者还不敢发动群众"。送信的同志解释说，抗战胜利后民族矛盾将退为次要矛盾，阶级矛盾必然会上升为主要矛盾。作者不敢发动群众，是会犯右倾机会主义错误的。

部队看《白毛女》，子弹要退膛

歌剧《白毛女》的演出轰动了延安，"翻身人看翻身戏"，它以鲜明的政治主题很快成了解放区影响最大、最受欢迎的剧目。丁玲曾描写过看戏的场景："每次演出都是满村空巷，扶老携幼……有的泪流满面，有的掩面呜咽，一团一团的怒火压在胸间。"新中国成立以前，歌剧《白毛女》演遍大江南北，观众人数达百万。

在战争年代，部队看《白毛女》还有一个不成文的规定，子弹一律要退膛。这是为什么呢？原来是演员陈强扮演的黄世仁犯了众怒，在一次演出时，陈强差点儿让战士给枪毙了。这也从侧面说明了陈强表演的成功。

陈强一开始并不想扮演黄世仁。延安鲁艺的《白毛女》创作组一成立，陈强就参加了，在讨论排戏的时候他早就起了心思，瞄准了喜儿的父亲杨白劳，他认为这个角色有好戏。在前方演出他多数是演老头，要让他塑造这个角色，轻车熟路，定能成功。没想到，分配角色时却让陈强演大少爷黄世仁。陈强去找导演："为什么偏让我演黄世仁呢？我没有体验过地主的生活，黄世仁在舞台上的所作所为，我能表现出来吗？难道我像坏蛋吗？"

其实，陈强的内心是怎么想的呢？演这个角色他没有成功的把握，如果真的演成功了，对他就更不利了，这会给人们留下深刻印象，再想扮演正面角色就困难了。再说，他还没结婚，给人们留下了"坏人"印象，女孩子们还敢接近他吗？陈强越想越苦恼，于是，他向导演提出不演反面人物黄世仁。这样一来，《白毛女》的排演工作无法进行，剧组不得不把戏停下来做陈强的思想工作。

陈强不愧是一名革命文艺工作者，最终还是无条件服从了组织安排。没想到，一炮打响，陈强因演黄世仁这个角色而闻名中外。

可烦恼的事又随之而来，在演出时，迎接他的往往不是鲜花和掌声，而是台下观众每每扔出的石头、土块的袭击。1946年张家口保卫战间隙，联大文工团到怀来演出歌剧《白毛女》。演到最后一幕时，随着台上群众演员高呼"打倒恶霸地主黄世仁"的口号声，台下突然飞出无数果子（当地盛产果子），"黄世仁"变成了"乌眼青"。最惊险的一次是到冀中河间为部队演出。战士们刚开过忆苦大会就来看戏，演到最后一幕，突然一个刚参军的新战士腾地站起，咔嚓一声把子弹推上枪膛，瞄准了台上的陈强。千钧一发之际，班长一把将枪夺过去，战士理直气壮地说："我要打死他！"自此，各军区首长规定，部队在看《白毛女》演出时，枪里的子弹一律要退膛，检查后才能入场看戏。

整个解放战争时期，歌剧《白毛女》堪称一部艺术化的政治教科书。一些村子看了后，很快发动群众展开反霸斗争，并激励许多人投身革命。许多战士在枪托上刻下这样的口号——"为杨白劳报仇""为喜儿报仇"，掀起杀敌立功的热潮。新中国成立后，1951年中国青年文工团带着歌剧《白毛女》出访前民主德国、波兰、苏联等九个国家，获得赞誉无数，成为新中国走向世界的最好名片。

到"白毛女"的家乡去

说起革命圣地西柏坡，大家都非常熟悉，党中央在此召开了著名的七届二中全会，指挥了决定新中国命运的三大战役。但是，要问当年党中央为什么选择西柏坡作为解放全中国前的最后一个农村指挥所，不能不说和《白毛女》多少有些关系。

1945年6月10日，由鲁艺创作的新歌剧《白毛女》在延安公演，把一个农村弱女子同恶霸地主和封建势力进行抗争的故事演绎得催人泪下。毛泽东同其他观众一样，一会儿热烈鼓掌，一会儿又泪流满面。

散戏回去之后，毛泽东窑洞里的灯光亮了整整一宿。这可以说是他一生中绝无仅有的一次——毛泽东在和自己的女儿李讷一块儿演戏。李讷扮演喜儿，毛泽东自己一会儿演杨白劳，一会儿演黄世仁，两个人一边演戏一边讨论戏剧内容。根据有关记载，直到深夜，毛泽东仍意犹未尽，又找来其他领导研究剧情。

因为歌剧《白毛女》取材于晋察冀边区广为流传的"白毛仙姑"的故事，"白毛仙姑"的故乡就在河北省平山县。虽然在此之前毛泽东并未到过平山，连晋察冀边区都没有去过，但是他很早就在关注平山了。毛泽东有一个习惯，就是每天都抽出一定时间来看报。山西的《朝阳日报》曾报道过平山县红军游击队的消息。早在大革命时期，平山县就有了共产党员，20世纪30年代又发展了一批党员，并且组建了平山县各级党组织。平山县的革命斗争在党组织的领导下开展得轰轰烈烈，影响很大，平山县的红军游击队活动频繁，曾有力地策应了红军北上抗日及东渡黄河，平山县也因此一度被称作"北方兴国"。

1938年9月，毛泽东到延安抗日军政大学作报告时，正好遇到了一个平山人——平山原县委书记曹慕尧。

毛泽东问道："你知道聂荣臻同志的司令部就设在平山县的山区吗？"

"知道。我们县不断有人来延安，经常带给我家乡的消息：八路军与当地的人民已建立了鱼水般的亲密关系。"曹慕尧答道。

不久后，曾被《新华日报》报道过的被誉为"太行山上铁的子弟兵"的平山团调陕北担负延安保卫任务，后又参加了南泥湾垦荒、南征北战和中原突围。毛泽东曾多次接见他们，从他们那里又了解到不少关于平山县的事情。这一切都给毛泽东留下了非常深刻的印象，使他同平山亲近起来。

1947 年 3 月，中共中央作出了一个重大决定，将中央机关分成两部分：一部分由毛泽东、周恩来、任弼时等组成中央前方工作委员会，只带很少的机要、通信、参谋人员和很少的警卫部队，留在陕北指挥全国的解放战争；另一部分，由刘少奇、朱德、董必武组成中央工作委员会，简称"工委"，担负中央委托的工作，并前往华北根据地寻找适当的工作地点。

毛泽东虽然没有到过平山，平山却似乎就近在眼前。毛泽东把刘少奇他们指向"白毛女"的故乡，是因为平山涌现出英勇无敌的"太行山上铁的子弟兵"平山团，有千千万万像戎冠秀那样的"子弟兵的母亲"和坚强的党组织。还有一个原因就是平山出了"白毛女"这样一个人"鬼"变换、演绎了革命初心的故事。

刘少奇一行来到晋察冀边区所在地阜平县城南庄。

见到聂荣臻司令员，刘少奇第一句话就是："'白毛女'的故乡在哪里？"

聂司令员说："'白毛女'的传说出在平山，那里是个好地方，别看喜儿一家穷得过不去，那一带倒是个富饶的地方，'平山不贫，阜平不富'，尤其是滹沱河两岸，真可称得上是我们晋察冀的'乌克兰'。"

为了选好党中央的落脚地，中央工委先后派出两批同志去平山县各村庄进行实地考察。他们沿滹沱河走了三十公里后，发现了西柏坡——这里地理位置适中，正是大山与平原的交界处，能进能退，能攻能守，进可通向全国各大城市，退可固守太行。

1948 年 3 月 23 日，毛泽东率中央机关和解放军总部东渡黄河，毛泽东再次向身边的工作人员说："我们就要到'白毛女'的故乡去了！"至此，西柏坡终于浮出水面，站在了历史的前台。作为党中央和毛主席"解放全国的最后一个农村指挥所"，西柏坡以其独特而卓越的重大贡献，永远彪炳于中国革命史册。

北平解放首演《白毛女》

当年，在华北大学文工团以扮演杨白劳而著名的前民老师也是河北人，他年过八十还能登台高歌一曲《北风吹》。我们曾在北京见到前民老师，谈及当年进京首演《白毛女》，这位老艺术家仍然兴奋不已。在刚解放的北平城，第一批看《白毛女》的观众里，有一些特殊的人物，他们对这部人民的翻身戏有着另一番感慨。

第一场歌剧《白毛女》在国民大戏院即今天的首都电影院演出。观看演出的观众，有国民党派来和谈的小组代表张治中、邵力子等诸位先生，其他的都是傅作义部队接受改编的国民党起义将领，他们看完这场戏，就要奔赴绥远去接受整编了。那些将领们看戏时态度很严肃，场内鸦雀无声，杨白劳死时，有人偷偷地流泪。主持这场晚会的是著名电影、话剧表演艺术家金山同志，观众此时才知道原来金山同志在蒋管区是位一直未暴露身份的党的地下工作者，对他又增加了一分敬意。

《白毛女》在国民大戏院连演三十六场，场场座无虚席，轰动了整个北平城。作为解放区文艺最杰出的经典代表，歌剧《白毛女》的革命性和艺术性感染了刚解放的北平各阶层人士，起到了很好的宣传教育作用。

在观众中，还有一位著名的大画家。他的气派可不小，竟然包了剧场最好的两个座位。他就是国画大师李可染先生。

多年之后，李可染见到戏中扮演杨白劳的前民，终于道出了其中的原委："当年在重庆，我就知道延安演出了《白毛女》，北平刚一上演，我连看了许多场，剧场二楼正中间的两个座位是我包下的，每天看戏我都在画你们。我很喜欢你给王昆（饰喜儿）扎红头绳这场戏，也喜欢一幕二场中你刚出场时唱的'廊檐下红灯照花了眼'

那段戏。你知道我是喜欢画牛的，中国旧社会的农民很有牛的性格，终生劳瘁，不得温饱，给人当牛做马，受尽疾苦和欺压。每当演到穆仁智驱使你去见黄世仁时，我都想到如同我爱画的牛被驱赶到屠宰场一般，惨不忍睹。"前民听后十分感动，艺术大师的好评激励他一生演好杨白劳。

在平山拍摄电影《白毛女》

新中国成立之初，拍摄的第一部红色经典影片就是《白毛女》，相信大家对电影的情节内容甚至镜头画面都太熟悉了，可是知道电影外景是在哪儿拍摄的恐怕就很少了。

天津市作协副主席杨润身是电影《白毛女》的主要编剧，提起当年电影《白毛女》在家乡平山拍摄，杨老格外兴奋。在杨润身童年的记忆里，因为欠地主家的债务，不得不拿每年打下的粮食还租子，年年还不完。杨润身的父亲就是个典型的杨白劳式的农民。他小时候就经常听奶奶讲"白毛仙姑"的故事。1937年全面抗日战争爆发时，杨润身在当时属于晋察冀边区的平山县柴庄村当教师，发挥文艺特长创作并导演了《炕头会》《交公粮》等街头剧和舞台剧，成长为一名优秀的文艺战士。

1949年天津解放后，文化部和国家电影局的同志找到了杨润身，给了他一个特殊的任务：作为主要编剧，创作《白毛女》的电影剧本。杨润身没有任何犹豫，一口就答应了下来。全国解放前，杨润身完成了剧本创作。因为作者是苦农民出身，对当地阶级关系、风俗民情十分熟悉，使作品增加了河北地方特色和生活气息，受到了各界好评。1950年，东北电影制片厂开始拍摄，所有的外景都是在平山县拍摄的，天桂山、泻泻水……都出现在了这部经典电影中。

半个世纪之后，当年的电影人重返故地，杨润身和陈强老师向我们亲口讲述了在天桂山一带拍摄电影时的趣事。那时风华正茂的他们曾在山上追过兔子、掏过鸽子，在老乡家里啃过烧饼、喝过羊汤、吃过石榴。

《白毛女》电影公映后，剧本获得了文化部优秀电影剧本一等奖，杨润身只接受了发给自己的奖牌，一万元奖金一分钱没有往家里拿，都上交给了组织。笔耕不辍的老作家杨润身晚年还在家乡平山县挂职担任领导工作，一年的大部分时间都在家乡度过，于是，他的笔下总是有写不完的平山乡亲，还出版了《"白毛女"的儿女们》一书。

电影《白毛女》于1951年中秋节，在全国二十五个大城市一百五十五家电影院同时上映，一天观众竟达四十七万多人。1952年在西方国家上映，几天内票价涨了二十四倍。1991年9月21日，江泽民赴平山县西柏坡纪念馆参观，对乡亲们亲切地说："当年杨白劳和喜儿过年吃顿白面饺子都很困难，现在平时吃顿白面饺子不困难了吧？"江泽民还对在场的电影《白毛女》编剧杨润身同志说："《白毛女》的生命力很长。"在几代中央领导人心目中，老区平山就是"白毛女"的故乡。

京剧《白毛女》编导演名家荟萃

无论是歌剧《白毛女》还是电影《白毛女》，它们的成功和影响，对专演传统戏的京剧界触动很大，不少人萌生了改编此剧的念头。最初提出要改编此戏的要算程砚秋了，早在20世纪50年代初，擅长悲剧的程先生就看好此戏，说如果他年轻十岁没有那么胖，他肯定争取用程派饰演白毛女。

京剧《白毛女》的创作和演出是在1958年。剧本由马少波、范均宏创作，导演是当代最知名的京剧导演阿甲。演出的阵容十分强大整齐，可以说是集中了中国国家京剧院几乎所有行当的头牌：李少春、杜近芳、袁世海、叶盛兰、雪艳琴、李金泉等，可谓群星荟萃、名角云集。京剧《白毛女》的成功上演意义非同一般，不亚于当初歌剧《白毛女》的诞生，因为无论是歌剧还是电影，表现当代题材都要比京剧相对容易。所以说，京剧《白毛女》是现代戏中具有导向性、突破性的剧目，直到今天，《白毛女》仍然是国家京剧院的经典剧目。

京剧《白毛女》的最可贵之处，就是它的移步不换型。该剧充分尊重了原著，情节上基本没有更改，就连格局也没多大调整，有的地方几乎与歌剧版本严丝合缝。比如喜儿唱的《北风吹》用的是"南梆子"，与歌剧中的唱腔有异曲同工之妙；再比如《扎头绳》对唱，京剧用的是"西皮流水"，与歌剧如出一辙，均为传世经典。

京剧《白毛女》在使用京剧原有的程式上是有其独到之处的，有些艺术手段是其他现代戏、样板戏后来再也没有使用过的，这充分反映出主演李少春等艺术家锐意创新、敢为天下先的魄力和扎实深厚的传统功底，以及灵活运用传统技艺的高超能力和水平。

最让人叫好的是，在这出戏中，台上所有演员的表现都可圈可点，无不精彩至极。首先看杨白劳，属于衰派老生，这是所有京剧现代戏里几乎唯一的以老生而不是正生行当来饰演的主要人物。李少春塑造这个人物的时候，在唱念做打和手眼身法步等方面吸收使用了许多京剧衰派老生的传统技法。特别是杨白劳的念白，使用了京剧传统的"湖广音"韵白。在现代戏里使用韵白来塑造人物，是李少春先生的一大创举。难得的是，他用这样的念白所塑造的现代人物丝毫也没有让人感到不和谐、不舒服。相反，这种带有某种腔调、韵味的念白，恰恰更好地刻画了人物，突出表现了这个人物那种忧郁犹疑、痛苦悲凉的心境和感情。杨白劳的念白已经成为京剧现代戏演出史上绝无仅有的艺术经典。

当年红极一时的梅派新秀杜进芳扮演喜儿，虽然是以闺门旦应工，但随着人物命运的发展，杜近芳在其表演中又逐渐吸收了青衣乃至武旦的成分，甚至在梅派基础上还吸收了其他旦角流派的有益之处，使喜儿这一广大观众非常熟悉的艺术典型，获得了新鲜而独特的戏曲审美价值。

作为京剧小生第一名角的叶盛兰，他所饰演的王大春是在京剧演出现代戏的整个历史上绝无仅有的一个真正以小生行当的艺术手段来塑造的现代人物，而且是一个战士的形象。叶盛兰让这个人物最初以一个普通的青年农民形象出现时，就以某种类似"风搅雪"式的普通话念白给这个人物的声音形象"定了调"。即他在表现这个人物时，道白虽然说的是普通话，却有时稍作夸张，偶尔出现一种近似"小嗓"的声音。到了王大春以八路军战士形象出现时，借助剧情中所表现的那种非常激昂强烈的情绪，他使用极具阳刚之气的叶派小生演唱时的小嗓龙音和虎音，唱出了高亢激越的小生娃娃调"西皮二板"唱腔，这也是京剧艺术编演现代戏中的一个经典尝试。

架子花脸袁世海所塑造的大反派黄世仁形象，更是深入人心、过目难忘。他的念白使用花脸的炸音，动作夸张而具功架美，演唱的一段高拨子原板唱腔也非常有感染力。名丑骆洪年所塑造的穆仁智是个大丑而不是一般的小丑，他吸收了在《野猪林》中饰演陆谦的某些艺术方法，把这个人物的"坏"化到了骨子里。

在这出戏中还有三个旦角，分别是李金泉、侯玉兰、雪艳琴，她们均是享誉大江南北的一代名伶，同台献技，可谓争奇斗艳、满台生辉。大春妈是李金泉唯一倾情塑造的现代人物形象，也是非常成功的艺术形象。

张二婶由四块玉之一的侯玉兰饰演，这个人物没有一句唱腔，但她的表演中尽显大青衣行儿的风采。雪艳琴的黄母，表演以彩为基础又吸收了某些类似萧太后的表演手法。这个老地主婆阴森丑恶，被雪艳琴用非常简练的艺术手段刻画得十分形象，既不过分夸张也不肆意丑化，很好地避免了戏曲表演中公式化、脸谱化的倾向。

源自歌剧的这部红色经典被搬上戏曲舞台后，获得了巨大成功，在全国产生了广泛影响。它的重要意义还在于其开创之功，有的京剧院团直接按照这个本子排演，有的院团增强了信心，开始创作、排演现代题材剧目，为后来"三者并举"的政策提供了依据，也为后来的现代题材京剧开辟了广阔的道路。

我们珍藏着20世纪50年代中国戏剧出版社出版的《白毛女》。作为京剧《白毛女》的第一作者，马少波看到此书非常兴奋。他还在书的空白页上写下满满一页题文，其中写道："此剧演出的同年，由中国戏剧出版社出版，印数有达一万二千册，风靡全国，没有再版。本剧是我根据演出本定稿付梓。此剧在改编和演出中，受到周恩来总理热情关怀和大力支持，详见所附拙文的《雨露》。"因为此书"没有再版"，故而如今已成为绝版数十年的珍本，尤其是由京剧泰斗马少波亲笔题词，更具宝贵的史料价值。

见证中日友谊的芭蕾舞剧《白毛女》

在曾经红极一时的革命样板戏中，除了京剧现代戏之外，还有两台芭蕾舞剧，一个是《红色娘子军》，另一个就是《白毛女》。按理说，《白毛女》是地地道道的中国原创，但最早将《白毛女》改编成芭蕾舞剧的却是日本人，这不能不说是红色经典中独一无二的一大传奇。

松山芭蕾舞团是第一个把中国电影《白毛女》制作成同名芭蕾舞剧的艺术团体，他们此举比中国还要早九年。松山芭蕾舞团位于东京港区南青山，由清水正夫和松山树子共同创建于1948年1月，是日本最著名的芭蕾舞团之一，自建团之日起，就以"上演古典芭蕾"和"创作具有民族特色的芭蕾舞"这两大宗旨为主导开展艺术活动，在舞台上创造了许许多多的芭蕾舞作品。

1952 年，周恩来总理向二战后第一个到中国访问的日本国会议员帆足计赠送了电影《白毛女》的录像。清水正夫、松山树子夫妇看了电影《白毛女》之后，被人类战胜苦难、走出苦难、积极向上的精神感动。1953 年，清水夫妇终于从中国戏剧家协会主席田汉那里得到了《白毛女》的剧本等文字资料，开启了长达两年的研究和创作。在中国有关人士的协助下，他们将《白毛女》改编成芭蕾舞，1955 年 2 月在东京首演，获得成功。同年 6 月，在赫尔辛基举行的世界和平大会上，松山树子见到中国代表团团长郭沫若，从此松山芭蕾舞团与中国结下了不解之缘。

早在中日邦交正常化之前，松山芭蕾舞团就冲破阻力，来中国上演芭蕾舞剧《白毛女》。1958 年，应周恩来总理之邀，松山芭蕾舞团到北京首度访问演出，观众通宵排长队买票，在中日邦交中掀起一股强劲的"芭蕾外交"旋风。当时很多中国人认为，像"白毛女"这样的故事能改编成芭蕾舞，简直是不可想象的。而当中国观众真正看到芭蕾舞剧《白毛女》时，这部没有台词的芭蕾舞剧还是深深打动了所有人，主演松山树子因此被称为芭蕾"白毛女"的"祖奶奶"。

1964 年，松山芭蕾舞团第二次来华访问演出时，全体演员受到毛泽东、周恩来、朱德等中国国家领导人的接见。松山回忆道："在和毛主席交谈过程中，他多次对我说的一句话就是'你们是老前辈了'。毛主席称我们为老前辈，我们很难为情，这是由于中国从这一年开始，全面开展了京剧现代化和古典艺术的改革，而我们则已经把《白毛女》改编成了芭蕾舞。所以称我们为老前辈，以此来鼓励我们。"

当年的日本芭蕾舞剧《白毛女》对中国芭蕾舞界的震动很大，他们开始清醒意识到，"中国芭蕾一定要革命，不然就要被工农兵所抛弃"。1964 年，另一部红色经典芭蕾舞剧《红色娘子军》公演，反响极为热烈。这也催生了上海舞蹈学校将《白毛女》排成大型舞剧。

他们成立了由校长李慕林、编导胡蓉蓉和作曲家严金萱组成的创作小组。

在歌剧与电影《白毛女》中，杨白劳是喝卤水自杀，屈辱而死。在一次座谈会上，一位中年码头工人愤愤地说："要我说杨白劳喝盐卤自杀太窝囊了！当年我妈受了地主的侮辱，我就是打死了那个狗杂种才逃到上海来的。杨白劳得拼一拼，不能这样白死！"在场的改编人员深受震动。这启发他们更加强化阶级斗争的主题思想。杨白劳卖掉女儿，改为舞剧中拿起扁担三次奋力反抗，直至被黄世仁掏枪打死。在歌剧与电影《白毛女》中，喜儿起初都是忍辱偷生或抱有幻想，但在芭蕾舞剧中，喜儿是不甘受辱拼死反抗，她也没有被奸污。大春参军的动机由解救喜儿，转变为解放普天之下的劳苦大众。

当年剧作组发扬大胆创新的精神，彻底打破芭蕾舞剧不入"唱"的惯例，在剧中配合穿插了二十一首歌曲。像《漫天风雪》《太阳出来了》等歌曲，后来都家喻户晓，街巷传唱。1965 年 7 月 19 日，在上海陪同外宾的周恩来总理和外交部部长陈毅，观看了芭蕾舞剧《白毛女》。周恩来给予很高的评价："这部舞剧基础很好。原来是歌剧，现在在舞剧中加伴唱很好，群众容易懂。"此后，周恩来先后十六次观看过芭蕾舞剧《白毛女》的演出，可见对该剧的偏爱。他还提出许多自己的意见。喜儿头发在进山后，原来是一下子从黑变白，周恩来提出是不是可以学四川变脸艺术，让喜儿由黑发变成灰发，最后变成白发。最后头发变色这段，是由四个女演员来串演的，这一富有戏剧性的设置后来也成为观众屡屡称奇的经典桥段。

1967 年，芭蕾舞《白毛女》进京在人大小礼堂汇报演出，毛主席等人观看，并非常高兴地与演员合影留念。本剧曾先后赴朝鲜、日本、法国、加拿大等国访问演出，并由上海电影制片厂拍成了舞剧艺术片。该剧上演以来，相继有数十个省市艺术团体和中直艺术团体演出，被评为"中华民族二十世纪经典舞蹈作品"。

贺敬之：从文艺战士到文化部部长

十几年来，我们曾数次采访被誉为"人民歌手"的《白毛女》主要作者贺敬之。对于 2002 年我们在《石家庄日报》披露李满天最初搜集"白毛女"的史实，他认为非常重要，澄清了一桩文坛悬案，很有历史价值。《白毛女》是在毛泽东文艺思想指引下由革命文艺工作者集体创作的，歌剧《白毛女》既闪烁着集体智慧之光，又洋溢着主要执笔人贺敬之的艺术才情。发挥集体力量和尊重主要创作者的艺术个性，二者充分结合，是延安鲁艺在组织文艺创作方面的一个创造。

在执笔写《白毛女》剧本的时候，贺敬之的情感也像戏剧般高潮迭起，荡气回肠。像《北风吹》《我不死，我要活》等重要唱词，都与贺敬之早年的生活经历、情感经历直接相关。在小窑洞里，他一边写着，眼睛里时而流着泪、时而冒着火——喜儿的悲惨命运、财主狗腿子的丧绝人性……刻骨的阶级仇恨在他心间激荡，创作激情仿佛是洪水决堤，一泻千里。《白毛女》的剧本完成后，在鲁艺礼堂进行了彩排，反响非常强烈。当地农民观看彩排，哭成了一片。后来专家们建议在结尾处加一场重戏，但此时的贺敬之由于连夜苦战，身心俱疲，便由丁毅改写并完成了最后一场戏。

1948 年，贺敬之在正定华北大学文艺学院任教，并任华大文艺工作团戏剧队副队长兼创作组组长。除了文艺创作，当年贺敬之还有一大壮举，在华大校园内外产生了轰动效应。那是在解放沧州战役时，贺敬之本来是深入连队受到战士保护的作家，但队伍发起冲击时，他却奋不顾身地和战士们一起冲在前头。营长发现后，顿时急了眼。他没有想到，贺敬之竟奋不顾身地投入枪炮轰鸣的战斗中。营长焦急地高喊："老贺，回来，回来！你给我回来！"贺敬之根本不听，继续冲锋陷阵。贺敬之等同志参加青沧战役回校后，还向文艺学院全体师生作了前线生活的报告。他讲的战场生活感受，打动人心，激励着即将毕业的同学们纷纷要求参加野战军。

新中国成立后，作为那个年代最为杰出的青年诗人，贺敬之特别善于表现重大的政治题材和人民群众的时代心声。《回延安》《又回南泥湾》《西去列车的窗口》《三门峡歌》《放声歌唱》《雷锋之歌》……这些诗歌作品都是人们耳熟能详的经典之作，曾经吸引过几代读者，影响了几代人的精神生活，可谓民族的形式、时代的内容、人民的心声。粉碎"四人帮"后，贺敬之进入文化部，先后被任命为文化部副部长、中宣部副部长、文化部代部长，这位半生以笔为枪的文艺战士，义不容辞地挑起了文艺领导工作的重任。

贺老虽身居高位，但始终保持革命战士的本色，对"白毛女"的故乡更是一直牵挂在心。

2002 年夏日的一天，对平山县温塘村的父老乡亲来说，是一个喜庆的日子。他们素来尊敬的著名诗人、文化部原部长贺敬之将成为这里的荣誉村长。院子里早早就挂起"欢迎贺部长回家"的条幅，贺老一下车就忙和前来欢迎的老乡打招呼、握手致谢。贺老接过小学生敬献的鲜花和县领导颁发的大红证书，激动地说："从我参加革命后就当过不少长，可村长还是头一次当，但我觉得特别荣幸，这对我来说是一个很大的鼓舞和抬举。"

贺老出生于山东枣庄，然而"人民永远是母亲，祖国处处是家乡"，他从延安来到晋察冀，1947 年曾来平山开会，这里是党中央为新中国奠基的地方，对于他这个老文艺工作者来说，有一种特殊的亲切感。尤其是看到如今老区的面貌日新月异，贺老非常欣喜。

作为歌剧《白毛女》的最初作者，贺敬之不仅对文学创作有着巨大影响，他那平易近人的为人风范、正直无私的高尚品格，也一直深受人民群众爱戴，他被誉为"时代的歌手、人民的诗人"。

四代传唱《白毛女》

"旧社会把人逼成鬼，新社会把鬼变成人。"从老艺术家王昆、孟于到后来的谭晶，歌剧《白毛女》薪火不绝，代代传唱。2011年9月3日，在中国解放区文学研究会等单位举办的"纪念歌剧《白毛女》上演66周年暨庆祝歌剧《白毛女》复排上演学术研讨会"上，四代喜儿重聚首，与众多文艺专家共话这部源于河北老区的红色经典。

著名艺术家王昆深情回忆了当年歌剧《白毛女》从创作到演出的种种细节。

王昆出生在河北唐县一个偏僻的小村庄，天生一副百灵鸟的嗓子，小小年纪已是方圆百里闻名的"歌唱家"。有的小伙子听了十三岁的王昆演唱的《松花江上》《大刀进行曲》，受到强烈震撼，随即报名加入了共产党。后来，唐县妇救会吸收王昆为委员，又推选她当了宣传部长。1938年10月，周巍峙带领西北战地服务团从延安来到晋察冀边区。有人对他说："唐县妇救会有个女干部歌唱得好。"周巍峙就跑到唐县妇救会，王昆高歌一曲《松花江上》，周巍峙不由得发出"真行"的赞叹，王昆也由此成为西北战地服务团的独唱演员。

西战团到了延安之后，《白毛女》的作曲张鲁找到王昆扮演喜儿，真是找对了人。经过了几个月的排练，《白毛女》在延安中央党校礼堂举行了首场演出。《北风吹》的音乐一响，王昆清脆和凄凉的歌声敲击在每一个观众的心上。那天，毛泽东来得晚了一些，他悄悄地径直走到自己的位置上坐下。当喜儿唱到"太阳出来了，旧社会把人逼成鬼，新社会把鬼变成人"的时候，贺敬之注意到毛泽东在用手绢擦眼泪。

歌剧《白毛女》首演成功，作为喜儿第一个扮演者的王昆也由此在中国歌剧史上留下了自己的名字。

时隔数十年，王昆讲道："《白毛女》名剧再现，剧组全体主创及演职人员在力求再现当初的'草根味'的同时，尽量再现当初'感人至深'（周恩来于1945年观后评语）的水平。我要抓紧时间，在有生之年希望让这部经典唤回人们的纯真、善良。"2011版重排歌剧《白毛女》的喜儿扮演者、青年歌唱家谭晶极为认同王昆老师的看法，她说："《白毛女》的故事和音乐都来自民间，'草根味'很浓。而民族唱法是我的艺术之根，这次出演喜儿对我来说是一次彻底回归，我庆幸没有丢掉我的'根'！"

进入21世纪以来，经过深入反思，越来越多的专家认为，《白毛女》及其他同时期的革命文艺作品中的基本点其实就是反抗压迫、反抗剥削、呼唤平等，要求人民当家作主，取得人民大众的富裕与自由幸福，这是与世界文明发展的目标基本相同的，是东西方文明发展的共同趋势。而2011年版《白毛女》复排，更是一个契机，我们应该更加重视我们的民族文化，更加重视我们的民族歌剧，增强民族文化的自信心，努力解决好继承、融合、创新这三大课题，让以《白毛女》为代表的民族歌剧重新绽放出新时代的光芒，赢得观众，赢得市场，赢得未来！

情系白毛女艺术陈列馆

2002年5月，我们采写的《平山出了个"白毛女"》首次在媒体公开披露后，得到众多革命前辈和专家领导的认同，尤其是在"白毛女"的故乡平山引起强烈反响，平山县委、县政府高度重视。不久白毛女艺术陈列馆在当年电影拍摄地天桂山建成开放，成为一大文化景观，带动了革命老区的旅游产业发展。艺术馆内展出了著名红色收藏家牛双跃捐献的大量藏品，让来自全国各地的游客都能在喜儿故事的发源地感受《白毛女》博大精深的艺术与内涵，领略老一辈艺术家的精神与风采。

牛双跃多年来热衷红色文物的搜集和研究，他对"白毛女"更是情有独钟。2002年，为纪念《在延安文艺座谈会上的讲话》发表六十周年，我们特邀牛双跃专门撰写了一篇介绍"白毛女"收藏品的文章，发表以后，引起了较大的反响，从此他开始树立了专藏"白毛女"的信心。他的"白毛女"专题藏品不仅涉及剧本、曲谱、老照片、电影海报、服装道具，还有邮票、烟标、火花、年历、明信片、瓷器、像章、节目单等，林林总总，达数百余种、上千件。其中，年代最早的是民国版《白毛女》歌剧剧本，连作者贺敬之看了后都说没有见到过这个早期版本。牛双跃把自己多年来苦心搜集的众多有关"白毛女"的艺术资料无偿捐赠给天桂山白毛女艺术陈列馆永久展出，为的是要让更多的观众知道——平山就是"白毛女"的故乡。

2004年5月23日，解放军总政干休所院内阳光明媚、草坪翠绿，七十六岁的电影《白毛女》喜儿扮演者、著名表演艺术家田华同志笑吟吟地将平山老乡迎到简朴的居室内。她身着红色上衣，满头银发，显得格外飒爽硬朗，当电影《白毛女》编剧、平山籍老作家杨润身代表老区人民向田华转达问候，并介绍白毛女艺术陈列馆的筹建事宜时，田华激动地说："我是河北人，我也是农民的女儿，是河北肥沃的土地养育了我，是平山秀丽的山水造就了我；平山是'白毛女'的故乡，我也非常想念平山和当地的老百姓。"在谈到白毛女艺术陈列馆即将开馆时，田华特别高兴，她说："建设这个馆非常有意义，不但对平山，对全国人民都非常有意义。希望更多的人去看一看！看到它就会想到解放前人民暗无天日的生活，就会想到中国九亿农民的问题，就会想到党中央'三农'一号文件出台的英明！"

交谈中，田华与杨老还共同回忆起在天桂山一带拍摄电影时的趣事：五十年前风华正茂的新中国第一代电影人曾在山上追过兔子、掏过鸽子，在老乡家里啃烧饼、喝羊汤、吃石榴。田华深情地说，石榴是美好的象征，非常想再回平山尝一口代表平山人民幸福生活的石榴。田华还欣然题词"感谢平山燕尾庄培养教育之恩"，并和老伴苏凡导演走到室外同大家一一合影留念。临别时，杨老将平山老区特有的缸炉烧饼赠送给田华，田华将剧照、收藏品等捐赠给白毛女艺术陈列馆。

白毛女艺术陈列馆坐落在风景秀丽的天桂山下，是国内唯一一座为当代名著而创建的艺术陈列馆。该馆最与众不同的地方是依山依村而建，以陈列馆为主体，用图片和实物全面展示《白毛女》歌剧、电影、芭蕾舞剧"三变金身"的岁月辉煌和与之相关人物的过去与现在；以杨各庄村及村中黄家大院、杨白劳故居、大春故居为主体的实景复原，村边那条小河和大山上的"白毛女"洞也都与《白毛女》原著相吻合。置身其中，我们仿佛又回到了那个颇为遥远的年代。

白毛女艺术陈列馆如今已接待中外游客百万余人，在社会上产生了广泛影响。尤其是周巍峙、贺敬之、王昆、田华、陈强、杨润身等老一辈文艺家都对该馆寄予厚望，有的还将自己多年有关《白毛女》的艺术珍藏无私地捐献给了陈列馆，是为了让更多的人去感受红色经典的魅力。

农村现实主义文学的"铁笔圣手"

——赵树理与《小二黑结婚》

在新中国成立之前，赵树理应该是最有影响力的红色作家，他以描写农民的"铁笔圣手"著称，他被誉为解放区文艺的方向和旗帜，他还是著名的"山药蛋派"文学的鼻祖。曾到过边区访问的美国记者贝尔登在《中国震撼世界》一书中，甚至这样说赵树理："可能是共产党地区中除了毛泽东、朱德之外最出名的人了。"

赵树理的成名作《小二黑结婚》《李有才板话》，是《在延安文艺座谈会上的讲话》（以下简称《讲话》）发表后最早出现的一批硕果，引起了强烈反响。可以说，毛泽东的文艺思想鼓舞了赵树理的大众化文艺创作，赵树理的文艺创作同时也丰富了《讲话》的精神，"是毛泽东文艺思想在创作上实践的一个胜利"。他的许多作品都堪称反映中国农村各个历史阶段生活的现实主义力作，不仅轰动一时，并且成为影响深远的传世之作。

《小二黑结婚》的故事来源

在赵树理的小说中，其主题思想的深刻性和反映农民生活的新鲜性都达到了前所未有的高度。熟悉赵树理的周扬曾说："中国作家中真正熟悉农民、熟悉农村的，没有一个能超过赵树理。"另一位文艺理论权威陈荒煤还写过《向赵树理方向迈进》的文章，"向赵树理方向迈进"这个号召，不仅对当时解放区的文艺创作，而且对整个新中国的文学发展都起了很大的推动作用。

短篇小说《小二黑结婚》作为赵树理文学生涯中最早的一部成名作，它的故事来源和人物原型，一直是文学研究界关注的课题。

1943年1月，赵树理被调到北方局党校调研室后，经常到辽县（今左权县）的一些村庄里作一些调查研究。当时，太行山的群众生活十分艰苦，干部下乡要同群众同甘共苦。他随身带着一个笔记本，把村里的阶级状况、生产状况、村干部的状况记下来。他很注意搜集民情风俗，以及各种人的思想动态和老百姓中的生动语言，他称那个笔记本是他的"百宝箱"。中共辽县县委机关驻在麻田镇以北三十五公里的西黄漳村，赵树理到辽县搞调查，经常住在这个村子里。

据董大中主编的《赵树理年谱》所写，《小二黑结婚》写作背景是：一天，房东的亲戚来告状，说有人把他的侄儿打死了，把尸体挂在牛圈的梁上，企图伪装成自杀的样子。他侄儿叫岳冬至，是辽县横岭村的民兵小队长（实为治安员），思想进步，作风正派。赵树理得知岳冬至跟本村的女青年智英祥（实际名叫智英贤）相好，两个人正在恋爱。智英祥的父亲在外，母亲给她找了一个四十多岁的商人（实际上是与太行区武安县一家定了娃娃亲），她不愿意。因她长得俊秀，这个村的村长常到她家调戏、挑逗她。智英祥拒绝后，那村长迁怒于岳冬至，常找碴儿。还有些别的村干部，都是村长的亲戚，联合起来反对岳冬至和智英祥。

赵树理了解了案情后，认为这不是一般的情杀，而是反映了农村新旧两种势力的斗争。于是他帮受害者亲属到县政府打听受理案件后办案的情况，还亲自到村里进一步作了调查。最后由政府出面，严厉惩处了那些杀害岳冬至的人。

通过调查审处这个案件，赵树理深感反封建斗争的必要和复杂。岳冬至和智英祥自由恋爱，是响应民主政府的号召，是进步行动，可是得不到社会上的同情，就连他们的家人也认为虽不该把岳冬至打死，但教训教训还是应该的。赵树理决定以这个案件为素材，写一个通俗故事，旗帜鲜明地肯定、赞扬自由恋爱，教育思想落后的人，打击封建势力。

当然，小说毕竟是艺术创作，作家要塑造典型环境中的典型人物，追求的是艺术真实。这就与生活的真实不同，小说中的人物与生活中的原型也没有必要完全一致。那么，《小二黑结婚》的真实故事又是怎样的呢？几十年之后，终于有了更为准确完整的答案。

2006年，《山西日报》刊载了马小林《"小二黑"们呼唤赵树理》一文，披露了左权县横岭村新一代村干部对自己历史所作的一番自查。从其中的讲述和文字材料看，当年（即1943年）那起命案，从始至终都是一场悲剧，丝毫没有喜剧的结尾。据载，当年那场命案的真相是这样的：那夜，横岭村抗日民主政权的村干部们，召开了一次紧急会议。参加会议的有党支部书记石洋锁（二十五岁）、新任村长石银锁（石洋锁亲叔伯兄弟，二十二岁）、党支部副书记王天宝（二十二岁）、治安员岳冬至（二十一岁）、民兵连连长史虎山（二十岁）、妇联主任智英贤（十九岁）。会上，石洋锁传达了上级对敌斗争的布置，安排了春耕生产。另外，由于岳冬至和史虎山同时喜欢上了年轻俊美的智英贤，但是，智英贤的爹早在她年幼时，就将她与祖籍河北武安县的一户人家定了娃娃亲，那户人家将他们告到了石洋锁那里，于是，石洋锁对到会的岳、史、智三人提出严厉批评，说他们破坏他人婚姻，败坏了村里的风气。第二天一早，岳冬至的三哥起来给牛喂草，忽见牛棚的横梁上吊着一个人，翻过来一看，竟是自己的弟弟岳冬至！

案件发生后，岳冬至的哥哥和村支书一起赶到县政府所在地南漳村汇报，县政府派公安局局长亲自前去调查。调查中发现，岳冬至的小腹部黑青，显然是遭人陷害。凶手是谁？一时查无实据，那晚的会议就成了唯一线索。公安局局长于是将怀疑对象王天宝、石洋锁、石银锁和史虎山四人一齐带回县政府，关了起来。四人异常恐惧，于是，他们商议了一个办法，让嫌疑最大的史虎山认罪，承认是他杀了情敌，一人顶罪，解救大家。一年之后，县政府以证据不足、年龄太小为由，给他们发了释放证，将四人一并放回了村。回村后，史虎山连气带病，一年后病故。其余三人皆因有了案底也没再参与村里的工作。

直到 2005 年，他们中的最后一人石银锁故去。案件中的另一个主要人物智英贤，因事情影响大，无法在村里待下去，便由父亲送回祖籍与未婚夫成亲，随后夫妻双双去往东北。前些年，她还曾写信给村里，要横岭山里的草药治病。如今，这位"小芹"（智英贤）也去世了。这桩无头命案，可能冤枉了好人，放掉了真凶（村里人多有猜测），但在抗日战争最艰苦的那段岁月，县政府的处理方式情有可原。

轰动一时的传世之作

1943 年 5 月，赵树理写出了《小二黑结婚》，交给了杨献珍。杨献珍读了以后甚觉满意，便送给彭德怀。他和夫人浦安修读了这部小说的原稿，两个人都认为写得不错。杨献珍将原稿交还赵树理，赵树理遂将小说送至华北新华书店。当时，因太行区的某些文化人排斥赵树理的通俗文艺，甚至认为他的作品不算文艺。所以，稿子送去后压了好几个月，杳无音信。

于是，杨献珍便去找彭德怀，向他说明情况。彭德怀听了后，在一张纸上写下了"像这种从群众调查研究中写出来的通俗故事还不多见"这句话，并署上了他的名字。杨献珍把它交给北方局宣传部部长李大章，送到新华书店。1943年9月，这部小说正式出版发行，共印了四千册，封面上标注"通俗故事"字样。

《小二黑结婚》描写了根据地青年男女小二黑和小芹为冲破封建传统、争取婚姻自由的斗争，这场斗争由于受到金旺等恶霸的迫害和家庭的阻挠而发生了波折。作品生动地塑造了农民中落后人物的形象。"二诸葛"是个善良、胆小怕事的老农。他要维护家长的权威和包办婚姻制度。由于迷信，他反对小二黑与小芹结合。"三仙姑"则是一个有着好逸恶劳等恶习的妇女。她装神弄鬼掩护轻浮放浪的行为，为贪财而出卖女儿。这两个人物形象的真实塑造，深刻揭示了农村小生产者精神上的落后面，从一个方面表明实行民主改革、移风易俗的重要意义。但是，无论是恶霸的逞凶还是家庭的阻挠，都无法压制小二黑和小芹争取自由与幸福的意志。他们坚强不屈地进行斗争，在民主政府支持下，终于取得胜利。落后的家庭中成长出了进步的新一代，表明旧事物的崩溃之势。作品描写恶霸势力受到应有的惩罚，落后的社会阻挠进步的人物，也陷于逐渐觉醒的群众的包围之中，受到了应有的嘲弄和批判，并终于被迫实行自我改造。

《小二黑结婚》热情地歌颂了民主政权的力量，歌颂了农村社会的长足进步，歌颂了新一代农民的成长，得到了农村中要求民主改革的广大群众，特别是青年的热烈欢迎。

《小二黑结婚》是五四以来，继鲁迅的《伤逝》描写子君、涓生这一对城市知识青年为自由结合进行斗争却归于失败之后，第一部描写农村男女青年争取个性解放获得胜利的小说，从这中间，可看出中国革命在二十多年间所迈出的巨大步伐。就小说本身而言，其主题的深刻性和所反映的生活的新鲜都是空前的。

这篇小说共分三个层次来表现进步青年在婚姻问题上的反封建

斗争的过程，第一个层次是封建制度，第二个层次是封建思想，第三个层次是封建势力。封建制度已不是主要对象。在小说发表的一年半之前，晋冀鲁豫边区政府已公布了《婚姻暂行条例》，明确规定，男女青年订婚、结婚都必须自愿。1943年，边区政府又公布了《妨碍婚姻治罪法》，肯定了婚姻自由在制度上的合法性。因而可以说，主人公不是为婚姻自由而斗争，而是为新的制度得到实施而斗争。然而，新制度的出台并不意味着旧制度的死亡，支撑旧制度的两大支柱——封建思想和封建势力依然顽强地存在。它们在千方百计维护着旧制度的苟延残喘。而且，任何制度的落实都必须转化为人们的意识和行动。所以这篇小说里，反对封建思想和反对封建势力始终是焦点所在。小说的情节正是围绕着这两条主线发展，一条是反封建思想，一条是反封建势力。

《小二黑结婚》与其他五四运动以来写农民反对封建势力的小说的最大不同之处，就在于它不仅表现了争取婚姻自由取得胜利的喜悦，而且使妨碍婚姻自由的人归于彻底失败。因为主人公是在新的社会环境下，响应政府的号召，同封建势力自觉地作斗争，他们的斗争，跟社会的发展方向相一致，这是他们斗争取得胜利的决定因素。作家站在政治和历史的高度，指出了社会的大势所趋，使作品显示出巨大的思想力量。像这样写农村青年有领导、自觉地反对阻碍婚姻自由的势力，把他们的斗争作为民主革命的一个部分，并且提高到广大群众对党的路线、方针、政策的笃诚拥护和信任上，是第一次。人们在阅读小说后，看到的不单是自由恋爱的胜利，还是新社会、新制度、新思想、新人物的胜利和农民反对封建恶霸势力的胜利。

同时，作品还展示了新的婚恋观——小芹钟情小二黑，是因为他是劳模、人品好，这与过去讲究门当户对，贪图功名、金钱的观念已不可同日而语，这是时代进步的表现，是人们思想观念上的新变化。作家正是通过这些变化向人们展现了广阔的社会场景与巨大的社会变化。

《小二黑结婚》的另一个突出特点，是描写了"新的人物、新的世界"。作品的主人公——青年小二黑和小芹，是新政权下成长起来的一代新人，他们勇敢地反抗包办婚姻，大胆地自由恋爱，在恶霸陷害面前，毫无惧色，坚决抵抗。他们是和父母完全不同的新人物。而这种人物出现在农村落后的旧家庭中，表明了革命影响的扩大和深化，表明了旧传统的必然崩溃和瓦解。

"二诸葛"和"三仙姑"是农村落后人物的典型。"二诸葛"深受宿命论思想的毒害，迷信阴阳八卦，认为万事都由命中注定，朴实忠厚而又迂腐软弱，屈服于恶霸金旺兄弟，但在家庭内部却又是严厉的家长。"三仙姑"与"二诸葛"不同，没有"二诸葛"的忠厚、老实。她是一个被旧社会扭曲了的人物，由于她对自己的婚姻极度不满，表现在心理上就有点儿变态，她沾染了游手好闲、不事生产的坏习惯，靠装神弄鬼来吸引村上的年轻人。不过，和"二诸葛"一样，她也是旧社会的受害者。作者嘲笑和批判了他们的旧思想，热情地欢迎他们的进步。作家描写新的社会环境，促使落后人物走上自新的路，歌颂了新社会改造落后思想的威力。

《小二黑结婚》一出版，立即被抢购一空，一再重印，仍供不应求，各地剧团还竞相把它搬上舞台。由武乡光明剧团开始，许多职业剧团和业余剧团，如襄垣农村剧团、沁源绿茵剧团等，纷纷把《小二黑结婚》改编成各种戏曲演出。人们一听说哪村演《小二黑结婚》，都争相去看，小二黑、小芹成了家喻户晓的人物，连不识字的老婆婆、老大爷，也说小二黑做得对。许多地方掀起了向小二黑学习的热潮。一篇小说能够引起如此激烈的反响，能够达到如此好的社会效果，这在现代文学史上还没有先例。《小二黑结婚》的成功，标志着中国文坛上一种崭新文风的出现。

延安文艺座谈会后最早结出的硕果

1942年5月，在延安文艺界整风运动期间，毛泽东分两次在延安文艺座谈会上发表了讲话。这是我国现代文学史上划时代的事件。毛泽东的《在延安文艺座谈会上的讲话》运用马列主义的普遍真理，总结了五四以来我国文艺运动的经验，为我党制定了一条无产阶级的文艺路线。《讲话》从文艺为什么人服务这一根本问题出发，谈到文艺与政治的关系、文艺的源与流的关系、普及和提高的关系以及文艺批评的标准、建立文艺界的统一战线等许多重大问题。《讲话》将我国现代文学运动推向了一个新的阶段。

1942年以前，赵树理一直摸索和提倡创作民族化、大众化的作品。他认为，只有深入群众生活，学习民众语言，运用民族形式，才能写出为广大工农群众所喜闻乐见的民族化、大众化的作品。可是，他的这些主张，一直没有被文艺界的多数同志所重视和接受。所以，在《讲话》发表以前，尽管他也曾写过一些大众化、通俗化的文学作品，投寄给当时的《华北文化》等刊物，但大都被退了回来，认为他写的东西，不能登大雅之堂。

当1943年夏天毛泽东的《讲话》传到太行山区时，赵树理异常兴奋，他的创作积极性被大大激发。赵树理后来谈到他当年学习毛泽东《讲话》的心情时说：

> 毛主席的《讲话》传到太行山之后，我像翻身农民一样感到高兴，我那时虽然还没有见到过毛主席，可是我觉得毛主席是那样了解我，说出了我心里要说的话。十几年来，我和爱好文艺的熟人们争论的，但是始终没有得到人们同意的问题，在《讲话》中成了提倡的、合法的东西了。

我心里有一种说不出的高兴。因为这是关系到中国几亿读者的大问题。要满足这样广大的读者的要求，不是一两个、十几个、几百个作家能包下来的事。这是必须动员全体文艺界起来干的伟大的革命事业。毛主席在《讲话》中给文艺工作者指出全体文艺界起来干的伟大的革命事业，指出了革命文艺的发展方向，给了我很大鼓舞。1943 年 5 月便写成了《小二黑结婚》，10 月写成了《李有才板话》，冬天又写了《两个世界》，这一年可以说是我创作史上丰收的一年。

的确，在《讲话》精神的指引下，赵树理认真实践了毛泽东提出的文艺主张。他的成名作《小二黑结婚》《李有才板话》，也成为《讲话》发表后最早结出的一批硕果，引起了文艺界的高度重视。有研究者认为，赵树理的文艺创作实践丰富了毛泽东的文艺思想，这可以说是毫不为过的。

不想上文坛，只想上"文摊"

赵树理对于文学通俗化和大众化有一个极为形象的比喻——"文摊"文学。这是著名战地记者李普在《赵树理印象记》中转引赵树理本人的说法："我不想上文坛，不想做文坛文学家。我只想上'文摊'，写些小本子夹在卖小唱本的摊子里去赶庙会，三两个铜钱可以买一本，这样一步一步地去夺取那些封建小唱本的阵地。做这样一个文摊文学家，就是我的志愿。"这从其他人那里也可以得到印证。据陈荒煤引述，赵树理说："文坛太高了，群众攀不上去，最好拆下来铺成小摊。"

赵树理在一次访谈中，还特地谈到自己艺术追求的缘起：

在十五年以前我就许下宏誓大愿，要为百分之九十的群众写点儿东西，那时大多数文艺圈朋友虽然已倾向革命，但所写的东西还不能跳出学生和知识分子的圈子，当然就谈不到满足广大劳动群众的需要。根据我自己的志愿，一九三三年我在太谷当教员时，曾写过一篇长篇小说，名字叫《盘龙峪》，是描写农民和封建势力作斗争的故事。很显然，那时大多数报纸操纵在封建势力手里，对于这种向他们开刀的作品当然不会发表。自己虽然掌握着一个小报，但篇幅太小，在书店出版押金又太贵，因而这部作品只写了一半约十万字就搁笔了，但我并没放下这一志愿。

由此可以看到，赵树理要立志当一个"文摊"文学家，而从他的创作实践来看，在大众化的路上每走一步无不充满了艰苦的探索。

说起赵树理永葆解放区作家的朴素和本色，还有一个典型的例子。1944年冬，晋冀鲁豫边区召开群英会，赵树理参加大会采访，写出了现实故事（报告文学）《孟祥英翻身》。《孟祥英翻身》虽然是一篇真人真事的劳模传记，但赵树理特有的生动形象的群众语言和幽默风趣的风格给这篇报告文学披上了土色土香的光彩，在报告文学中独树一帜，群众口耳相传。

据说，赵树理在大会采访时，还闹了个笑话。为配合群英会，边区举办了一个生产战绩展览会先期展出，要求各部队、机关、团体要有秩序地整队参观。赵树理因为要上大会采访，事先想熟悉一些情况，就单独带着介绍信上展览会去了。谁知他走到村口，被大会警备司令部派出的兵拦住了。他拿出介绍信也不顶事，因为那位战士拿着介绍信上下打量赵树理，一顶破毡壳帽，一件家做的黑棉衣，横挎的挎包也是自己手工缝的，方不方正不正，个头倒不小，他怎么也不相信这是个记者同志，对赵树理说："上级有命令，服装不整齐不许进会场!"不管赵树理态度怎么好,怎么解释,就是一句话"不许进"。最后,赵树理要求到大会报到处去,说:"如果不让参加会,我就再出来。"这才得到战士的许可。事后说起这件事来,有人就和赵树理开玩笑说:"你就说你是《小二黑结婚》的作者,不就让你进去了吗?"赵树理还是他那腼腆又显得深沉机智的笑容:"那可不行。他认得小二黑,可怎会认识咱老赵呢。"

"向赵树理方向迈进"

1947年7月25日,晋冀鲁豫边区文联召开文艺座谈会。在这次座谈会上,赵树理详细介绍了自己的创作过程和方法,会议对赵树理的创作成就进行了全面探讨和评价。当时的新闻报道说:"大会首先讨论赵树理创作。在讨论中,大家实事求是地研究作品,并参考郭沫若、茅盾、周扬等对赵树理创作的评论及赵树理创作过程、创作方法的自述,反复热烈讨论,最后获得一致意见认为赵树理的创作精神及其成果,实应为边区文艺工作者实践毛泽东文艺思想的具体方向。"

在这次会议上,晋冀鲁豫边区文联副理事长陈荒煤就赵树理创作问题作了重要发言。8月10日,《人民日报》刊登了陈荒煤根据他在座谈会上的发言整理的《向赵树理方向迈进》一文。

陈荒煤在文章中号召文艺工作者要从下面几点向赵树理同志学习:第一,赵树理同志的作品政治性是很强的。他反映了地主与农民的基本矛盾、复杂而尖锐的斗争。他是站在人民的立场写的,爱憎分明,有强烈的阶级情感,思想情绪是与人民打成一片的。第二,赵树理同志的创作是选择了活在群众口头上的语言,他创造了生动活泼的、为广大群众所欢迎的民族新形式。第三,赵树理同志从事文学创作,真正做到了全心全意地为人民服务。他具有高度的革命功利主义和长期埋头苦干、实事求是的精神。

这篇文章对赵树理的创作活动作了全面的总结，指出：

> 十余年来，赵树理同志坚持通俗化工作，在小报纸副刊、在街头、在剧团……写过不少小说、快板、小戏及其他文字，生活与工作都曾遭到相当的挫折，但始终如一坚持了夺取封建文化阵地的志愿。工作中从未计较过个人名誉、地位，也不想把自己的创作当成艺术——那种脱离群众的艺术。也不是为了表现自己，为了成为一个作家，才立志写作，他写作的动机和目的，都是为了群众的，为了战斗的，为了提出与解决某些问题的，现在是如此，抗战前就是如此，因此他不多写，更不乱写，用他自己的话来说：只要"老百姓喜欢看，政治上起作用！"。

文章认为赵树理这两句话"是对毛主席文艺方针最本质的认识，也是我们实践毛主席文艺方针最朴素的想法，最具体的做法"。

陈荒煤所提出的"赵树理方向"，是对赵树理这一时期创作的最深刻最彻底的总结。这个方向，就是文艺为工农兵而创作的方向，文艺为无产阶级政治服务的方向。这次座谈会提出"向赵树理方向迈进"，是根据当时文艺形势发展的实际需要而采取的重大措施。它对动员边区境内的广大文艺工作者，贯彻党的文艺为工农兵服务的文艺政策，具有积极推动作用和重要意义。但不能机械地去理解。所以，陈荒煤在文章中指出："因为以上我们所能共同认识到的几点，我们觉得应该把赵树理同志方向提出来，作为我们的旗帜，号召边区文艺工作者向他学习、看齐！"

关于"赵树理方向"的提法，当时赵树理本人觉得提得太高了。他曾一再提出意见，希望不要提"赵树理方向"这个字句："我不过是为农民说了几句真话，也像我多次讲的，只希望摆个地摊，去夺取农村封建文化阵地，没有作出多大成绩，提'方向'实在太高了，无论如何不提为好。"当时也有同志认为"方向"一词太高了，但是陈荒煤认为，赵树理实际是一个具体实践毛泽东同志提出的为工农兵服务方向的标兵，提"赵树理方向"比较鲜明、具体、容易理解，所以最后还是以这个篇名发表了文章。"向赵树理方向迈进"这个号召，对当时晋冀鲁豫以及新中国成立后的文艺创作的确起了很大的推动作用。

中国农村革命的一面镜子

赵树理的作品展现了农村斗争的广阔生活，反映了农村社会面貌伟大深刻的变化，是现代中国农村的一部史诗。五四以来不少革命作家以描写农村生活、反映农民疾苦作为自己的神圣职责，写了大量的作品。解放区的作品，农村题材更是占了相当大比重。赵树理就是解放区描写农村生活的重要作家之一。他的小说，描绘了中国农民从新民主主义革命时期到社会主义革命和建设时期，在中国共产党的领导下，经过长期、艰巨、复杂的斗争所取得的伟大胜利。

他的小说就像一面镜子，反映出封建地主阶级对农民群众的剥削、压榨和农民的觉醒、反抗、斗争。这种农民同地主阶级之间的斗争，作者往往是把它放在广阔的政治背景和社会历史背景下反映的，从而显示出这种斗争的尖锐复杂。作家在现实的基础上严格地按照自己对生活的理解来反映生活，因而形成了其鲜明的现实主义特色，其作品也显示出巨大的现实主义力量。正像列宁称赞托尔斯泰的小说是"俄国革命的一面镜子"，赵树理的小说同样也是中国农村革命的一面镜子。

作家生于农村、长于农村，一生中大部分时间都深入农村，对农村、农业，特别是农民的了解既深且透，所以在他的笔下，农村的现实和农民的命运，就写得非常真实而又达到了前所未有的深度。人们称赞他是写农村生活的"铁笔圣手"。从某种意义上说，从赵树理开始，中国的农民才真正结束了他们"被描写"的时代和命运，中国农民才真正开始能够自己描写自己——因为，从本质上说，赵树理自己就是一个农民。

赵树理文学的语言，是农民自己的语言，准确鲜明、生动形象、朴素明快、风趣幽默，富有浓厚的生活气息，它不同于那些贵族矫揉造作的语言。语言的创造，是反抗"被描写"的凭据，也是反抗"被描写"的踪迹。赵树理以其独特的语言对中国农民顽强地进行"新启蒙"。资深赵树理研究者董大中先生以"大众文学的旗手"来浓缩赵树理的精神。他认为，赵树理的"大众化努力"是以其在区别于都市的乡村社区进行"新启蒙运动"为归宿的，"大众化"运动只有服务于"新启蒙运动"才有意义。作为"旗手"的标志之一，就是赵树理很早就在思想上把"新启蒙运动"与通俗化、大众化融为一体，表现了他与新文学主潮作家同样的理性襟怀。由此可见，赵树理的文学，不仅是一部中国农村革命的史诗，而且是中国农村及农民"启蒙思想斗争"的真实记录。

"山药蛋派"的创始人

从抗日战争直到"文化大革命"前的二十多年间，以赵树理为杰出代表的一批山西省作家，以其优秀的长短篇小说，显示了作为一个创作流派的共同思想特征和艺术风格。20 世纪 50 年代中期，曾在战争时期为人民的生存、新中国成立战斗在一起的志趣相投、风格写法相近的西戎、李为、马烽、胡正、孙谦"五战友"，又在建设社会主义伟大事业的故乡山西团聚了。为农民创作，深刻揭示社会主义建设时期山西农村社会的内部矛盾和冲突，真实刻画浓厚而鲜明的农民形象，创造极富地方色彩的文学语言是他们共同的追求和目标。这样，以赵树理、西戎、李为、马烽、胡正、孙谦为核心，包括王玉堂、郑笃、刘江、力群等老一辈作家，形成了新中国成立后我国第一个文学流派——"山药蛋派"。

作为"山药蛋派"的创始人和代表作家，赵树理是在山西土生土长的农民的儿子，对农民的思想感情、喜怒哀乐有着深切的感受，对农村，特别是北方农村的风土人情、风俗习惯、文化趣味了如指掌，对各种民间艺术形式非常熟悉和热爱。参加革命后，又长期在农村做基层工作，在和农民的广泛接触中，他深感用通俗易懂的革命文艺作品占领农村文化阵地，抵制和消除那些毒害农民的封建精神鸦片的重要性。

相近的文学观念、审美追求、创作实践，促使赵树理同"五战友"以及李古北、刘江等人共同形成了文学创作流派，并显示出鲜明的特点。1992年，李旦初在其长篇论文《在〈讲话〉旗帜下——"五战友"与"山药蛋派"》中，明确提出了这个流派的独特品格。他认为，"第一，它是一个以写农村生活见长的革命现实主义流派"，"第二，它是一个通俗传远、雅俗共赏的艺术流派"，"第三，它是一个山西味很浓的乡土文学流派"。

的确，从创作思想上看，赵树理和他的后继者们自觉地、忠实地实践毛泽东《讲话》所体现的文艺思想，重视文学的社会功利性，强调文学"为农民服务"，坚持用文学作品启蒙教育农民、陶冶农民，满足农民的精神和文化需要。从创作实践看，他们的创作已基本形成民族化、大众化、通俗化的审美品格，创造出了为人民群众尤其是农民所喜闻乐见的中国作风和中国气派。

"山药蛋派"从20世纪40年代产生与形成到50年代至60

年代前期的成熟与发展，又历经十年动乱的沉重打击，然后到新时期的复兴，经风雨沧桑，历半个多世纪。作为文学流派的整体形象塑造，时间之长、作家之众、影响之大在中国文学史上可圈可点，十分少见。

傅惠成在《赵树理传》一书的结尾，深情地赞颂道：

> 在中国文学史上，"山药蛋派"是一个从始至终、全心全意为农民服务的文学流派，这在新文学史上是绝无仅有的。他们从文学描写到客体对象以至创作塑造的审美形象，再到阅读者都是以农民为对象。他们的作品既反映了农民生存的现状，又表达了农民的思想感情、理想企盼，其根本点，就是为人的幸福、自由、尊严而创作。更难能可贵的是他们人格力量的震撼。赵树理在这方面达到了极致。他在危难时刻，不顾个人安危，为农民鼓与呼，他写"顶风文学"为农民讲话，伸张正义，追求真理，与农民共存亡，可谓感天动地，可歌可泣！

虽然"山药蛋派"的辉煌已成为过去，但它作为文学史的文化宝藏，却永留世间，赵树理与他所创造的艺术及其体现的时代精神也必将成为永恒！

一个不朽的名字和一部永恒的作品

——周而复与《白求恩大夫》

对于今天的读者来说，周而复这个名字已经显得有些陌生，即使是他最有影响力的代表作《上海的早晨》中那段被淋漓尽致描绘的改造资本主义工商业的往事，也显得离我们今天的生活有些遥远。

但是，当提起周而复早年的成名作《白求恩大夫》和据此改编的电影时，相信我们所有人都会肃然起敬。因为在中国百年来的民族解放史上，没有哪一个外国人的名字能让我们如此动容，如此敬仰，如此铭记！

《白求恩大夫》是一部完全根据真人真事创作的文学佳作。它将真实性与创造性、思想性与艺术性有机而完美地结合起来，在现当代文学人物长廊中为读者奉献了一个伟大而永恒的国际主义战士形象。

"要把我当一挺机关枪使用"

1939 年 11 月，当白求恩在河北唐县去世的消息传到延安后，毛泽东奋笔写下了《学习白求恩》一文，号召中国人民学习白求恩同志的国际主义精神、共产主义精神、毫不利己专门利人的精神以及对工作精益求精的精神，做"一个高尚的人，一个纯粹的人，一个有道德的人，一个脱离了低级趣味的人，一个有益于人民的人"。从此，白求恩这个名字传遍神州，成为最受中国人民崇敬的国际友人。

坐落在河北省省会石家庄中山西路的白求恩国际和平医院是当年白求恩亲手创建的边区模范医院，医院设立的白求恩纪念馆展现了这位伟大国际主义战士的战斗历程。距离和平医院不远处的华北军区烈士陵园，更是长眠着这位白衣战士，他的墓碑和雕像在苍松翠柏中矗立了六十多个春秋，向世人无言地讲述着那段永不褪色的记忆。

1938年3月，为了援助中国人民的解放事业，白求恩受加拿大共产党和美国共产党派遣，率领一个由加拿大人和美国人组成的医疗队来到延安。当时八路军在抗战前线缺医少药，而有人居然还在讨论医疗队该不该到前线去，白求恩急了，把凳子扔在门外，最后大家接受了白求恩的意见——"马上组织医疗队上前线"。

同年6月17日，白求恩从晋绥来到晋察冀。在五台金岗库的村头，军民近千人列队欢迎白求恩和他的医疗队。聂荣臻司令员身着军装，站在队伍的最前面。白求恩一行牵着十三头毛驴进了村，毛驴背上驮着医药物资，老百姓从来没见过这么多医药物资。白求恩希望聂荣臻司令员马上分配他任务，"要把我当一挺机关枪使用"。白求恩到达前线后不久，毛泽东亲自给聂荣臻发电报，指示每月付给白求恩一百元。白求恩当即给毛主席写了一封信："敬爱的毛泽东主席，来电敬复如下：我谢绝每月百元津贴。我自己不需要钱，因为衣食等一切均已供给……"当时八路军官兵一律实行供给制，发给每人每月的津贴费最低是一元，最高是五元。在1938年抗日战争初期，这一百元津贴是相当可观的。

白求恩最不能容忍医疗救护的麻痹懈怠，看到工作中的缺点，总是马上纠正。他看到伤员冻得发抖，就让休养所所长把自己的被子给伤员盖上；他查房检查病人时，看到主治医生怕脏，不亲自检查大便，他就让主治医生弯下腰亲自闻一闻，以鉴别病人患了何种痢疾；当有的医生连给伤员上夹板都不会时，他就会打医生的手来纠正；看见护理员洗绷带不细心，他会去按护理员的双手，要求多用些力气……正是他的严格要求，我们的医疗工作进步很快。在晋察冀龙泉关召琨寺为抢救一位团长，后方医院送错了手术器械，他看了后气得把器械扔了一地。这正是他对工作极端负责的表现。

白求恩大夫还研制出许多适应游击战灵活机动特点的医疗设备，"卢沟桥"药驮子就是其中典型的例子。当时在日寇频繁"扫荡"的恶劣环境中，医院的药械装备不方便搬动，不能很好地适应战争的需要。1939年，白求恩带领医疗队到了河北冀中。时值春耕时节，河北农民用毛驴向耕地送粪的粪驮子又好装又好卸，引起了白求恩的兴趣。白求恩马上联想到可以用粪驮子的原理做一副箱子，放在驴背上搬运药械。白求恩发明的这副药驮子正好可以放下一套手术器械，取下后放在地上，上面放一块门板就是手术台，非常方便。一天清晨，白求恩听到民兵们在唱《卢沟桥》小曲，觉得这个名字很有意义，于是就给他的药驮子取名叫"卢沟桥"。这种药驮子一直用到解放战争，进了大城市。药驮子的原件现保存在中国人民革命军事博物馆。

1939年10月下旬，白求恩在涞源县摩天岭战斗中医治伤员时，不幸手指感染中毒，于11月12日在河北唐县逝世。他在临终前给聂荣臻司令员的信中这样写道："告诉加拿大和美国，我十分快乐，我唯一的希望是能多有贡献。……让我把千百倍的谢忱送给你和其余千百万亲爱的同志！"

周而复在晋察冀的三年

抗日战争的烽火点燃了一个伟大的时代，众多的作家"携笔从戎"，纷纷走上前线，他们既是文艺工作者，又是前方战斗员。在共产党领导的抗日民主根据地留下了许许多多作家的足迹，他们生活在军队和人民当中，从事文艺创作。其中就有日后成为中国文坛一颗巨星的周而复。

周而复生于安徽省德县，1933年入上海光华大学英文系学习，投身左翼文艺运动，参与编辑《文学丛报》和《小说家》月刊，并开始文学写作。1938年大学毕业后，他毅然离开四周被日本侵略军占领的孤岛上海，经香港、广州、武汉、西安，步行到了革命圣地延安。1939年秋，周而复作为八路军总政治部文艺小组组长率队奔赴敌后。他们二十几个人从延安出发，渡过波涛汹涌的天险黄河，经晋西北抗日民主根据地，由一二〇师三五九旅派部队护送过同蒲路封锁线，一天一夜步行了一百多公里，平安到达向往已久的晋察冀民主抗日根据地。

他们在军区见到了聂荣臻司令员和政治部主任舒同同志。工作了一段时间，周而复便到第四军分区去了。他先在分区驻地，不久敌人大军分几路进山"扫荡"，他便立即到了三分区的一个主力团，这个团的代号是"季家湾"，周而复和战士一道参加反"扫荡"战斗。他有时到营部去，有时到连部去，和战士一同生活。

在火线上，周而复看到在八路军轻重机枪火力的扫射下，许许多多敌人倒了下去；看到边区子弟兵虽然身上挂了彩，鲜血染红了草绿色的军装，但仍然坚守在阵地上，不断射击敌人，并且不喊一声痛；还看到随着部队一同行动的边区自卫队员在离火线不远的地方，带着轻便的担架，随时准备抢救运送伤员。团长带着通信员、司号员和警卫员身先士卒，在火线上指挥。他身上也带着一支手枪和两颗手榴弹，和团长一道行动，尽可能协助他们做点儿力所能及的工作。

周而复在边区参加了许多重要的战役，作战间隙创作了不少短篇小说，如反映1940年八路军百团大战的小说《侵略者底最后》《消灭》《一支农民的哀曲》等。这些作品描写了八路军战士的英勇顽强,同时揭露了日本兵受蒙蔽而表现的愚蠢麻木,语言简洁生动,刻画人物却很细腻,作品颇有速写的味道。

在他所写的反映晋察冀战斗生活的作品中,最著名的无疑就是《白求恩大夫》。此书写得非常生动感人,以至于读者们以为周而复与白求恩相识,甚至有着很深的交往和友谊。其实并非如此,周而复是1939年秋天来到晋察冀的,而白求恩在时隔不久的同年11月12日病逝,他们并没有见过面。那么,周而复又是通过什么特殊渠道了解和掌握这位异国烈士的事迹的呢?我们从周而复在晚年撰写的《往事回首录》中终于找到了答案:

在晋察冀军区,经历了频繁的大小反"扫荡"的战斗生活,有时我一夜要睡几十里路。为什么?因为黄昏以后宿营,吃过晚饭,上炕休息了;突然发生情况,马上迅速集合出发;走了二三十里路,宿营,立即和衣而卧。在睡梦中突然又被推醒,发生敌情,立即转移,于是出发;走了二三十里地,再宿营;刚躺到炕上睡觉,东方发白了。整整一夜走了数十里路,睡了,走;走了,睡。经常处在极度紧张的战斗生活中,我患了三叉神经痛,痛得厉害时,仿佛脑袋要炸开似的,身上半边神经也痛了,别说看书,连看报也不行了。

军区领导要我到卫生部所属医院治疗休息。当时军区卫生部部长是游胜华,以前是姜齐贤。我从医生那儿了解到他们和白求恩大夫一起工作的情况,并且在手术室里仔细观察他们为病号伤员做手术的具体经过;还进一步了解和白求恩大夫一起工作的详细情形,为我以后创作有关白求恩的作品积累了素材。

在大反"扫荡"中，整个军区可以说没有前方和后方的区别，今天是后方地区，明天可能变成前方。敌人的侵略部队过来了，轻病号和可以走动的病号都随医院转移，只有不能走动的重伤员才坚壁在深山的老百姓家里。反"扫荡"过后，我虽在病中仍然尽可能争取工作，继续写一些短小的通讯、报告文学发表在军区政治部出版的《子弟兵》等报刊上。

因为是病人，所以最懂得医生的分量，又因为军区卫生部游胜华部长是白求恩最亲密的同行战友（在遗嘱中，白求恩将最多的手术器械分给了游部长），所以周而复得以获取白求恩实际生活的宝贵素材。尤其他是较早一批到达晋察冀的作家，距离白求恩工作生活的那段时间很近，反映当时的历史面貌自然也就更加真实。

到1942年冬天回延安中央党校学习为止，周而复在晋察冀同边区人民一起度过了三年的战斗生活，三年紧张的战地生活使他无暇构思鸿篇巨制，却为他积累了极其丰富的创作素材，为后来创作的丰收打下了坚实的基础。

《诺尔曼·白求恩断片》：报告文学名篇

报告文学属于叙述真人真事的散文作品，适于迅速地反映重大社会意义的生活题材，具有战斗性和群众性，洋溢着时代的气息。抗日战争时期，中华民族面临生死存亡的紧要关头，全国人民投入救亡图存的斗争高潮，热爱祖国的文艺工作者，有的担任新闻记者，有的在抗战部队，用具有战斗性和群众性的报告文学的形式，把亲身所见所闻的斗争生活及时反映出来，鼓舞广大的群众和浴血奋战的指挥员和战斗员，使报告文学盛极一时。有些作者，在自己当时所写的报告文学作品的基础上，又创作了小说和戏剧以及其他文学形式的作品。从报告文学《诺尔曼·白求恩断片》到长篇小说《白求恩大夫》，就是其中最为成功和典型的一例，它不仅在当时起了重要的宣传教育作用，就是在今天看来也不失它的社会意义和文学艺术上的成就。

在当年解放区作家群中写报告文学的，周而复应该是一位佼佼者。尤其是他的代表作《诺尔曼·白求恩断片》，不仅在晋察冀边区报告文学创作中首屈一指，就是在整个现代文学史的纪实作品中也堪称经典之作。

20 世纪 20 年代，瞿秋白的访苏实录《饿乡纪程》和《赤都心史》，可以说是中国报告文学的滥觞。1925 年，上海发生震惊中外的五卅惨案，茅盾、叶绍钧和郑振铎把南京路上发生的真实情况及时报告给世人，受到国内外读者的关注。到了 1936 年，报告文学有了进一步的发展，出现了许多杰出的篇章，传诵一时，夏衍的《包身工》、洪深的《天堂里的地狱》和宋之的的《一九三六年春在太原》是这一时期的代表作。

周而复在文学创作上，走过了一条从文学唯美到真实记录，再回到艺术创作的道路。20 世纪 30 年代，他曾沉醉在英国、法国和旧俄 18 世纪与 19 世纪的文学作品里，翻译过一些短小的英国和美国的诗歌、散文和短篇小说，在上海光华大学英国文学系的毕业论文，就是用从英文译本转译的屠格涅夫的一部中篇小说来代替的。他的第一篇报告文学习作写于 1936 年 5 月 21 日这一天，发表在茅盾主编的《中国的一日》里，题目是《在深林一样的马路上》，仅有一千多字。《中国的一日》是仿照高尔基曾经主编《世界的一日》的体例编辑的。编者以 5 月 21 日这一天的全国各地的生活实况和社会见闻为文章内容，通过这一天的横断面看出当时中国社会各阶层生活的面貌，共收到六百万字的三千多篇文章，蔚为大观。茅盾在《关于编辑的经过》中说："在这丑恶与圣洁、光明与黑暗交织着的横断面上，我们看出了乐观，看出了希望，看出了人民大众的觉醒。"

从 1939 年到 1942 年，周而复在晋察冀边区生活，子弟兵和人民群众用血肉创造历史，作家则用笔记录下他们惊天动地的英雄史绩。他受到边区轰轰烈烈的战斗生活的感染，先后写作了《黄土岭的夕暮》《开荒曲》等报告文学。回到延安以后，抗日民主根据地的英雄人物和事迹日夜萦绕在他的脑际，他迫切感到有责任及早写出来，报告给前方（包括敌后广大地区）和后方人民，特别是伟大的国际主义战士白求恩同志的英雄事迹。

对于这段生活和写作情况，周而复后来回忆说："瞬息万变的惊心动魄的战斗给我以深刻的印象，边区人民和他们的子弟兵用自己的鲜血和骨肉，随时随地筑起一段又一段铜墙铁壁，连接起来便是一道道新的长城，使我来不及深入酝酿反复构思，反'扫荡'的生死存亡的激烈的斗争要求我尽快地把这些英雄事迹报道给边区子弟兵和广大人民群众，我便写了一些两千字左右的短小篇章寄给《子弟兵》三日刊编辑部发表。"他在边区写作的这些短篇报告作品记叙的多是根据地军民的对敌军事斗争，后来收进了散文报告集《歼灭》。其中，《黄土岭的夕暮》可视为它们的代表，这篇作品在紧张激烈、扣人心弦的冲杀搏斗中，渲染了浓烈的战斗气氛。这是作家亲身参加的百团大战和边区军民各次反"扫荡"战斗的真实记录，描写真切、生动、现场感较强。但也如作家所说，这些作品"来不及深入酝酿反复构思"，稍嫌简略一些。

1944 年，为纪念白求恩同志逝世五周年，周而复根据在晋察冀边区搜集到的素材，写作了长篇报告文学《诺尔曼·白求恩断片》，并在延安《解放日报》发表。延安的安定环境和较长时间的构思加工，使这篇报告文学获得了极大成功，它不仅比《歼灭》中各篇文章细致和充实多了，并且达到了其报告文学创作的最高水准。作品以精心选择的几则白求恩生活片段，生动叙写了白求恩大夫在晋察冀边区深入火线、救死扶伤的感人事迹。但作家并没有满足于主人公生平事迹的一般性介绍，而是着力通过典型的情节和个性化语言刻画白求恩同志鲜明的性格特征，塑造出一位伟大的国际共产主义战士的形象。作品突出描写了白求恩大夫对伤病员倾注的无限热忱，为了减少前方负伤战士的死亡，他不顾个人安危，坚持把手术台安在火线上；为了挽救重伤员的生命，他毅然献出自己的鲜血；伤员行走的山路破损了一级台阶，别人跳过去，他却搬来石头垫上……

这篇报告文学在表现白求恩对伤员的热诚爱护时，还写出了他坦率、耿直的性格。他对那些不关心伤员的现象深恶痛绝，批评从不留情面，一位医生不负责任的工作使他十分气愤："中国共产党交给八路军的不是什么精良的武器，而是经过二万五千里长征锻炼的干部，为什么对干部这样不关心？"伤员的腿不得已被锯掉后，白求恩拿着断肢很痛苦地自语道："这是生命啊，在海洋，在日光中，至少是一百万年的变化史呀……"这样的语言既反映出白求恩大夫职业上的特点，也表现了这位国际共产主义战士的思想情怀。白求恩同志为中国人民解放事业竭尽劳瘁的事迹十分感人，加之作家在报告中倾注了深深的崇敬之情，整篇作品情酣意浓，感人肺腑，是一篇讴歌共产主义信仰和人性大爱的杰出作品。

在香港完成小说《白求恩大夫》

1946年夏天，周而复被派到香港从事文化工作，优越的创作环境为他提供了建构鸿篇巨制的条件，于是，反映河北敌后抗战生活的长篇作品《白求恩大夫》和《燕宿崖》在此得以收获。当时位于海边的英皇道十分安静，周而复的工作也不算繁忙，遇到空闲的时候，坐在斗室里，仰望窗外晴空，浮想联翩，晋察冀战地生活景象纷至沓来，各种人物和生动形象不断在他的脑海里出现，于是酝酿、构思、创作小说,他首先写出《白求恩大夫》这部小说。之前在延安所写的《诺尔曼·白求恩断片》报告文学,完全是真人真事,不允许展开幻想的翅膀。但小说不同,作者可以概括集中,甚至在现实生活的基础上允许有合理的虚构,想象的翅膀可以飞翔了。另外,报告文学比较简短,当时应《解放日报》约稿连载,他只写了两万多字,许多生活素材没有写进去,因此到香港后反复构思,以传记小说的形式来写,特别着重对白求恩等人物性格上的刻画,加强第二次反法西斯世界大战背景,显示伟大国际主义者的高尚精神。

周而复创作这部作品的灵魂所在,无疑是毛泽东主席在《纪念白求恩》里所指出的:"一个外国人,毫无利己的动机,把中国人民的解放事业当作他自己的事业,这是什么精神?这是国际主义的精神,这是共产主义的精神,每一个中国共产党员都要学习这种精神。"根据领袖对白求恩的崇高评价,作家开始构思怎样写《白求恩大夫》这部小说:既要歌颂白求恩,也要歌颂毛主席、党中央所领导的晋察冀抗日民主根据地的八路军和群众。小说中所要反映的矛盾是什么?是如何在工业落后地区,物质条件极端困难,像晋察冀根据地这样的地方,正确进行抗日卫生医疗工作。

作家在小说里不少地方写了白求恩受到毛泽东思想的教育和影响,我们平心而论,就白求恩所处的历史环境和他对毛泽东衷心爱戴和一以贯之的信服而论,小说中的描写应该是实事求是的。如白求恩对童翻译说:"中国同志从实际出发,实事求是的科学精神,这一点对我的教育意义更大。过去,我就知道什么病应该到什么地方去治疗,什么病应该用什么药,什么手术应该用什么手术器具。我认为这是天经地义不可变更的。我有些时候急躁,主要是从这方面来得多。现在,我发现我是错了。根据毛泽东的学说,应该是有什么武器用什么武器,在什么地方打什么仗,对付不同的敌人用不同的方法,这就是生动的马克思列宁主义。我现在深切地了解为什么八路军在工业落后的地区，拿着最坏的武器，有的甚至是原始的武器，可以打最漂亮的胜仗，用劣势的力量可以战胜优势的敌人的道理。在最困难最紧急的时候，锯木头的锯子就是最好的手术器具。方主任是对的。"

毛主席著作当时在晋察冀根据地还没有英文版发行，白求恩未能直接看到毛主席著作，但是从用毛泽东思想武装成长起来的八路军指战员身上，从战斗中，从工作中，从作风上，他学习了毛泽东思想，并且受到很大的影响。小说里曾写到白求恩对童翻译说："我曾经进过医科大学，并且是皇家学院外科学士会的会员，可是，我真正进大学并且受到有益的教育，是在毛泽东的部队里。"

关于人物塑造问题，周而复更是思考了很久。白求恩到晋察冀后接触过很多人（包括伤病员在内），和白求恩一同工作的同志也不少，有晋察冀军区卫生部负责同志，有炊事员和勤务员，不是自始至终都是那么几个人，就连英文翻译也不止一个，伤病员就更多了。面对这样众多的人物和故事，怎么处理？要是如实写来，不仅重复，而且没有必要。于是作者决定必须集中概括，选择那些比较有典型意义的人物和故事，除了白求恩基本上根据真人真事外（当然其中也有集中概括部分），其他人物大都是集中概括的，如三五九旅方国桢主任，如徐连长，如童翻译，如勤务员邵一平……都是在现实生活基础上虚构的，不是真人真事，连姓名也是虚构的，有的只保留了姓。八路军高级指挥员则一律保留真实姓名，不论在小说里出场或者只提到一下。故事情节也是集中概括的，有的把有关的故事情节集中到某一个人物身上，有的故事情节改变了时间和地点，便于集中描写。和白求恩一同工作的大夫，除了写方主任这个放牛娃出身没有进过正规医科学校而是在八路军这个大学里成长的医生以外，同时还写了军区卫生部尤思华副部长和医务科长凌亮风。他们的医疗技术水平相当专业，如果只突出写方主任，那会以偏概全，不符合当时情况。

在小说中，作者除了成功塑造了主人公白求恩和方大夫等主要人物之外，还用不少笔墨写了众多伤员的英勇事迹，写了根据地广大群众对抗战的支援，这些生动的描写，不仅仅是对塑造白求恩这个典型人物的有力衬托，甚至可以说正是因为这些普普通通的敌后军民的教育感染，才产生出白求恩这个伟大的英雄人物。如写齐会战斗，一二〇师在这场战斗中打败了敌人，取得了辉煌的胜利。白求恩在离火线不远的地方抢救伤员，给八路军指战员很大鼓舞。徐连长就是在这一次战斗中重伤不下火线，第二次腹部受伤的。因为他带伤继续战斗，带部队阻击敌人增援，因而取得歼灭敌人的胜利，这给了白求恩深刻的印象和重大的影响。他对这样的反法西斯英雄人物更加敬佩。白求恩说："我一想到八路军在火线上那样英勇作战，受了伤还不肯下火线，我身上就生长出一种力量，想多做一点儿工作。"

白求恩和边区群众的关系，周而复在作品中主要写了两段，一是他给群众看病，二是他化装成老百姓到游击区群众家里看伤员。同时，毛主席的人民战争思想、军民的鱼水关系，也使白求恩赞赏不已："在离敌人十多里的地方，有这样的设备，是一个巧妙的有机的结合。"先前，他不相信部队把伤员放在老百姓家里会被护理得很好，但事实让他不得不信，面对这世界上的奇迹，他感到自己太主观了，而中国人民的智慧太伟大了。白求恩受到晋察冀英雄人民的热爱和敬佩，而晋察冀英雄人民也给白求恩以重大影响，使他赞叹这种奇迹。

1946年12月27日，周而复含着热泪写完《白求恩大夫》的最后一行，完成了这部近二十万字的长篇小说。作品先在《小说》（月刊）连载，后由上海知识出版社于1949年2月出版。《小说》是1948年7月在香港创刊的一份进步文学月刊，郭沫若还专门为《小说》写了长篇回忆录。创刊号发表了七个短篇小说，除了周而复的《白求恩大夫》长篇小说连载之外，还有茅盾的《惊蛰》、沙汀的《选灾》、巴人的《一个头家》、蒋牧良的《老秀才》、解放区青年作家西戎的《喜事》等。这个刊物的问世，受到中国港澳地区和南洋一带读者的热烈欢迎，茅盾等人同时也设法在上海等地区发行一些。从此，小说版的《白求恩大夫》与报告文学一样，迅速传遍大江南北，成为享誉文坛的红色经典名篇。

同作家的报告文学相比，《白求恩大夫》这部传记体小说更为全面和生动地描写了白求恩同志在晋察冀抗日根据地，无私支援中国人民抗日战争的一系列感人故事，成功地塑造了一个崇高的国际主义战士的伟大形象。作品写了白求恩大夫令人折服的高超医术，写了他培训战地医生的特殊方法，写了他对工作极端负责的态度，还写了他对伤病员无比的关心和爱护，通过这些生动的事例，作品全面展示了白求恩兢兢业业、无私忘我的思想情怀。不仅如此，作品更突出刻画了白求恩鲜明的个性特征，给读者塑造了一个活生生的人物形象。

白求恩性格的主要特点是执着和直爽，他的这些个性在他的生活和工作中处处表现出来。到达晋察冀边区的当天，白求恩发现许多伤员没有棉被，他对伤病员的关怀立刻转为对卫生部徐部长的严厉质问。当得知医院没有棉被时，白求恩主动拿出了自己的棉被。他对医疗工作严肃认真，容不得半点儿错误出现。他检查出一例不合格的手术，便坚决拒绝实施手术的方主任参加特种外科医院的培训，当他得知方主任是通过刻苦的自学才成为八路军的土医生时，感到了深深的内疚，亲自写信向王旅长承认错误。小说还从许多细小的方面来表现白求恩的性格和情感，比如他看到方主任做了一例好手术，高兴地把方主任抱在怀里；他工作劳累之后便不自觉地向童翻译发脾气；他获得缴自日寇的战利品却像孩子似的欢喜异常。

作品通过这些细节真实地表现了白求恩的内心世界，同时使白求恩思想性格的各个侧面更加丰满和充实。

小说《白求恩大夫》问世后，立即在海外引起关注，翻译稿甚至还被作为外国作家的创作素材直接用在作品中，这在中国现代红色经典文学中还是唯一的一例。《白求恩大夫》最先在茅盾等人编辑出版的《小说》（月刊）上连载，龚澎（后来的新中国首位女外交家）当时也在香港从事党的文化工作，她很喜爱这部小说，并请陈为熙先生翻译成英文，准备介绍到美国或者加拿大出版。当时全国尚未解放，《白求恩大夫》这部小说英文译稿一时未找到适当机构出版。后来这部英文译稿到了加拿大作家泰德·阿兰（Ted Allen）和塞德奈·戈登（Sydneg Gordon）手里，他们准备写白求恩传记，《白求恩大夫》小说英文译稿相当多的部分被用在他们写的传记里了。为表达对周而复的衷心感谢，作者在作品前言里专门写下了这样一段话："中国作家周而复的《白求恩大夫》给了我们莫大的帮助。周而复的第一手叙述对于白求恩本人的日记是重要的对证材料，尤其是关于那些还没有用任何文字在其他任何地方叙述过的事件。周而复的著作，以及其他未出版的材料，都是由陈为熙给我们翻译的。"

白求恩在晋察冀参加反对日本法西斯的英勇战斗生活和光辉形象能够以英文和读者见面，周而复作为中国最早、最完整创作白求恩文学作品的作家，是作出了突出的贡献的。这本名为《外科解剖刀就是剑》的传记（又译作《手术刀就是武器》），于1952年在波士顿出版。1954年3月，巴金同志主持的平明出版社把这本传记译成中文出版，书名改为《白求恩大夫的故事》，这使中国读者还能有机会了解白求恩在加拿大和西班牙的战斗生活。全国解放以后，翻译出版了《白求恩大夫》这部小说的日文译本和俄文译本，白求恩的英雄事迹也同样深深感染着异国他乡的每一位读者。

电影《白求恩大夫》雪藏十三年方上映

由周而复小说原著改编的电影《白求恩大夫》于 1965 年拍摄完成，但是因为特殊年代的原因，十三年后才第一次上映。影片里的几位主演谭宁邦、村里、英若诚、杨在葆，以及田华、师伟、仲星火、陈立中、吴雪等一众配角演员，演技都相当娴熟。

其实早在 1951 年，文化部就准备把《白求恩大夫》这部小说改编为电影剧本，并且要原作者自己改编，还专门派导演从北京到上海来找周而复商谈这件事。而他从来没有写过电影剧本，也没有想过要写电影剧本，但因为是文化部的意见，而且是改编白求恩的电影剧本，作为小说和报告文学的原作者，周而复又感到义不容辞，于是接受了这个任务。尽管他当时工作很忙，但还是克服困难，设法利用业余休息时间把电影剧本写了出来。

但影片拍摄却很久没有下文，隔了一段时间，才知道是因为某些极左领导人的阻挡。

1958 年，国际知名电影导演尤里斯·伊文思拍完有关中国故事的纪录片《早春》以后，与周而复和电影专家司徒慧敏一起讨论改编《白求恩大夫》这部小说摄制电影的设想。伊文思早有这个愿望，摄制《白求恩大夫》电影来表现白求恩的无产阶级国际主义精神，他表现得十分热忱，此举当然也得到了大家的完全赞同。不久，周而复到拉丁美洲和欧洲几个国家访问，这次出访时间很长，将近一年以后才回到国内。这时，伊文思早已离开中国，摄制《白求恩大夫》电影的事就暂时搁下来了。

1962 年冬，周而复收到电影导演张骏祥同志的一封信："……根据你写的小说《白求恩大夫》，我改编成电影剧本，兹奉上改编稿本，请审阅指教……"他看了一遍，觉得改编得不错，有少数地方值得商榷，本来想找机会和导演商谈一下，但不久，这个改编本在 1963 年 1 月号《人民文学》上发表了，而张骏祥也离开了北京，所以很遗憾原著作者和改编者未能当面商谈。

两年之后，《白求恩大夫》电影样片被送到北京，周而复应文化部之约看了并提了一些意见。这以后，又是很久没有听到消息。

《白求恩大夫》这部影片又被打入冷宫，禁锢十三年之久。如果从 1951 年算起，《白求恩大夫》影片竟然遭压制了二十七年之久！直到粉碎了"四人帮"，《白求恩大夫》这部影片才能重见天日，终于和广大观众见面了。而周而复的《白求恩大夫》这部小说，也由人民文学出版社发排重版，重新唤起了广大读者对这个不朽名字的追怀与崇敬。

《白求恩大夫》影片正式上映，周而复怀着激动的心情，与观众一起含着热泪看完了这部感人至深的电影。他认为此片的主要内容和原著小说基本相符，摄制得很好，能够看出导演、演员、摄影和所有参加摄制工作同志的艺术匠心。影片中增加的一些细节产生了很好的效果，如原著小说只在行军中唱《游击队之歌》，改编者增加了白求恩中毒患病躺在担架上唱《游击队之歌》，不仅前后呼应，而且增加了悲壮气氛，表现了伟大国际主义战士身患重病时的昂扬斗志，效果很好，许多观众看到这儿都哭了。

不过，影片中有几处改变原著的细节，周而复认为并不恰当，值得商榷，因为涉及当时根据地斗争的有关史实，他以历史亲历者的身份直言不讳地予以指出。我们找到了刊登在 1978 年 2 月号《广东文艺》上作者谈《白求恩大夫》的一篇文章，对此有详尽的阐释。在此，不妨把周而复为影片"挑毛病"的原文抄录下来，既为存史，也可见作品改编的优劣得失——

　　　　如白求恩是晋察冀军区卫生顾问，原著小说由军区卫生部尤副部长和他一同行动并领导军区医疗队，到冀中军区和各军分区去医治伤员检查工作，方主任只是作为一个工作人员参加医疗队，一面向白求恩继续学习，一面担任部分工作，这是符合当时情况的。改编者把方主任"提拔"为军区医疗队的政治委员，这不仅削弱了尤副部长的戏，而且不符合实际情况。军区医疗队应该由军区卫生部负责同志参加并领导，而不应该由方主任领导，因为方主任只是三五九旅卫生部的一名卫生主任，怎么能够领导检查各军分区的医疗卫生工作呢？

又如徐连长是一二○师的干部，在冀中齐会战斗腹部受伤被白求恩抢救。他忽来忽去，改编者没有详细交代，最后把缴获阿部中将的大刀和领章赠送给白求恩。这个细节原著小说是没有的。小说只是写白求恩在参加打扫战场时，从一个日本鬼子尸体上用小刀割下来少尉肩章，做个纪念。改编者为了要徐连长赠送阿部中将的大刀和领章给白求恩，在前面一个场合里，增加了白求恩下命令要徐连长抓一个活的少将，而在白求恩临死前徐连长送来一个死了的中将的大刀和领章。且不论徐连长并没有参加黄土岭战斗，更不是徐连长打死阿部中将；也不论阿部中将是一九三九年十一月七日被八路军炮兵打死在黄土岭的，战斗一直在继续进行，直到一九三九年十一月十二日清晨白求恩逝世，黄土岭的战斗也没有结束，当时不可能把阿部中将的大刀和领章送到远在完县黄石村的白求恩手里，事实上也没有这回事。但文学艺术是允许在现实生活基础上虚构的。我们不妨认为这是可能发生的事吧。但是，毛主席创造和培育的八路军是讲三大纪律八项注意的，"一切缴获要归公"，这是每一个八路军指战员都知道的。就算徐连长参加黄土岭战斗并且缴获了大刀和领章，他也应该向上级报告战果，而不是向白求恩报告；大刀和领章也应该交给上级处理，不能自己随便赠送给白求恩的。原著小说齐会战斗的胜利品，如日本呢大衣和罐头等，是贺龙师长送给白求恩的。看来改编者未免片面追求戏剧效果了，而没有考虑历史的真实。改编者增加这个细节，如果徐连长说明是奉军区聂司令员或其他高级指挥员命令要他送来的，那就比较合理一些。现在这样处理，反而有损于徐连长的形象。

当然，文学和电影属于两个不同的艺术创作门类，原著作者所提的意见，只是白璧微瑕，并不妨碍《白求恩大夫》仍然是一部优秀的感人影片。

自从白求恩去世后，几十年来，周而复的小说《白求恩大夫》在宣传白求恩革命事迹方面起到了重要作用。笔者经多方搜集，找到了《白求恩大夫》十多种不同版本，其中包括1944年问世的《诺尔曼·白求恩断片》，这是周而复最初以白求恩为题材的一部报告文学，首先在延安的《解放日报》上发表，也是当年最早、最全面反映白求恩在中国工作和生活的珍贵记载。还有1949年初在平山编辑到北京后出版的"人民文艺"丛书中收入的小说《白求恩大夫》，以及新中国成立后人民文学出版社的历次翻印的版本，再加上俄、日、英、法等外文版本，总印数无法估量。

周而复离休前曾经担任文化部副部长、中国人民对外友好协会副会长等职务，晚年仍笔耕不辍，勤于著述，并以自己独具一格的欧体行楷书法，成为享誉国内外的书法名家。他在任文化部副部长期间，还参与领导成立了中国书法家协会和各省市书协分会，并担任中国书协副主席和中国书协顾问等职。

2003 年底，我曾将收藏多年的一本《白求恩大夫》寄给周而复先生，请他在书上签名题字。过了一段时间，收到了从北京寄回的这本书，周而复先生在书上亲笔题签，落款还标明写于医院病榻"二〇〇三年十二月十三日北京医院治病中"。半个多月后的 2014 年 1 月 8 日，一代文坛大家周而复不幸病逝，享年九十岁。这本周而复先生临终绝笔签名的文学名著《白求恩大夫》，便成为我书斋中永远的红色珍藏。

最早表现土改斗争的名著

——丁玲与《太阳照在桑干河上》

在中国现当代的著名女作家之中，没有哪一位拥有丁玲那样广泛而持久的影响力，没有哪一位可以像她那样同时走进时代和政治的峰巅与谷底。她那曲折传奇的命运，她那生死如歌的绝恋，她的大爱大恨，她的至性至真，铸就了作家一生史诗般的苦难辉煌。

在晋察冀敌后根据地战斗的外来文艺战士中，丁玲是与河北结缘最深、扎根最久的一位。八年全面抗战，她率领西战团驰骋太行群山，三年解放战争，她执纤笔一支转战燕赵沃土，终于写就了一部属于这块红色土地的文学经典——《太阳照在桑干河上》，荣获斯大林文学奖，有史以来第一次为河北的文学创作赢得了世界声誉！

从文小姐到武将军

为了探访一代传奇女作家的创作历程，我多次采访了丁玲的丈夫陈明、女儿蒋祖慧和儿子蒋祖林，他们向我讲述了一个在疾风暴雨中前行的革命文艺女兵的真实形象。

丁玲发表小说《梦珂》和《莎菲女士的日记》的时间是在1927年和1928年，此时虽然冰心、庐隐早已声名鹊起，但是以表现五四落潮时期一种时代的苦闷和刻画青年女性的叛逆的绝叫者的复杂性格而言，丁玲的《莎菲女士的日记》是别人没有能够写出，而新文学史上也无可替代的作品。再加上《梦珂》《暑假中》等一批作品，好似在这死寂的文坛上抛下一颗炸弹一样，大家都不免为之震惊了。一举成名的丁玲写作十分勤奋，短短两年间她就有了《在黑暗中》《自杀日记》《一个女人》三部小说集出版。这些作品题材内容不尽相同，思想艺术水平有高有低，但都不同角度、不同程度地表现出一种在黑暗中寻找光明、在苦难中寻求出路的社会反叛情绪和社会批判意识，开掘出一种深深的时代的失望和痛苦，表现出热烈的个性、解放精神和对于未来的朦胧而热切的憧憬。

20世纪30年代初期，丁玲完成了从小资产阶级民主主义文学向无产阶级革命文学的转变。她从描写知识女性的苦闷和痛苦的狭隘天地里挣脱出来，开始正面描写社会革命斗争，表现共产党人的革命活动。1930年初，丁玲发表了长篇小说《韦护》，接着，又以《一九三〇年春上海》作为参加"左联"后向读者的献礼，作品对于革命者心理的描写和性格的刻画比较真实自然，也比较具有生活气息。作家以自己的现实主义的艺术描写超越和突破了既有的创作模式，对于丁玲来说，这种创作上的转变，无疑是宣告了她的创作将和时代一同前进的可喜信息，丁玲从此跨进革命文学作家的行列。

1933年5月14日，丁玲在家中被国民党特务秘密绑架。上海《大美晚报》登载《丁玲女士失踪》消息，接着上海、天津、北平一些报刊相继报道，此事成为社会热点。蔡元培、杨杏佛、胡愈之等三十八人联名，向南京国民政府行政院长、司法部部长发出营救丁玲、潘梓年的电报，呼吁"尚恳揆法衡情，量予释放，或移交法院，从宽处理"。6月19日，中国左翼作家联盟发表《为丁潘被捕反对国民党白色恐怖宣言》称："现在丁玲，或许已被埋葬在国民党刽子手们经营的秘密墓地中。"

鲁迅一直在密切关注此事，还写了《悼丁君》："如磐夜气压重楼，剪柳春风导九州。瑶瑟凝尘清怨绝，可怜无女耀高丘。"在此期间，中国民权保障同盟主席宋庆龄致电行政院长汪精卫要求援救，巴比塞、瓦扬·古久里、罗曼·罗兰等国际友人也发起强烈的抗议和声援。当年国民党特务抓捕丁玲的当事人沈醉后来曾说："丁玲同志未被杀害，绝不是因为她自首、叛变。她如果自首、叛变，我们这些人不会不知道。她没被处死，完全是因为她的名望。"

在毛泽东诗词中，题赠作家的只有一首，就是写给丁玲的《临江仙》："壁上红旗飘落照，西风漫卷孤城。保安人物一时新。洞中开宴会，招待出牢人。纤笔一枝谁与似？三千毛瑟精兵。阵图开向陇山东。昨天文小姐，今日武将军。"从这首词里，也足见毛泽东对丁玲的器重。

1936 年 11 月，丁玲逃出南京，辗转到达中共中央领导机关所在地陕北保安。她是第一个到延安的文人。丁玲的到来，给陕甘宁抗日根据地原本力量薄弱的文艺运动增添了新鲜的血液。

丁玲与毛泽东虽是初次见面，但是并不陌生。1921 年夏天在长沙，她参加了在船山书院开办的补习班，原来说毛润之先生也要来讲课，但是最终没有来。她是那时知道这个名字的。后来，她与几个女同学一起转入岳云中学，其中就有后来成为毛泽东夫人的杨开慧。

在保安，共产党在革命根据地成立了第一个文艺协会组织，毛泽东称之为"近十年来苏维埃运动的创举"。组织的名称，开始叫"中国文艺工作者协会"，毛泽东建议改为"中国文艺协会"。丁玲被推选为中国文协主任。毛泽东问丁玲："还想做什么？"丁玲说："我想当红军，上前线去，看看打仗。"毛泽东思索了一下说："还来得及，还赶得上最后一个仗。明天有队伍上前线去，你就跟着杨尚昆主任他们走吧！"

从西战团到张家口

正如毛泽东在《临江仙》词中所写，一支纤笔足抵三千毛瑟精兵，舞文弄墨的女作家开始了戎马生涯的新生活。

1937年七七事变爆发后，丁玲提议组织一个战地记者团，开赴抗日前线进行战地采访报道。这个消息传出以后，抗大的同学们纷纷要求参加。他们的举动得到了中共中央的支持，将抗大四大队和战地记者团合并，组成战地服务团这样一个综合性的文艺宣传团体。毛泽东曾先后几次找丁玲谈话说："这个工作很重要，对你也很好，到前方去可以接近部队，接近群众，宣传党的政策，扩大党的影响。你们在宣传上要做到群众喜闻乐见，要大众化，不管是新瓶新酒也好，旧瓶新酒也好，应该短小精悍，适合战争环境，为老百姓所喜欢，要向友军宣传我党的抗日主张，扩大我们党和军队的政治影响。"

1938年11月，西战团奉命前往晋察冀抗日根据地，奔赴抗日前线，抵达晋察冀边区的平山县。晋察冀边区是四面被日军占领的城市及交通线所包围的抗日根据地。敌人经常对根据地进行"扫荡"和骚扰，边区的军民常年处于战斗状态。这种特殊的环境使西战团与人民群众的关系更加密切，也使他们的宣传工作更贴近人民群众的愿望和要求，真正做到了与群众水乳交融。1940年前后，戏剧组的同志在唐县、完县、繁峙县开办了三个乡村艺术干部训练班，为地方培养了数百名文艺宣传骨干。他们还同其他剧社一样，深入农村，帮助组织和辅导村剧团。

1942年春，西战团根据军区的指示，选拔了二十余人组成了"武装宣传队"，到平山、繁峙等县潜入敌人的据点附近开展对敌宣传演出。他们还创作了六十多部剧本和歌剧，如《团结就是力量》《八路军和孩子》等，都很受群众的欢迎。

1944 年 4 月初，西战团奉命调回延安。根据周扬的建议，由西战团组成创作组将邵子南同志在晋察冀边区收集的"白毛仙姑"的故事编成歌剧。

西战团在党的文艺方针指引下，在艰难困苦的战斗环境中，以革命的大众的文学为抗战服务，为人民服务。1945 年 6 月，中宣部决定撤销西战团建制，大部分成员被分配到鲁艺各系。西战团的历史宣告结束。

在西战团期间，陈明不仅参加演出，还把宣传工作搞得有声有色，成为丁玲同志的得力助手，他不顾年龄上的差距与丁玲产生了爱情。1942 年，三十八岁的丁玲与二十五岁的陈明结婚。婚后四十年陈明与丁玲恩爱有加，不管是丁玲被打成右派或是"反革命"，他都不离不弃，就像丁玲晚年在病痛中所说，没有陈明，她一天也活不下去。

1945 年 8 月 23 日，晋察冀边区军民消灭了负隅顽抗的日本侵略者，解放了塞外名城张家口。10 月初，丁玲、杨朔、肖三和陈明等作家经中共中央办公厅批准后从延安出发，徒步行军两千余里，于同年 11 月底到达晋察冀边区首府张家口。

丁玲在张家口时，住在晋察冀日报社，大部分时间致力于笔耕。1946 年 3 月 12 日，综合性半月刊《北方文化》在张家口创刊，丁玲为编委会委员，并在该刊发表了小说《我在霞村的时候》。随后，中华全国文艺协会张家口分会成立，丁玲任理事和编辑出版部部长，负责出版文艺丛刊及丛书，并主编《晋察冀日报》副刊，还为副刊写了发刊词《创作漫谈》，随后又发表了长篇报告文学《陕北乡村三日杂记》、长篇文学评论《谈大众文学》。此外，丁玲还曾担任张家口文协机关刊物《长城》主编，编发了许多著名作家的作品。丁玲在张家口期间还到过宣化瓦窑厂体验生活，和陈明、逯斐等人共同创作了反映窑工斗争的大型话剧《"望乡"畔》，发表在《北方文化》第 3 期上。

从温泉屯到宋村

1946年夏，党中央关于土地改革的《五四指示》传达后，丁玲立即请求参加晋察冀中央局组织的土改工作队。7月底，她和陈明、赵珂、赵路四人到了怀来县、涿鹿县一带。她曾在辛庄和东八里逗留过几天时间，于8月初离开东八里，渡过洋河和桑干河来到了隔河相望的涿鹿县温泉屯。在这里，丁玲以土改工作队队员和作家的双重身份住了下来，参加村里的土地改革。当时，在内战逼人的形势下，要尽快完成土改，任务十分艰巨。工作组进村后，从把握全村的阶级状况入手，进行调查研究，开展思想发动。正如丁玲本人所说："我在工作上虽然本领不大，却有一点儿能耐，无论什么人，我都能和他聊天……都能说到一块，我和那些老大娘躺在炕上，俩人睡一头，聊他们的家常……我可以和老头子一起聊，也可以和小伙子一起聊……"就在这种亲切随便的聊天中，丁玲了解了村里各类人物的家庭、生活和土地财产状况。

在调查中，丁玲还发现，虽然贫苦农民对即将开始的土改抱有很高的热情，但依然心存疑虑。于是，她把工作组成员召集在一起，神情严肃地说："如果我们把土改只看作是党和民主政府对农民的恩赐，而不是在提高农民觉悟的基础上形成农民的自觉行动，那么，我们的工作将会毫无结果。即使开过了斗争会，分了田地，胜利也是不巩固的……"丁玲的分析赢得了大家的赞同，大家一致决定通过召开贫雇农会、中农会、妇女会等多种形式，进一步宣传党的土改政策，结合算账诉苦，启发农民的觉悟。

丁玲本人也耐心地、一次次地给乡亲们讲政策、讲道理，引导他们认识"谁是土地的主人""到底谁养活谁"等道理，使他们逐渐提高了认识。随着贫苦农民认识的提高，丁玲和工作队队员们组织他们展开了土改斗争。首先是组织佃户分头向地主进行说理算账，并亲手从地主手里拿回本来属于自己的红契，并把红契交到农会，分地时统一分配。其次是由农会统管全村地主、富农的果园，并组织农民收摘、出售，全部收入分配给农民。紧接着，召开了清算斗争大会，对被群众称为"八大尖"（均为地主）中的头一尖进行了批斗。这个昔日不可一世的地主，在贫苦农民的声声控诉中面如土色，连声认罪求饶。一个接一个斗争的胜利，大长了贫苦农民的志气，激发了他们投身土改的勇气，温泉屯的土改如火如荼地进行着。在斗争的关键时刻，丁玲和工作队队员们更加注意把握斗争的大方向，及时防止和纠正可能出现的有违党的政策的任何偏差，保证了土改斗争的健康发展。从对下面几件事的分析和处理上，温泉屯人更加深切地体会到丁玲同志的政策水平和工作能力。

陈明说，土改开始以后，丁玲敏锐地感觉到，这是一场改变中国农民命运的大事，于是要求下去参加工作，但那时并没有明确地想到要去写小说。在参加了几个村子的土改之后，她积累了大量生动的素材，这些新的人物新的故事，又把她脑子里原来储存的那些陕北的人物和故事激活了，在撤离张家口、徒步去阜平的途中，她一路走一路构思，到了目的地，她说，这部长篇已经有了，只需要一支笔、一沓纸和一张桌子，把它写出来。所以，这部小说正是丁玲参加延安整风之后，用老百姓喜爱的手法，表现中国农民命运的第一次重大尝试，也是第一个突出的成果。

丁玲刚刚动笔写《太阳照在桑干河上》的时候是在晋察冀边区政府的所在地阜平，最终定稿则是到了正定华北大学。多年之后，丁玲回忆起这段往事，还记得写作时的细节，她说："这书写得很顺利，一年多就完成了，这中间还参加了另外的两次土改。"怪不得这书写得这么好，原来一直都有源源不断的生活素材在丁玲的身边。她记忆中的两次土改，一回是在行唐，另一回就是在石家庄郊区的宋村。她在宋村的土改工作中担纲领衔唱主角，全心全意地为人民，专门花了四个月的时间组织全村土改。

如今出了石家庄的南二环，就是故事中的这个宋村。我早在十几年前就来此探访过丁玲的旧迹并找到了房东大娘。在这儿一提起丁玲的大名，全村老少不管是见过她的，还是没见过她的，个个都竖着大拇哥，说这个妇女闹革命，那可真是不容易。当年，丁玲在这里帮着贫农说媳妇儿，动员后生去当兵，那好事办了一箩筐，村里没人不知道。这其中，老乡们印象最深的一段往事又是什么呢？

丁玲来到宋村的时候，这里刚刚迎来了解放，村里成立了五委会，管的就是粮食、财政、公安、动员、柴草这五项大事，差不多相当于现在的村委党支部。丁玲把这个五委会按着党的政策框了框，发现这个组织不靠谱，一声令下给它解散了，很快就建立了贫民团，还从里面选出了一批能干实事的干部。

这个贫民团的工作是什么呢？他们先是开会研究村民成分，把村民分出了地主、富农、中农、贫农、雇农五个级别，只有贫农才有资格参加会议，这会上定了一件事，就是把地主的土地家产分给了贫农。这事办得干净利落，受苦的老百姓们都念着丁玲的功劳。咱们这位妇女干部那可是不简单，用现在的话说，她最明白的就是与时俱进这个道理。到了1948年，丁玲意识到贫民团也不符合政策的发展了，于是又解散了贫民团，成立了农民协会，下中农、中农和贫农一样，都成了协会的成员。

有了这么多的力量，自然也就能干大事，农民协会挽起袖子就把全村的人口、土地划了个细目，给每人分了两亩多地，还留下三百亩耕地做均田。这样一来，大伙都把土地拿到了手里，全村的大人孩子都乐得像过年似的。

说起这个城里来的女干部，乡亲们都有说不完的话。对于丁玲的房东大娘来说，这闺女给她留下的印象更是特别深刻，好多事一说起来就跟昨天发生的一样。大娘回忆说，那一年，来了五个人的工作组，她把南边的房子腾出来给丁玲住，几个男的就住在北屋。这几个人都是组织上派来的干部，可是个个都没有领导的架子，跟乡亲们就像一家人似的。

大娘还记得，这个姓丁的闺女是一双大脚，整天东奔西跑地忙工作，那一双脚上都是茧子，根本就不像个女人的脚。大娘瞧着心疼，还专门给她做了一双舒舒服服的棉鞋。丁玲整天整宿地忙着老乡们的事，有一回累得生了病，好几天下不了床，多亏了大娘家里的大爷出门抓了药，才把她的病给治好。

当时，谁也不知道丁玲就是那个后来在苏联获了大奖的作家，直到工作组走了以后，大家才知道，她就是那个写小说的大文人。到如今，大娘的孙子们都已经长大，个个都读过那本《太阳照在桑干河上》，一跟外人提起这事，这一家子都自豪地说："俺们家里还住过那个大作家丁玲呢！"

1948年4月底，丁玲告别了宋村的老乡，去了正定县的华北大学，她把这几个月的生活融进了小说的初稿，这就是那部享誉后世的大作——《太阳照在桑干河上》。

从西柏坡到布达佩斯

说起丁玲跟河北的缘分，那还真是挺深的。不光她自己在这里工作了很多年，就连她的老伴儿陈明也和这片土地有着一段不解之缘。1948年，陈明就在石家庄市做工人，也曾经到过丁玲所在的宋村。多年前，我专门去北京看望年过九旬的陈老，还特地带上了自己收藏的《太阳照在桑干河上》的早期版本。陈老一瞧见这本书，眼睛忽然一亮，连连说着："这么早的版本太难得了！太珍贵了！你知道吗？当年出版这本书，还是经过西柏坡中央领导批准的呢！"

关于这部人人皆知的大作，还有不少鲜为人知的故事。当年，丁玲已经到了华北大学，心爱的作品《太阳照在桑干河上》刚刚定稿。这时候，她接到一个通知，说是党中央决定要她参加中国解放区妇女代表团，到匈牙利布达佩斯出席第二届世界民主妇女代表大会。丁玲的心里明白，这是党中央给予她的鼓励，是对她近年来工作的肯定。

就这样，丁玲到了中共中央所在地平山县西柏坡，在这里还遇到了一位多年的老友毛泽东。

早在全面抗战之前，这位巾帼女杰从南京国民党的监狱逃了出来，一路到了陕北，中共中央为了给她接风，还专门举行了一个隆重的欢迎会。在那里，丁玲第一次见到了革命领袖毛泽东。之后，丁玲跟着队伍上了前线。有一天，她忽然收到了一份特别的礼物，是一页电报，她仔细看过一遍，心里暗暗叫绝，原来，这是毛主席送给她的一首《临江仙》："纤笔一枝谁与似？三千毛瑟精兵。阵图开向陇山东。昨天文小姐，今日武将军。"

一别几年，如今在这里重逢旧友，毛主席和丁玲都很激动，两个老朋友握了手，主席说："历史是几十年的，不是几年的。究竟是发展，是停止，是倒退，历史会说明的。"丁玲跟主席汇报了土改的情况，主席一边听，一边不住地点头，告诉丁玲："你是了解人民的，同人民有结合。你已经在农村工作了十二年，足够了，以后要转向城市，要转向工业，要学习工业，要写工业，写城市建设。"

在西柏坡，丁玲还做了一件重要的事，就是把《太阳照在桑干河上》的书稿交给胡乔木等几位领导同志过目，希望能够得到他们的支持，尽快出版。这部大作的第一批读者把稿子看了一遍，都觉得这书确实很好很及时，出版的事没有问题，而且最好能赶在丁玲出国之前印出来，好把这书带到国外去，让外国友人了解中国的文学，了解中国的社会。

从斯大林文学奖到丁玲纪念馆

有了这几位重量级读者的支持，1948年8月，《太阳照在桑干河上》由东北的光华书店出版发行。

书中，作者自觉地运用历史唯物主义的科学思想指导自己的生活实践和创作实践，自觉地坚持反映生活真实是现实主义文学创作的精髓这个基本原则，根据作者参加土改运动的实际体验和对中国社会的深入研究，具体地、真实地表现了土改运动时期我国农村社会生活的复杂面貌，首先是阶级关系和阶级斗争的复杂面貌。作者不是简单地表现农民与地主的矛盾，不是从概念和公式出发去反映土改斗争，而是循着生活的脉络，把延续千百年的中国农村社会各个阶级之间存在着的错综复杂的社会关系真实生动地表现出来。小说在表现生活本身的丰富内容和复杂关系方面，是相当充分的。在反映贫苦农民和地主之间这一主要矛盾斗争的同时，也深入表现了其他社会阶层之间的差别、矛盾和斗争。农村的土地改革正是在这样复杂的条件下，在无声的刀光剑影中激烈地展开的。

小说成功地塑造了众多生动的人物形象，真实地再现了典型环境中的典型性格。全书写了四五十个人物，比较重要的就有三十几个，这些人物来自不同的阶级和阶层，有各自的身份、相貌和性格特征，他们无不在尖锐残酷的斗争中经受考验，表现着自己的意志和要求，形成错综复杂的社会关系，适应着作品描写土改运动的需要。由于作家刻画人物的出色才能和本领，她笔下的人物大多给读者留下了清晰的印象。作品为读者提供了20世纪40年代后期解放区农村的特定环境中涌现的先进农民形象，同时还塑造了一些落后农民形象，突出了他们在新社会的转变过程和心理变化。其中，农民侯忠全的形象是有代表性的。书中描写的几个地主中，最具特色的是钱文贵和李子俊老婆。作家没有停留在写他们表面上的穷凶极恶，而是多方面描写了他们的阴险狡诈，在描写这些反面人物时，力避类型化、脸谱化、漫画化，而是按照实际生活的本来样子，刻画他们各自的性格特征，展现他们在土改运动中从抵抗到垮台的真实过程。

《太阳照在桑干河上》描写了暖水屯土改斗争从发动群众到斗倒地主的全过程，情节波澜起伏，故事线索纷繁，但主次分明，繁而不乱。小说把与地主、贫农都有亲戚关系的富裕中农顾涌作为结构的中心，从他在胡泰家里赶回胶皮大车开始写起，最后又以胡泰到顾涌家要回胶皮大车结束。小说由顾涌串联了各个阶级人物交叉复杂的矛盾纠葛，又把农民与地主钱文贵较量的过程作为全书的主线，同时穿插着许多其他矛盾冲突。这种结构同土改斗争题材的复杂性非常吻合，表现了丁玲高超的组织结构的艺术功力。

现代著名作家、文艺理论家冯雪峰在《〈太阳照在桑干河上〉在我们文学发展上的意义》一文中评论："这是一部艺术上具有创造性的作品，是一部相当辉煌地反映了土地改革的、带来了一定高度的真实性的，史诗似的作品；同时，这是我们无产阶级现实主义的最初的比较显著的一个胜利，这就是我们文学发展上的意义。"果不其然，就当丁玲带着这部《太阳照在桑干河上》走出国门之后，这书中字里行间那一股子中国解放区农村的泥土气息轰动了国际文坛，1949 年它被译成俄文，在苏联《旗帜》杂志上发表，1951 年荣获斯大林文学奖二等奖。

1955 年和 1957 年，丁玲两次遭受极左路线的残酷迫害，被错划为"丁陈反党小集团"、右派分子，下放到黑龙江垦区（现汤原农场）劳动十二年，其间创作了《杜晚香》。"文革"时期，她又被关进监狱五年。粉碎"四人帮"后，丁玲的冤案逐步得到平反。1984 年，中央组织部颁发《关于为丁玲同志恢复名誉的通知》，彻底推倒多年来强加给她的一切不实之词，肯定她是"一个对党对革命忠实的共产党员"。丁玲在晚年，不顾体弱多病，勤奋写出了《魍魉世界》《风雪人间》等一百万字的作品，创办并主编《中国》文学杂志，热情培养青年作家。

1986 年 3 月 4 日，丁玲在北京多福巷家中逝世，享年八十二岁。杰出的文学家、革命战士丁玲虽然离开了她最热爱的土地和人民，但是广大读者尤其是河北的父老乡亲们没有忘记她。为了纪念"让太阳照在桑干河上"的光明使者，1995 年 9 月，涿鹿县温泉屯乡新建了丁玲纪念馆并挂牌，著名作家魏巍亲笔题写了馆名。2004 年 10 月 12 日是丁玲诞辰一百周年，温泉屯乡又投资对丁玲纪念馆进行了修缮和重建，并正式揭牌开馆对游人开放。

一部《太阳照在桑干河上》，把中国当代史上一位著名的女作家丁玲和涿鹿这片土地紧紧地连在了一起。1946 年，丁玲在晋察冀边区参加土地改革运动，来到了桑干河畔的温泉屯。两年后，她完成了著名的长篇小说《太阳照在桑干河上》。这部名著深刻而生动地反映了中国农村的巨大变革，是丁玲创作的里程碑。1951 年，它荣获苏联斯大林文学奖。她从稿费中拿出五千元，买了图书、乐器等，在当地建立了中国第一所文化站——温泉屯文化站。

1953 年、1979 年，丁玲又两次张开双臂向朝她拥来的温泉屯村民呼喊："我回来了！"丁玲三次来到温泉屯，与生活在桑干河畔这块古老土地上的百姓们结下了深厚的情谊。

丁玲纪念馆不是一座普普通通的纪念馆，这是现当代河北文学最初走向世界的里程碑，这是解放区文学走进新时代的序曲，这是中国人民从此站起来的最为形象的艺术诠释……丁玲可以安息了，她的灵魂终于重新回到了桑干河——初升太阳照耀的地方！

平凡儿女造就英雄史诗

——袁静、孔厥与《新儿女英雄传》

1937 年，日本帝国主义带现代化武装倾巢来犯，我们却只有少量"小米加步枪"，敌我力量悬殊。但是，共产党和其领导的军队、人民群众越战越勇，越战力量越大。原来小片小片的根据地扩大了，连成大片，形成农村包围城市的局面，迫使日军步步缩退，直到最后宣布无条件投降。

中国共产党领导的抗日战争，怎么这么快就取得胜利了呢？当然回答这个问题，已经有众多的党史资料和抗战书籍，给出了历史定论。然而，还有一本文学书籍，它虽然是作家创作的，是艺术加工的，但却以鲜明的主题思想和典型的人物故事，更加形象生动、富有感染力地回答了这个问题，它就是长篇小说《新儿女英雄传》。

《新儿女英雄传》的传奇故事

小说《新儿女英雄传》描写的是抗日战争初期，冀中白洋淀地区中共党员黑老蔡发动农民组织抗日自卫队，青年农民牛大水积极参加的故事。牛大水与黑老蔡的小姨子杨小梅本来互相爱慕，嫌贫爱富的杨母却将女儿许给了破落户张金龙。杨小梅不堪丈夫张金龙的虐待，逃至姐夫处投身革命，被安排在县训练班，与牛大水同在一起学习。参加抗日工作的杨小梅更加看不惯不务正业的丈夫，积极争取张金龙一起参加革命抗日。张金龙在杨小梅的争取下，先是勉强顺从抗日，而后旧习不改，投奔汉奸何世雄。杨小梅因此与张金龙彻底脱离关系。牛大水与张金龙展开了多次针锋相对的斗争，在反"扫荡"战斗中，牛大水与杨小梅被俘，杨小梅带伤逃脱。牛大水为救护民兵高屯儿，被何世雄、张金龙百般折磨。高屯儿脱险后因俘获何世雄之子，便将其做人质换回牛大水。牛大水和杨小梅因养伤又相聚在一起，两人感情倍增，伤愈后，他们在老蔡领导下继续投入战斗。后来，牛大水带领抗日自卫队活捉了汉奸何世雄和张金龙。

　　故事中的男主人公牛大水原本是一个极普通的穷苦农民，勤劳朴实，安分守己，有着浓厚的农民意识。黑老蔡约他一起去取抗日武器时，他怕耽误了自己的农活，说："行倒行……就是明天我地里有点儿活。"共产党员高屯儿介绍他入党时，他不禁随口问道："在了党，我还种地不？"大水最初的愿望不过是勤勤恳恳种好地，踏踏实实娶媳妇。参加抗战后，这样一个土生土长的农民没有马上变成一位英雄。培训时他不会发言，打仗时他不会使枪，他领导的游击队没打伤伪军却打伤了自己人。然而，抗日战火的磨炼、艰苦斗争的考验使他逐渐成长起来。他以惊人的毅力忍受住敌人的严刑拷打，表现了宁死不屈的顽强意志；他只身一人深入虎穴，以超人的勇敢和智慧打开了申家庄工作的局面；他领导的游击队也以化装送亲和夜间偷袭的方式，先后端掉了敌人的两座炮楼，成为能打大仗的过硬队伍。牛大水本人则从一个大字不识的农民，逐渐成长为村农会主任、村长、游击队中队长、区小队队长、区委书记，最终成长为党的成熟的基层领导者。

　　关于他的人物原型，作者袁静讲道：

就说牛大水吧，他在"生死关头"里的英勇斗争和不屈不挠的牺牲精神，就是一位优秀干部的亲身经历。他从那以后改名为张复生，就是纪念这回事儿。现在他身上的伤疤还有很多，手指头被钉子穿过，身上被火烫过，被打的伤还都留着疤痕，全身几乎没有一处没有伤的。他当时就是被汉奸们拉出去要砍头的，那刽子手刀都举起了，忽然有人叫喊着跑过来，他就绝处逢生，留下了这条性命。当然牛大水的故事不只是张复生一个人的经历，还概括了一些旁的同志的经历。当时冀中的对敌斗争实际上还伟大得多，我们因为能力限制，所反映的不过是现实的千分之一、万分之一罢了。有些事情看起来或许像奇迹，实际上人民的英雄们的确创造了无数奇迹。在共产党、毛主席的领导下，奇迹是太多了。

故事里的女主人公杨小梅与牛大水一样也是一个成长中的英雄人物，她经历了抗日斗争的种种磨难，更走过了妇女精神解放的艰难历程。她被母亲强迫嫁给兵痞张金龙，受到种种虐待，参加抗日工作后才解除了封建礼教式的婚姻。她在斗争中表现出女同志少有的坚定和勇敢，如孤身一人进村侦察敌情，自告奋勇到危险的城关地区开展工作，斗争烈火的磨炼终于使她成为众人景仰的抗日女英雄。

小说中杨小梅的人物原型

杨小梅的人物原型正如作者袁静所说："杨小梅也是根据几个性格相仿的女同志集中起来写的。她的模特儿，有的还在当地工作，有的已经南下，有的已经牺牲了。不过杨小梅这个名字可不是真的，正像牛大水、刘双喜……许多人的名字一样，都是虚拟的。许多村庄也没用真名字，这是恐怕受事实的限制，也为的是避免误会。这样的写法，在文学创作上是常用的……"

所以"杨小梅"就是我国抗战时期众多平凡又伟大的女性缩影。河南省南阳市的张惠忠就是《新儿女英雄传》中杨小梅的生活原型之一。

1918 年，张惠忠出生在河北省深县辛村乡北小营村一个贫苦的农民家里。她从年轻时起，脑海里就牢牢地记住了日军在深县烧杀抢掠、奸淫妇女的种种罪行。小惠忠恨侵略者，在心中与日寇结下了深仇大恨。为了将日本强盗赶出冀中平原，十三岁的小惠忠经常光着脚奔波在北物村、田家庄、西物村之间，为八路军和游击队传话、送信。惠忠十五岁那年，父亲张文锦这位黄埔军校毕业、一直从事地下工作的中共党员，在一次战斗中为掩护村干部转移而被捕，不久遭反动地主武装集团杀害。与张文锦一起被捕的村妇联主任张素华宁死不屈，被惨无人道的敌人活活打死。之后，张惠忠接任了村妇联主任。1940 年春，正在带领群众同敌人作斗争的张惠忠被伪军押回了北小营村。敌人对她严刑拷打，但倔强的她没有供出半句敌人需要的话。在关押期间，区维持会的一名地下党员帮张惠忠逃出了魔掌。

此后不久，日军对冀中平原执行了疯狂的烧光、杀光、抢光的"三光"政策。野兽般的日军见人就杀，见房子就烧。乡亲们将粮食、锅碗勺埋在地下，纷纷跑到野外隐藏，有时一晚上不得不转移好几个地方。为消灭敌人，保存自己，时任妇联主任的张惠忠和村干部组织全村男女老少，白天在野外练习打枪、刺杀、甩手榴弹，晚上悄悄地潜回村子挖地道。乡亲们将地道挖到了村口、树下、锅台里，挖到了牛棚、羊栏、水井中，地道把家与家、村与村连成了一片。敌人来了，乡亲们藏在地道里袭击敌人。有一次，日伪军对辛村、北小营等几个村庄进行大搜捕，张惠忠身带两支从敌人手里缴获的手枪，带领乡亲们与敌人展开了激战，日军上房顶，他们钻地道，日军在明处搜，他们在暗处打。乡亲们勇猛善战，英勇杀敌，战斗进行了一天一夜，敌人只好仓皇败走，乡亲们无一伤亡。

张惠忠练就了双手打枪百发百中的本领，被四邻八村的乡亲们誉为"双枪女妇联"。一次，张惠忠踏着月光提着一个装有文件的小包袱给八路军送信，突然间与日军的一个巡逻队相遇，张惠忠临危不惧，摸出手枪左右开弓，接连撂倒了六七个敌人。日军还在慌乱之中，张惠忠已消失在树林里。

抗日战争胜利后，张惠忠被调到了区里工作，先是任民政助理，后任妇联会委员。在此期间，年轻貌美的张惠忠和抗日英雄辛村区委书记刘庆丰恋爱结婚，并有了一个取名为"平芬"的女儿。不久，张惠忠被党组织安排到中原局党校学习。半年后，奉上级命令，一家三口背上行囊，踏上了南下接管建设开封、洛阳的征途。

身为共产党员，张惠忠不计个人得失，时刻听从党的召唤。战争年代，她是铮铮铁骨的女英雄；1985年患重病后，她顽强地同病魔作斗争；离职休养后，张惠忠经常被附近县市邀请参加各种会议，作革命传统教育，用老一辈浴血奋战的经历教育青年一代珍惜美好生活，在人生的道路上拼搏进取。

小说之所以能够生动形象地描绘出人民的实际生活状态及思想转变，就是因为有无数勤劳智慧的人民为其原型。《新儿女英雄传》不光是千千万万爱国爱家爱生命的人民的缩影，同时也能从中看到袁静与孔厥两位作者的影子。

袁静与孔厥扎根群众搞创作

《新儿女英雄传》为袁静与孔厥共同创作的作品，他们在创作上的合作在中国现代小说的发展史上真可谓是惊天动地。他们的小说《新儿女英雄传》是为数不多的集体创作中声名远播的文学作品。喜欢读书的忘不了的是他们的小说，不喜欢读书的忘不了的是根据他们的小说改编的电影或评书。要说到为冀中儿女写英雄传记最有名、最成功、最深受冀中人民欢迎的解放区作家群，袁静和孔厥应能名列前茅。

1947年，在冀中边区抗敌文协创作组的袁静、孔厥深受毛主席《在延安文艺座谈会上的讲话》影响，为了贯彻《讲话》精神，走文艺大众化的道路，与工农兵相结合，创作出一部有分量的长篇小说，两个人从延安来到冀中，决定写一部反映冀中地区抗日战争的长篇小说。

一开始，袁静、孔厥、秦兆阳三个人合作，写了十八万字之后因缺乏素材写不下去了，就准备推倒重来，这时秦兆阳退出了。袁静、孔厥决定到河北安新县雁翎队的根据地——抗日最为活跃的地方去体验生活并进行实地采访。如袁静所说："不参加实际的斗争，就不可能写出有血有肉的真实作品，文艺工作者最好是到部队、工厂、农村里面去，和广大群众一起生活，一起斗争，逐渐使自己和群众发生血肉相连的关系，这样才能真正理解他们，熟悉他们，描写他们。过去在这方面，我们是做得很不够的。"

之所以选择白洋淀，是因为那里的人民具有光荣的革命传统，早在1923年已有中国共产党领导下的农民运动，1927年夏便建立起淀区第一个党支部。特别是在抗日战争时期，活动在白洋淀的抗日武装雁翎队，在党的正确领导下，利用淀区芦荡遍布、沟河交错的有利地形，开展机动灵活的游击战，以弱胜强，痛击日本侵略者，显示出燕赵儿女的聪慧勇敢。

1948年，袁静和孔厥一起来到白洋淀。袁静在雄县担任妇女干事，参加过土地改革运动等。孔厥在区上正式做助理员。据孔厥回忆："激烈的战争在不远的平汉线上展开。我光荣地担负了担架队连长，带着农民担架队到火线上，几天几夜地进行工作。情况的突然变化又使我们受了敌人的包围，后来流落在敌人的后方；我和指导员郭育珍及许多老乡亲，倔强地坚持，经过了几次危险，终于胜利归来。以后王凤岗匪军又'扫荡'我们的地区，在那儿的几个文艺工作者都参加了反'扫荡'的游击战或其他工作。在这种同生死、共患难的情况下，是最容易和群众结成一体的。"

　　冬天，他们又被派到另一个地方做平分土地工作。袁静在妇联岗位上连累带急，生了病，孔厥也累得吐了血。安新县妇联主任马淑芳来看望袁静。袁静在《关于〈新儿女英雄传〉的创作》中写道："我偶然和我的好友妇联主任马淑芳同志聊起她参加革命的经过。马淑芳同志的不幸遭遇和曲折的奋斗经历，引起我极大的同情和兴趣，使我有了想要塑造这样一种妇女典型的强烈愿望。我好像发现了新的矿藏，说服了我的合作者。"这个合作者就是《新儿女英雄传》的作者之一、袁静的丈夫孔厥。袁静与孔厥在工作中产生了爱情，结婚后不久，两个人一道深入连队，采访干部及雁翎队队员，掌握了大量素材。在以后的日子里，袁静和孔厥列出详细的写作提纲，孔厥构思牛大水、杨小梅、张金龙之间的婚恋关系，袁静写初稿，孔厥加工整理，以"深入浅出，雅俗共赏"八个字为创作目标，既要使认识一千个字以上的人能够看得懂，又要让不识字的人也可以听得懂。如袁静后来回忆所说：

　　　　因为我们以前是在一起工作的，所以人物和故事彼此都熟悉。在写作以前，又把主题思想和故事结构酝酿、商量好了。我们还把白洋淀一带八年（全面）抗战的大事列了个年表，此外又拟定了人物表。编好故事提纲，经过多次讨论、研究才动笔，所以写起来困难就可以少些。过去我们合作是这样分工的：因为我冲劲儿大些，又是河北人，口语上方便，就写初稿。孔厥琢磨劲儿大些，文字修养比我强，就修改；然后再一块儿研究，修正、润饰。这次写《新儿女英雄传》也是这样：我"冲"他"改"，再一块儿"修"。碰到困难的时候，两个人就一起突。也有个别的地方他特别熟悉，他先写，也有的地方他改了我再改……写到十多万字以后两个人都有些疲倦，索性坐到一块儿商量着写。这样倒也可以互相启发，互相补充，力量既可以集中，效果也可以更好些，就由我拿着笔，两个人研究着写下去。因为过去合作过好几个作品，文艺见解和创作作风都逐渐达到了一致，到写这部作品的时候，合作就更加顺利了。

另外袁静补充道："写成以后，我们曾经念给几个地方的群众和干部听，听取人们的意见，作了几次修改。后来又念给冀中区党委的几位负责同志听，征求领导的意见。区党委的同志们很负责，专门为这篇作品开会讨论，然后慎重地给我们提出意见。这些意见都很宝贵，我们根据他们的意见，再加以修改。"

然后两个人在保定莲池，一个风景秀丽、环境清幽的地方，进行了数月的整理加工。这部反映白洋淀人民在中国共产党的领导下坚持抗日斗争的十六万多字的长篇小说《新儿女英雄传》便脱稿了。该小说于 1949 年 5 月 25 日至 7 月 12 日由《人民日报》文艺版连载发表，1949 年 8 月和 9 月分别由冀南新华书店、上海海燕书店出版。

郭沫若为小说作序

《新儿女英雄传》一经出版便引起轰动，小说深受广大读者好评，并在全国第一次文代会上获得表彰。袁静和孔厥也由此蜚声国内。郭沫若对作品给予高度赞誉："这的确是一部成功的作品，大可以和旧的《儿女英雄传》，甚至《水浒传》和《三国志》之类争取大众的读者了。"新中国成立之初，当该小说由海燕书店出版印行时，郭沫若和谢觉哉分别为它作序，郭沫若热情赞扬道："本书的作者也是忠实于毛主席的指示而获得了成功的。人物的刻画，事件的叙述，都踏实自然，而运用人民大众的语言也非常纯熟。"谢觉哉称赞道："他俩写作是严肃而努力的，因而他俩的作品是成功的。"

1949 年 9 月，《人民日报》开始连载《新儿女英雄传》，引起很大反响，许多人关心主人公的命运，每天盼报纸、抢报纸。之后，出了单行本。第二次文代会（1953 年），作家协会有个作品发行量统计，长篇小说发行在两百万册以上的只有两部，其中一部就是《新儿女英雄传》。新中国成立六十多年来，该作品不停再版，畅销不衰，感染、影响了一代又一代中华儿女。其中人民文学出版社于 1956 年 10 月初版发行后，又相继于 1977 年、1978 年、1980 年、1994 年、2005 年、2013 年多次重印或再版。其国内总发行量达三百八十万册以上，并被译成英、法、德、俄、日等十余种文字在国外出版。

此外，该作品还被改编为多种文艺形式，获得了极其广泛的传播。1951 年，它被北京电影制片厂改编摄制成同名黑白电影，在捷克斯洛伐克第六届卡罗维·发利国际电影节上荣获导演特别荣誉奖，又获得文化部 1949—1955 年优秀影片三等奖；1993 年，它被改编摄制为十四集同名电视连续剧。1966 年，它被杨田荣改编为同名评书，1981 年又被单田芳改编为四十集同名评书，均在鞍山人民广播电台播放。1951 年迄今，它还被改编为同名连环画，分别由灯塔出版社（人民美术出版社）、河北美术出版社、天津人民美术出版社、辽宁美术出版社、江苏美术出版社、广西美术出版社、上海人民美术出版社等出版发行，其中一些出版社还多次再版，大量印行。特别是由冯真、李琦、林岗、顾群、邓澍、伍必端绘画，最早于 1951 年由灯塔出版社初版的连环画《新儿女英雄传》，1998 年、2011 年又两次被人民美术出版社作为精品连环画再版印行，成为连环画中不可多得的红色经典之一。

《新儿女英雄传》的艺术成就

为什么《新儿女英雄传》会如此受大家喜爱呢？究其原因主要有以下几个方面：

第一，作品采用了章回体小说的叙述方式，同时又对这种传统的小说艺术形式进行了改造。作品在回目上仍沿用了章回的名称，但题目不再是刻板的诗词，而是在简洁的标题下辅以民歌、民谣、民谚或成语，对每章的内容进行提示，这样既适应了读者的阅读习惯，又使作品带有了新时代的气息。小说的情节结构也具有章回小说的特点，基本上采取花开两朵、各表一枝的方法，但也灵活多变，不拘泥于一格，给人以连贯而又有变化的感觉。故事以两条线索发展，一条是在共产党员黑老蔡的领导下，牛大水、杨小梅等抗日军民同日寇及汉奸何世雄、张金龙的斗争；另一条是牛大水与杨小梅两人之间的爱情纠葛。这两条线索彼此交织、互相影响，并随着斗争的深入而逐渐发展。这样就让作品极具故事性，情节曲折多变，险象环生，每章结束时留下耐人寻味的悬念，下一章再慢慢道来，跌宕起伏，引人入胜。

第二，小说以冀中平原的白洋淀为故事发生地，以牛大水、杨小梅悲欢离合的恋爱婚姻为情节线索，在中国人民八年全面抗战这样广阔的时间范围内，生动展现了河北敌后抗日根据地人民在中国共产党领导下，同日本侵略者及汉奸地主进行的艰苦卓绝的英勇斗争。与反映河北抗战的其他小说相比，《新儿女英雄传》具有十分突出的特点，它描写了八年全面抗日战争的全过程，从根据地人民在战争初期的自发抗战到战略相持阶段敌我之间的复杂斗争，从敌人的"五一大扫荡"到边区军民遭受的重大损失，从1943年之后的根据地大变样到战略反攻的最后胜利，使读者得到了一个关于中国抗日战争的完整印象。正是因此，作品为我们提供了河北敌后抗战的丰富内容。小说几乎涵盖了武装斗争、防奸除特、建立政权、统一战线、民主选举、减租减息、拥军支前、冬学识字等边区抗日斗争的各个方面，特别是对闻名国内外的白洋淀雁翎队的抗日斗争，作了较为全面和深入的描写。对于战争风云初起之时国民党军队闻风而逃溃千里，地主、土匪武装遍地蜂起，共产党领导农民白手起家打日本的景象，小说也作了相当真切的描绘，并伴随着战争的发展，细致地表现了敌我双方力量的对比，以及此消彼长的变化。作品还从许多方面形象地描写了中国共产党对敌后抗战的坚强领导，深刻揭示了党领导人民赢得抗战胜利的伟大真理。从某种意义上说，这部小说堪称冀中抗战的百科全书。

第三，小说写出了多个形象饱满的农民抗日英雄。作品在塑造牛大水、杨小梅的英雄形象时，以较多的篇幅描写了他们所经受的种种锻炼，细致地勾画出他们艰难的成长过程，生动地展示了普通的青年农民在抗日战争中所焕发出的巨大力量。郭沫若读了小说之后兴奋地说："这里面进步的人物都是平凡的儿女，但也都是集体的英雄。是他们的平凡品质使我们感觉亲热，是他们的英雄气概使我们感觉崇敬。……读者从这儿可以得到很大的鼓励，来改造自己或推进自己。……不怕你平凡、落后，甚至是文盲无知，只要你有自觉，求进步，有自我牺牲精神，忠实地实践毛主席的思想，谁也可以成为新社会的柱石。"由郭沫若的评论可以看出，这部小说十分贴合人民群众并具有深远的教育意义。

袁静文学路上的"前三脚"

一部作品的成功不是一蹴而就的，袁静把自己走进文艺队伍的过程总结为"入门的前三脚"，也就是她早年在延安创作的三个剧本《减租》《刘巧儿》《蓝花花》，可见作家创作的长期积累是多么重要。袁静曾这样回忆道：

> 有多少作家就有多少创作的道路。我不是天才，也没有过人的聪颖，少年时代，出于爱国热忱，参加了地下党的秘密行动。十几年后开始写作，靠着自学和锲而不舍的精神，才作了一点儿微薄的贡献。
>
> 过去，有些编辑部要我写些有关处女作的回忆，我都没写，因为有些作家的处女作一鸣惊人，大有文章，而我的处女作却是平凡的、幼稚的、微不足道的。我从事写作起步较晚。1944 年，我在延安保安处秧歌队，既当演员，又参加写作组，搞节目没有剧本，不得不自己动手写。当时陕甘宁边区正在全面推行减租运动，我就写了一个秧歌剧，自编、自导、自演，群众倒也欢迎。书店给我出了一个小小的、薄薄的本本。一看书名就很可笑，《减租》，多么直露，多么简单，没水平啊！

尽管后来回忆起来，袁静觉得那时的自己的确还很幼稚，但她却写上瘾了。不久，陕甘宁边区发生了一起抢亲案件，审判员不调查研究，不走群众路线，从主观推测出发，断错了案子。被告直接向专员申诉，这场婚姻纠纷才得到合情合理的解决。《解放日报》为此发过社论，提倡"马锡五审判方式"。袁静觉得这个案件情节很曲折，又能发人深思，在马锡五同志的支持下，编写了一个秦腔剧本《刘巧儿告状》。秧歌队改成剧团，主要演秦腔，在延安给农民演出这个戏，受到了群众的热烈欢迎。那时，农村多是"野台子"，露天演出，几次下雨，农民打着伞站着看戏，看不完不走。有一位"左"得出奇的领导，发出了议论："这个戏为什么有这么大的吸引力？恐怕有毒素吧？"

不同的看法引起争议，但剧团继续演出，继续受欢迎。书店还出版了这个剧本，并给了袁静一笔象征性的稿费，只够买半幅被面。从此，她便调到丁玲同志领导的边区文协，成为专业创作人员。但让她没想到的是，全国解放以后，这个戏被移植为评剧，经著名评剧演员新凤霞演出后，一炮打响，风靡一时，还被搬上了银幕。但是电影制片厂把原著的名字抹掉了，现在已经很少有人知道这个戏和袁静有什么关系了。可向来淡泊名利的她却觉得这也无所谓，历史上许多文学作品作者的名字不是也不知道了嘛！

作家的第三脚踢得也很出彩。袁静来到专业写作团体以后，认真学习毛主席《在延安文艺座谈会上的讲话》，经常下乡。后来，她与孔厥合作写作了歌剧《蓝花花》，由梁寒光谱曲，中央管弦乐团演出，写的是贫农女孩儿蓝花花受地主剥削压迫，把孩子生在猪圈里，双目失明，后被八路军救出火坑，眼睛又复明的故事。

这出戏的演出效果是很强烈的。时任党中央副主席的周恩来同志观看演出后，特地到后台接见歌剧的编导、演员，鼓励说："虽然我们的歌剧艺术还不够成熟，但演的是我们边区人民自己的生活，我是很爱看的。希望你们多写一些反映人民生活的戏剧。"这就是袁静最初走进文艺队伍的"前三脚"。

也是因为有了这文学路上的"前三脚"，我们才能看到袁静与孔厥后来更好的合作。孔厥曾说："我看见我们写的《血尸案》在《冀中导报》连载后，下层干部和群众是怎样对待它的：他们每天抢着读，好些人把它剪下、贴起来，也有的把它抄在本子上，民教馆把它朗诵给群众听，村剧团、民间艺人、学校各处演唱。这些情形使我第一次感觉到：我们的作品是开始走进群众里去了。"可见，读者的喜爱与肯定也让两位作家更加坚定了继续创作更优秀文学作品的决心。

两位作家虽已离世，但《新儿女英雄传》作为红色经典依然活跃在读者的视野中。袁静和孔厥作为文艺工作者一直坚持"实践、创作、再实践、再创作……"，不断地锻炼，不断地提高，真正从思想感情上深入群众，并加以刻苦锻炼。袁静曾说："我们的确感觉到，要彻底改造自己，只有长时期地投身到群众斗争里去，密切和群众结合，才能解决问题。至于参加工作的方式，自然可以多种多样，根据具体情况来决定。某些在政治上艺术上有修养，而且已经有足够斗争经验的同志，即使在某一个时期，采用另一种工作方式——有目标的、精密的调查研究，深入的访问和体验，也未尝不可以产生较好的作品。"

2019年9月29日，习近平总书记在国家勋章和国家荣誉称号颁授仪式上的讲话中指出："英雄模范们用行动再次证明，伟大出自平凡，平凡造就伟大。只要有坚定的理想信念、不懈的奋斗精神，脚踏实地把每件平凡的事做好，一切平凡的人都可以获得不平凡的人生，一切平凡的工作都可以创造不平凡的成就。"中国革命和建设的胜利来自千千万万平凡人的奋斗。袁静和孔厥就是这样平凡而伟大的作家，他们塑造的人物也都是平凡的燕赵儿女经受革命烈火洗礼锻造成的民族英雄！

解放区文学中的纯美抒情曲

——孙犁与《风云初记》

　　孙犁的短篇小说《荷花淀》和长篇小说《风云初记》问世至今已有七十多个年头了，为什么今天读起来，还不觉得过时，并仍有一股清新的气息，一种向善的力量，一种诗意的享受呢？难道仅仅是因为作家具有高明和圆熟的技巧吗？难道仅仅是因为孙犁小说中充溢着诗情画意吗？

　　还是让作家自己回答这个问题吧。孙犁在《文学和生活的路》中提出"美的极致"论，他是这样说的："善良的东西，美好的东西，能达到一种极致。在一定的时代，在一定的环境，可以达到顶点。我经历了美好的极致，那就是抗日战争……"其实，这个意思孙犁早就在《风云初记》中说过："人的善良崇高的品质能够毫无限制地发挥到极致。"

　　的确，作家有幸"经历了美好的极致"，又有性灵、有才能捕捉、摄取、开掘、提炼和表现这"美好的极致"，从而表现了这"一定的时代""一定的环境"，同时也表现了作家的创作个性和艺术风格。孙犁在战争年代和新中国成立初期所写的那些最有代表性的、最为脍炙人口的作品，都足以说明这个问题。

从乡村教师到文艺战士

在晚年，孙犁曾写过一篇《我的自传》，文风一如其人朴素自然，毫无夸耀和粉饰，平实记录，是最为可信的生平自述，从中可以了解他如何一步一个脚印，从一名普通的乡村教师成长为党的文艺战士。我们愿意用"战士"一词来形容这位令人崇敬的作家，因为它比大师巨匠、宗师泰斗之类的美誉，更符合其人之朴实，其心之淡然。

1913 年，孙犁生于河北省安平县东辽城村，那是一个很偏僻的小村庄，他的幼年就在那里度过。十二岁，他跟随父亲在安国县城内上高级小学，住在一个亲戚家里。安国县离他的家乡有六十里路，这是一个以中草药聚散地而闻名全国的城市，相当繁华热闹。在这里，孙犁开始接触五四以后的文学作品，例如文学研究会的东西，其中有鲁迅、叶圣陶、许地山的小说，开始阅读当时商务印书馆出版的各种杂志。

十四岁，孙犁考入保定育德中学，这是一个在北方相当有名的私立中学，它以办过勤工俭学的留法准备班、培养了不少人才而闻名于世。在初中读书期间，他开始在校刊《育德月刊》上发表作品，有短篇小说和独幕剧。在高中时，他阅读了当时正在流行的社会科学和俄国十月革命以后的文学作品，主要是鲁迅和曹靖华翻译的文学作品。这一时期，他对文艺理论产生了兴趣，读了不少这方面的著作，并开始写作这方面的文章。

高中毕业后，孙犁无力升学，父亲供给他上中学，原是希望他毕业后考邮政局，结果未能如愿。他在北平流浪着，在图书馆读书或在大学听讲，继续投稿，但很少被选用。为了生活，他先后在市政机关和小学校当过职员。

1936 年的暑假后，孙犁到安新县同口镇的小学校教书，当六年级级任和国文教员。他从上海邮购革命的文艺书刊，继续进修，并初步了解了白洋淀一带人民群众的生活。

七七事变之后，孙犁参加了抗日工作。在冀中区，他编了一本革命诗人的诗抄叫作《海燕之歌》，在那样困难的条件下，得以铅印出版；在《红星》杂志上，发表了长篇论文《现实主义文学论》；在《冀中导报》的副刊上，发表了《鲁迅论》。1938年秋季，他在冀中军区办的抗战学院当教官，教抗战文艺和中国近代革命史。

1939年，孙犁调到晋察冀边区所在地阜平，在刚刚成立的晋察冀通讯社工作。在那里，他编写了供通讯员阅读的小册子《论通讯员及通讯写作诸问题》。他主要做通讯指导工作，并编辑油印刊物《文艺通讯》，那是晋察冀最早的文艺刊物之一，他在这本刊物上发表了《一天的工作》和《识字班》等作品。

此后，孙犁先后在晋察冀文联、晋察冀日报社、华北联大做过编辑和教学工作。同时进行文学创作。1941年，他曾回冀中区一次，在那里，帮助编辑了《冀中一日》，并以编辑心得写成了《区村和连队的文学写作课本》，即后来颇有影响的《文艺学习》。

1944年，孙犁去延安，在鲁迅艺术文学院工作和学习。在鲁艺，他发表了《荷花淀》《芦花荡》《麦收》等作品，以其清新的艺术风格引起了文艺界的注意。

1945年，日本投降，他回到冀中，下乡从事写作，参加土地改革工作，写了《钟》《碑》《嘱咐》等短篇小说和一些散文。

1949年，孙犁进入天津，在天津日报社工作，历任天津日报社副刊科副科长、报社编委；中国作家协会天津分会主席；天津市文联名誉主席；中国作家协会第一至第三届理事、顾问，第四届顾问，第五届名誉副主席；中国文联荣誉委员。他从事文学创作七十五年来，著有小说散文集《白洋淀纪事》、长篇小说《风云初记》、散文集《津门小集》、诗集《白洋淀之曲》、选集《村歌》、中篇小说《铁木前传》、文学评论集《文学短论》、儿童读物《少年鲁迅读本》《鲁迅的故事》等。另有《孙犁文集正续编》八册和《晚华集》《秀露集》《澹定集》《尺泽集》《曲终集》等散文集传世，广受中外读者的赞誉，可谓真正的著作等身、成就卓著。

一篇《荷花淀》催生一个文学流派

《白洋淀纪事》是孙犁最负盛名的一部小说和散文合集，其中的《荷花淀》《芦花荡》等作品，成为荷花淀派的主要代表作品，孙犁被认为是著名文学流派荷花淀派的创立者。

白洋淀地区属于冀中抗日根据地。冀中平原的抗战，以其所处的形势、所起的作用、所经受的考验，早已为全国人民所瞩目。但是，这里人民的觉醒，也是有一个过程的。这一带，自从九一八事变以来，就屡屡受到日本帝国主义的威胁。七七事变后不久，敌人的铁蹄就踏进了这个地区。这是敌人强加给中国人民的一场大灾难。而在这个紧急的时刻，国民党放弃了这一带国土，仓皇南逃。

孙犁对冀中抗战有着极其深刻的感触，他曾这样回顾道：

农民的爱国心和民族自尊心是非常强烈的。他们面对的现实是：强敌压境，自己的生命，自己的家园，自都没有了保障。他们要求保家卫国，他们要求武装抗日。共产党和八路军及时领导了这一带广大农民的抗日运动。这是风起云涌的民族革命战争，每个人都在这场斗争中献出了自己的全部力量。在抗日的旗帜下，男女老少都动员起来了，面对的是最残暴的敌人。不抵抗政策早已被人们唾弃。他们知道：凡是敌人，如果你对他抱有幻想，不去抵抗，其后果是不堪设想的，无法补偿的。

这是全民战争。那时的动员口号是：有人出人，有枪出枪，有钱出钱，有力出力。

农民的乡土观念是很重的。热土难离，更何况抛妻别子。但是青年农民，在各个村庄都成群结队地走上抗日前线。那时，我们的武装组织有区小队、县大队、地区支队、纵队。党照顾农民的家乡观念，逐步逐级地引导他们成为野战军。

一幕幕敌后抗日战争的画面，一段段军民鱼水之情的故事，成为作家最宝贵的创作源泉和生活素材。他在谈《荷花淀》的写作时说："农民抗日完全出于自愿。他们热爱自己的家、自己的父母妻子。他们当兵打仗，正是为了保卫他们。暂时的分别，正是为了将来的团聚。父母妻子也是这样想。当时，一个老太太喂着一只心爱的母鸡，她就会想到：如果儿子不去打仗，不只她自己活不成，她手里的这只母鸡也活不成。一个小男孩放牧着一只小山羊，他也会想到：如果父亲不去打仗，不只他自己不能活，他牵着的这只羊也不能。"

至于那些根据地参战支前的青年妇女，孙犁更是屡次声言，她们在抗日战争年代所表现的识大体、乐观主义以及献身精神，"使我衷心敬佩到五体投地的程度"。

1944年，孙犁由冀中来到向往已久的红色圣地延安，相对安定的生活环境，使孙犁学习和创作的热情空前高涨。他的作品影响越来越大。他先在重庆的《新华日报》以连载的方式发表了《游击区一星期》，接着，又在鲁艺学院发表了《五柳庄纪事》。

不久，孙犁接连在《解放日报》发表了《荷花淀》《村落战》《麦收》《芦花荡》等短篇小说。《荷花淀》是受到一个真实的战斗故事的启发写成的。当孙犁还在阜平山区工作的时候，从冀中平原来的一位同志，向他讲了两个生动感人的战斗故事，一个是关于地道的，一个则发生在水淀。前者他写成了《第一个洞》，后者就写成了这篇《荷花淀》。

《荷花淀》写的是水乡的七位游击队员报名参加了大部队，他们担心妻子拉后腿，就委托游击组长水生单独回村，向家人说明情况。水生回家得到了妻子、父亲和乡亲们的支持，第二天便在家属、群众的欢送下归队了。三天以后，几位新战士的妻子彼此相邀，乘坐一艘小船，悄悄地去部队驻地马庄看望丈夫。不巧，部队已经转移。几位青年女子在怏怏而归的途中，遇到日军的船只，她们匆忙划向荷花淀。后面的日军却还是穷追不舍。正在这时，浓密的荷花叶下，突然响起了枪声。一场战斗之后，她们才发现阻击、消灭敌人的正是自己的丈夫。战士们完成了任务，又和爱人见了面，高高兴兴地清理了战利品，奔向远方。几位青年女子在丈夫的影响之下，回去也组成了游击组，活跃在白洋淀边……

"《荷花淀》所写的，就是这一时代，我的家乡，家家户户的平常故事。它不是传奇故事，我是按照生活的顺序写下来的，事先并没有什么情节安排。"直到晚年，孙犁依然用最普通平常的语气，讲述那篇平凡而伟大的作品，一篇仅有几千字却诞生了一个著名文学流派的作品。

这篇小说的写作，保持并发展了作者原有的风格，以朴实而秀丽的语言、单纯而明净的色彩，展现了冀中水乡的风土人情，表现了冀中妇女识大体、顾大局和高度的革命乐观主义精神。小说一经问世，那鲜明的时代精神、浓郁的生活气息、强烈的诗的韵味以及深沉而真挚的思想感情，立刻引起广大读者的注意，大家不约而同地在阅读中看到了这位作家所特有的艺术风格。因此，从这篇小说发表之日起，孙犁的作品"就开始风靡全国"了。

对于小说《荷花淀》受到欢迎的原因，孙犁自己曾经做过这样的说明：

这篇小说引起延安读者的注意，我想是因为同志们长年在西北高原工作，习惯了那里的大风沙的气候，忽然见到关于白洋淀水乡的描写，带来的是带有荷花香味的风，于是情不自禁地感到新鲜吧。当然这不是最主要的。献身于抗日的战士们，看到我们抗日根据地的不断扩大，群众的抗日决心日益坚决，而妇女们的抗日情绪也如此令人鼓舞，因此就对这篇小说发生了喜爱的心。

可以自信，我在写作这篇作品时的思想、感情，和我所处的时代，或人民对作者的要求，不会有任何不符拍节之处，完全是一致的。我写出了自己的感情，就是写出了所有离家抗日战士的感情，所有送走自己儿子、丈夫的人们的感情。我表现的情是发自内心的，每个和我生活经历相同的人，都会受到感动。

创作《风云初记》文思泉涌

1950 年，全国形势趋于稳定，国民经济开始恢复。这时，孙犁的创作也进入了他的全盛时期。这一年，他写了许多小说、散文和理论文章，几乎月月有文。7 月，他开始创作他的鸿篇巨制《风云初记》，这当然主要是得益于进城之后稳定的政治局面和安静的生活环境。

《风云初记》的创作，标志着他的小说创作由短篇、中篇而转为长篇。他这部声闻中外的名作，是在十分繁忙的情况下写成的。审阅"文艺周"的稿件、辅导青年作者，占去了他许多时间，此外，他还要到街道、工厂采访，写反映城市新生活的散文。常常是夜深人静的时候，他才能坐在灯下，潜心织结这场面宏大、人物众多的小说。

当年的孙犁正是年富力强、精力充沛的时候，他似乎不知道什么叫作疲劳。白天他从事着繁忙的报纸宣传工作，夜间又沉浸在战争年代的回忆之中。他似乎有一种特别的本领，每当伏案提笔，便立刻忘记了周围的一切，整个思想都进入正在创造中的艺术境界，他的人物，他的故事，便立刻出现在眼前。那用心描写铺叙的艺术语言，也便像淙淙的泉水一样畅流于笔下。

对于这部长篇小说的创作心路，孙犁在为外文版《风云初记》写的序言中，有过异常深情的袒露：

> 1937 年秋季，日本帝国主义者侵入中国的华北地区。那时我正在家里，亲眼见到冀中人民在中国共产党的领导下掀起的巨大的抗日战争的怒潮。人民的抗日情绪，是一呼百应的，奋不顾身的，排山倒海的。
>
> …………
>
> 所有这一切，都深刻地留在我的印象里，和我的思想、情感融合起来成为一体。
>
> 所以，当 1950 年，我在天津一家报社工作，因为环境比较安定，我想写部比较长的小说的时候，我只是起了一个朦胧的念头，任何计划，任何情节的安排也没有做，就一边写，一边在报纸发表，而那一时期的情景，就像泉水一样在我的笔下流开来了。
>
> 大家开卷可以看到，小说的前二十章的情节可以说是自然形成的，它们完全是生活的再现，是关于那一时期我的家乡的人民的生活和情绪的真实记录。我没有做任何夸张，它很少虚构的成分，生活的印象，交流、组织，构成了小说的情节。
>
> 我重复地说，再没有比战争时期，我更爱我的家乡，

更爱家乡的人民以及他们进行的工作，和他们所表现的高
尚品质。我特别喜爱他们那种随时随地表现出来的高度的
乐观主义精神。这可以被称作革命的乐观主义精神。我的
作品自然反映了这种精神。它在我的心灵里印证最深，它
是鼓动我创作的最大的动力。

　　正因为作家文思泉涌，起笔两月之后，《风云初记》便开始
在《天津日报》连载。此后，随写随发，至第二年 3 月，便载完了
小说的前二十八节。后来，作家又补写了两节，便交付人民文学出
版社出版，这就是《风云初记》的第一集。

　　1951 年 3 月，作家又开始了《风云初记》第二集的写作，一个
多月以后继续在《天津日报》连载。9 月上旬，载完小说的前二十节。
创作进展的速度显然是十分可观的。如果没有其他事情分散精力，
作者一鼓作气写下去，第二集的结稿将比第一集更为快些。但是，
这一年的 10 月，他作为中国作家代表团的成员去斯大林领导的苏联
参加国庆观礼活动，没能继续写下去。代表团由冯雪峰同志率领，
10 月初到达莫斯科，如期地参加了苏联国庆大典，然后到各地参观
访问。对于托尔斯泰、高尔基的故乡，孙犁是很有感情的。诞生在
这里的众多星斗天才，曾给他的创作以极大的影响。早在青年时期，
他就如饥似渴地阅读了不少苏联新兴的无产阶级文学作品。孙犁始
终认为，他在文学上所取得的成就，很大程度上是在鲁迅先生的引
导下学习俄罗斯和苏联文学的结果。

　　从斯大林领导的国度归来，已经是中国传统的春节前夕。这时，
他以在苏联参观访问的亲身体会为据，连续写出了《马雅可夫斯基》
《托尔斯泰》等六篇访问记，相继发表于当时的报刊，从理论和实
践两个方面系统地介绍了俄罗斯文学、苏联文学和那些代表性的作
家，阐明了现实主义作家应有的品质和创作的方向。

《风云初记》出版后反响强烈

　　小说《风云初记》第一集一经出版便很快销售一空，出版社不得不于第一次印刷的两个月之后即行再版。所以读者都强烈地盼望第二集早日出版，以读到后面的故事。

　　从苏联回国后，孙犁便又埋头于他的长篇小说《风云初记》第二集后半部分的创作了。1952年7月，这一集全部结稿，整理付梓。至此，这部精心撰写的长篇，算是写完了大部。再有一番努力，这幅全面抗战初期的时代画卷就可以彻底挥就了。但是，此时蓬勃发展的农业合作运动，又使他产生了浓厚的兴趣，他感到这是中国革命史上的一个重大变革。他不愿使这一段历史成为自己生活的空白。他决定重回农村体验新的生活，于是便在这一年的冬季回到了他曾经学习与生活过的安国县，直到第二年的春天，才回到天津，并于夏季开始，继续从事《风云初记》第三集的创作。一年以后，全部结稿。《风云初记》第三集同前两集一样，在起笔不久，就由《天津日报》开始连载，完稿之后，又于《人民文学》《新港》等刊物选发部分章节。

　　孙犁的学生、荷花淀派重要作家韩映山在关于《风云初记》的记述中，曾写下了早年阅读这部小说的切身感受：

　　　　我最初读它，是在五十年代初，我上中学的时候。每周四的《文艺周刊》上，发表《风云初记》的片段，配有林蒲的插图，真是图文并茂，引人入胜。

　　　　这部著作的发表，当即影响了不少的爱好文艺的青年，自觉和不自觉地向孙犁的艺术学习，学习他那崇高的艺术格调，对生活美的追求；学习他那诗一样的语言，从容自然的行文，以及作品那浓郁的生活气息。是的，不到几年工夫，在他的感召和影响下，在文坛上，曾经出现了一些崭露头角的青年作者，像一簇簇新鲜的带着晨露的鲜花，绽放在春风吹拂之中，阳光照射之下，给文苑增添了生机和光彩。这就是"荷花淀派"。

这样一部为读者所喜闻乐见的长篇小说在当时所受到的热烈欢迎，从中可见一斑。此后，文坛理论家们也广泛注意到这部具有特殊风格的艺术作品在文学史上的特殊意义。人们不约而同地谈论着这部小说的"诗的意境，诗的气氛，诗的情调，诗的韵味"，赞扬作家"把浓郁的、令人神往的诗情和真实的人物性格刻画结合起来，把诗歌和小说结合起来"，从而使自己的作品呈现浓重的抒情色彩；称道他"是一个善于创造意境和情调的抒情艺术家，是一个诗人型和音乐家型的小说家"。

有的评论家由孙犁而想到了梅里美，由他的《风云初记》而想到了普希金的《上尉的女儿》。他们从这些联想中看到了作家在艺术方法上的师承，并进一步认识孙犁小说"简练、精致、鲜明、高洁"和"用压缩的手法和短小的章节来反映重大的政治斗争和军事斗争生活"（冯健男语）的艺术特色。《风云初记》作为一部反映战争年代人民斗争生活的长篇小说，被文坛公认为是一部具有高度艺术成就的文学名作。从这一时期开始，这部小说一直是文艺理论家和文学史家反复研讨的作品。

在《河北抗战题材文学史》一书中，编者将孙犁和梁斌这两位享誉我国当代文坛的著名作家相比较：他们两人年龄相仿，出生地相距不足三十公里，全面抗战初期同时在家乡从事抗日救亡活动，他们以这段生活为基础先后创作了长篇小说《风云初记》和《烽烟图》。两部作品真实表现了全面抗战初期，冀中滹沱河沿岸人民在党的领导下建立抗日武装和抗日政权的过程，生动反映了中华民族在面临危亡时刻，人民大众是如何在民族解放的神圣事业中逐步成为时代主角的。两部长篇小说客观地再现了全面抗战初期复杂多变的时代风云，歌颂了冀中人民高涨的抗日爱国情绪，在我国当代抗战文学作品中，具有独特的审美价值和史诗意义。

在充分肯定《风云初记》艺术成就的同时，理论家们也曾指出这部小说的美中不足。艺术鉴赏家黄秋耘就曾经指出："用作诗的方法来作小说，比较便于发挥作者的抒情能力，比较擅长于描绘生活长河中的一朵浪花，时代激流中的一片微澜，或是心灵世界中的一星爝火，因而比较适用于短篇和中篇。若是在长篇小说中要对人物性格进行更完整、更深刻的刻画，对时代风貌进行更高度的艺术概括，采用这种艺术方法恐怕就难免会遇到一定的困难。《风云初记》的艺术感染力量很强，它从各个方面、各个角度反映了全面抗战初期冀中军民的斗争生活，构成一定历史阶段的时代风貌的画卷。书中的一些主要人物（例如春儿和芒种）的性格特征大都相当鲜明，他们性格的形成、发展和变化过程也是合情合理的。不过，作为典型性格来要求，则还有一定的距离，人物站出来了，可是看来还挖得不够深，写得不够细，这大概是由于作品的抒情成分超过了精雕细琢的刻画所致吧。"

现实主义和浪漫主义结合的典范

《风云初记》究竟有哪些艺术魅力，可以这样经久不衰地吸引广大读者呢？其实这部作品，并没有多少激动人心的战斗场面，也没有扣人心弦的故事情节，更没有高大的人物形象。它所写的，都是普通的人和普通的事，是人们常见的家长里短、人情风俗、当地风光。但就是这些日常的生活、普通的人物，使人们读后，感到无比亲切和真实，好像书里出现的那些人物和事件，就发生在我们本乡本土、左邻右舍，一点儿也不感到离奇和陌生。尤其是曾经在那风云年代度过的人，就会感到更加亲切。

《风云初记》共分三集，第一、第二集创作于 1950 年到 1952 年间，曾于 1953 年合出单行本；第三集创作于 1954 年，但当时作家并未急于成书，他似乎还想再做必要的思考，于是暂时搁置一边，便又开始了其他的工作。不料，此后竟因劳累过度，一病数年，以至直到 1962 年，作者才重新编排章节，并重写了尾声，与前两集合为一部，由作家出版社出版，最终得以完整问世。

这部长篇小说以冀中平原滹沱河沿岸的子午镇和五龙堂两个村庄作为故事发生的地点，围绕高（高庆山、高翔）、吴、田、蒋四姓五家在全面抗战初期的沉浮变迁，细致描绘了冀中平原各阶级、各阶层的生活形态和思想动向。七七事变发生后，子午镇和五龙堂出现了非常复杂的局面：地主田大瞎子购买枪支，组织民团；"以门窗不动能盗走大骡子出名"的大贼高疤也趁机拉起队伍，自称团长。也就在这时，曾领导过高蠡暴动的高庆山、高翔受党组织委派，也回到家乡领导群众进行抗日斗争。小说通过敌我之间矛盾斗争的生动描绘，展示了冀中人民在中国共产党领导下，组织人民武装，建立抗日政权的壮丽画卷。

春儿和芒种是小说的主要人物。作为冀中平原上一对极为普通的、在贫苦中成长起来的少男少女，虽然爱的根苗已在二人心里萌发，但如果不是全面抗日战争爆发，他们只能沿袭这块土地上世世代代人们的传统，"一是在劳动上结合，一是在吃穿上关心，这就是爱情了"，成为一对患难相依的庄稼夫妻。战争的到来，改变了他们的生活，也使他们的爱情有了崭新的意义。春儿的父亲吴大印因被地主田大瞎子诬为共产党而下了关东，姐夫高庆山因领导高蠡暴动而出逃在外，只有姐姐秋分与她相依为命。芒种原是吴大印在田大瞎子家做长工时引来的孤儿，时常得到吴大印照顾，吴大印下关东时嘱咐两个女儿"芒种要是缝缝补补，短了鞋啦袜子的，帮凑一下"。芒种也"早起晚睡，抽空给她姐俩担挑子水，做做重力气活"。贫苦生活中的互相关心爱护，使两颗年轻的心在贴近。同时，贫苦的生活境遇和带有浓重革命色彩家庭环境的熏染，使他们在异族入侵、国家危亡之时，成为平原上最早觉醒的人。在时代风云变幻中，在民族自卫战争中，他们的思想觉悟迅速提高，个人才干迅速增强。很快，他们就由一对极为普通的青年男女，成长为抗日政权和抗日武装的骨干分子，二人的爱情也焕发出动人的光彩。作者对这对新人没有拔高，没有神化，而是严格按照生活的逻辑，通过一个个客观的情节和事件，来表现他们由普通人成为抗日战士的过程。春儿在天真纯朴中透着精明、泼辣的性格特征，尤其得到了充分的表现。

高庆山和高翔在作品中是作为全面抗战时期党在敌后地方政权和武装的组织者出现的。高庆山原是五龙堂的青年农民，因领导的高蠡农民暴动失败而出逃，在南方找到了红军，参加了二万五千里长征。全面抗战爆发后，他接受党的派遣，回家乡组织抗日武装和抗日政权，在这个过程中，表现出了高度的政治觉悟和良好的军事素养。高翔原是学生党员，高蠡暴动失败后与高庆山一起出逃，不幸被捕。在北京十年的牢狱生活使他成为一个铮铮硬汉。西安事变后，他出狱到延安学习，全面抗战爆发后也同高庆山一样回到家乡组织抗日武装和抗日政权。他虽然没有高庆山那样的长期参加武装斗争的经历，但作为农民出身的知识分子，在家乡同样如鱼得水，表现出了较高的组织才能，正好与高庆山文武互补。小说通过这两个人物的描写，将滹沱河沿岸的抗日斗争与共产党领导的广大敌后战场紧密联系在了一起。

李佩钟在作品中是一个独具特色的人物。作为一个学生党员，她的生活道路既不同于春儿，更不同于高翔、高庆山。她的父亲李菊人是县城内一个"领了半辈子戏班"的封建乡绅。她的"唱戏出身"

的母亲有过被李菊人霸占的痛苦经历，她从思想感情上站在母亲一边，但命运又让她从乡绅的女儿成为地主田大瞎子的儿媳妇，这就在她原来的精神伤痕上又加上了婚姻的痛苦。她是从双重封建家庭中挣扎出来投身革命的有志青年，她背负着沉重的因袭重担，在民族面临危亡的时刻，她勇敢接受了组织上委任她为县长的重任。她以"苗细"的身躯，承担起了组织民运、拆城破路、宣传抗日、配合部队作战等作为一个抗日县政权领导应负的责任，尤其是她当众审判了不交军鞋、动手打村干部并踢伤长工的公爹，当众拒绝亲生父亲反对拆除城墙的要求。作者对这个人物的遭遇寄予了深切的同情，对她的事迹给予了高度评价。尽管作者也批评、讽刺了她身上的一些缺点，如说起话来"娇声细雨"，吃饺子"嘴张的比饺子尖儿还小一些"，把手枪像女学生的书包一样"随随便便挂在左肩上"等，但作者说"她究竟是属于中华民族优秀儿女的队伍"。她的牺牲，为冀中人民的抗日斗争增添了悲壮的气氛。

除以上人物外，像变吉、秋分、老常等人物的描写，同样以细致、客观、真实而给人留下了深刻的印象。即使是反面人物如高疤、俗儿、田大瞎子、田耀武等，作者也没有以主观概念、判断作直线条的简单化处理，而是细致客观地描写了他们在不同时期、不同问题上态度的变化，即使是丑恶的灵魂，也不违背生活原色的逻辑。作者不管是对正面人物还是对反面人物，很少用判断性语言，而只是客观地写人物的行为、语言、动作等，几乎没有所谓的深层心理挖掘和描写。甚至在写春儿初恋时，也仅仅写睡着的春儿，睡得很香甜，"养在窗外葫芦架上的一只嫩绿蝈蝈儿吸饱了露水，叫得正高兴；葫芦深重的下垂，遍体生着像婴儿嫩皮上的茸毛，露水穿过茸毛滴落。架上面，一朵宽大的白花挺着长长的箭，向着天空开放了。蝈蝈叫着，慢慢爬到那里去"。然而这样写，又是非常准确而高妙地表现了青年男女初恋时的幸福和欢愉。这就使小说更具有朴素、本色的特点。

小说家孙犁，同时也是一位诗人、一位散文作家，他把诗歌和散文的笔法运用于小说创作，从而形成自己小说特有的铺叙和描写方式。他通常是以一种抒情的笔调来讲述故事的。他以诗人的目光观察他所要描述的一切，十分善于准确、鲜明地表现冀中的平原风光，通过人物细微的外在表现来展示其内在的微妙心理。他常用寥寥几笔，便活画出一个生活画面。而在那些生活画面的构图中，又往往把自己的真情实感巧妙地融进那绘画的色彩。因此，他的小说有一种诗的意境，诗的韵味。这一切，使孙犁的《风云初记》形成一种特殊的艺术魅力。

《风云初记》像孙犁的短篇小说一样，不是以情节取胜，而是用连串的生活画面拼接起来，形成了散文式的、随人物感情流动的抒情结构。虽然说孙犁重生活的原色，但并不是说他把自己当成了旁观者和叙述者，而是常常把自己的内心情感注入作品中去，甚至是情不自禁地直接进入抒情角色："亲爱的家乡的土地！在你的广阔丰厚的胸膛上，还流过汹涌的唐河和泛滥的滹沱河。这些河流，是你身体里沸腾的血液，奔走和劳动的动脉；是你奋发激烈的情感，是你生育的男孩子们的象征……"小说时常将叙事、抒情、写景有机结合，被叙述的生活画面和场景还被染上或浓或淡的主观色彩，同他的短篇小说一样，呈现着鲜明的"诗体小说"特征。在语言方面，作者从生活出发，既注意保持滹沱河沿岸农民语言的泥土味，又不露痕迹地进行了艺术加工，把语言的通俗和优美、朴素和细腻、雅淡和浓烈，和谐地统一在了一起，如东去流水，既明白晓畅，又生动传神，富于表现力。正是因为这多方面的艺术成就，《风云初记》没有因岁月流逝而暗淡，反而更加显示出它特有的艺术魅力，仍将长久地为人们喜爱。

纵观当时出版的一些反映抗战时期的长篇，似乎都是以故事取胜，像《风云初记》这样大幅度地写时代风云下的人情风俗、人物情绪，以及那个时代的人们崇高的爱国土、爱家乡的那种美的情操的作品，还不多见。而《风云初记》是与众不同、独树一帜的。孙犁独特的风格，诗一般的语言，画一般的意境，合情入理的描写，高尚的格调，也是这部书长久吸引读者的魅力所在。包括《荷花淀》在内的孙犁反映白洋淀生活的一系列文学作品，可以说都是现实主义和浪漫主义相结合的典范。

道德文章：说不尽的孙犁

孙犁的艺术风格，一向为广大读者所喜爱，因而也就成为文学爱好者所喜爱的话题和专家学者所关注的课题。二十多年前，茅盾注意及此，评论及此，这是大家都已熟知的；方纪、王林为此写过专文；远千里在谈刊物的风格时，梁斌在谈文学的民族形式时，也都谈到孙犁的风格和语言特点。十年动乱结束以后，谈孙犁艺术风格的人们就更多了，有论文，有专著，有座谈会上的发言，有当代文学史上的章节，等等。话似乎叫人们说尽了。但文学史上的杰出作家及其创作，是人们永久的话题和课题，孙犁的创作便是如此。

河北师范大学教授冯健男倾其一生，研究孙犁不同时期的作品，并倡议发起对荷花淀派文学的挖掘整理。他在一篇专论《风云初记》的长文中，曾对有关作家的争论阐发了自己独到的见解：

> 有的同志在欣喜地赞赏孙犁的创作的时候，还提出一种批评：孙犁所写的不是重大的题材和尖锐的斗争。这种意见，在孙犁同志其人其书的熟知者和热爱者当中，甚至在孙犁同志的老战友当中，也是有所表示的，例如说"在生活面前不够勇敢，有时回避生活中的尖锐矛盾，有时只表现自己所感受到的一个较小的精神世界"是孙犁创作中

的主要的"弱点"。其实，这种意见是并不切合孙犁的创作实际的。作家的创作，无论是短篇、中篇还是长篇，都并没有回避尖锐矛盾的迹象；至于说他有时表现较小的生活面，这却不是作家的"弱点"，因小见大正是他的长处，故事和篇幅有时是小的，但"精神世界"却不小，甚至深远和高大。进一步开阔视野和胸怀，进一步深入矛盾和斗争，这不但是大家的愿望，也正是作家自己的要求，这是必然的和自然的事情；而就创作实践来说，达到这个愿望和要求的努力和结果，应该是这位作家所创造的画面和形象一次比一次更鲜明、更突出、更成熟地表现出他的艺术特色和独创风格，而不是它们的冲淡。

北京师范大学教授郭志刚也是一位研究孙犁和荷花淀派的权威专家，他的《孙犁评传》一书，有着诸多对作家的精辟评述，尤其是困扰读者和评论界多年的关于其作品结构"散"的问题，可以说给出了一个非常公正的论断："就《风云初记》来看，它的结构特点，是由它所表现的生活的节奏产生的，它体现着作家对生活的感觉和认识。他的散文不去说了，他的小说，甚至还有他的诗，都有些'散'。但在大多数情况下，这种'散'，正表示着作家的一种朴素的美学追求，即他要忠实地写出他所感觉和认识到的那种生活，使之保持生活本身那种从容自然、浑厚天成的美。这样，'散'就简化为他的美学追求的一种标志，倘若去掉这个标志，他的这些作品也就没有自己的特色了。这不是为'散'作一般性的辩护，因为别人也尽可以不'散'，而仅仅是说，在孙犁那里，只要生活是充实的，'散'就是他处理生活的一种方式，这种方式常常会使他的作品赢来娴雅舒徐的大家风度。"

据作家韩映山回忆，他曾当面听孙犁说过："我写东西，从不先弄个提纲，总是一边写着一边想。我的习惯，在写作之前，常常是只有一个朦胧的念头，事先没有什么计划和安排的。这是创作的萌芽状态，它要逐步地成长、成熟起来。"因此，他的作品，显得从容自然，无斧凿的痕迹，评论者谓之曰："如行云流水。"孙犁对小说结构，是很重视的，他说，结构也是一门艺术。所以，他并不是"不讲究篇章结构"的。

到了晚年的孙犁，最让人仰慕的除了那些经典作品，还有文人的品格和作家的傲骨。孙犁有一个著名的论调，他不止一次地说："文人宜散不宜聚。""文革"后的那次文代会在北京举行。十年浩劫，文艺队伍被打得七零八落，这次文代会就是要重新组织队伍。河北的著名作家徐光耀去北京时就想要看看孙犁。到北京后，河北省的代表恰好与天津的代表住在一起（总后海运仓大院），徐光耀很高兴，跑去一问，说是孙犁没来。徐光耀问他是否病了，答说没病；再问出了什么事了，答说没事儿。没病没事儿为什么不来？人家说：就是不来。徐光耀一下悟出来了，孙犁高啊！大家聚在一块儿，发发牢骚，扯扯闲话，为主席、理事什么的叽喳一阵子，有什么意思？文学创作在生活中和书桌上，不在会上。孙犁一辈子踏踏实实写文章，出入大宾馆、上下领奖台，从不放在意中，特别对"花别人的钱，替自己造声势"，极不愿为，更耻于拉帮结派。由于他的这个态度，有些人热心闹了一阵子的荷花淀派，也弄得若有若无了。孙犁天然是个"不当头"的人，他既不愿"赶浪头"，也不愿凑热闹。

一生私淑孙犁的徐光耀曾写过文章《最纯粹的作家》，以纪念他们数十载亦师亦友的深厚交谊，文中这样写到他对孙犁衷心的钦敬之情：

　　孙犁不是一个单纯意义上的作家，特别让我敬重的，
是他思想的深邃、睿哲。他有着很强的社会科学素养，对

马列主义有过认真的研究。他不声不响地研读过中国史、外国史，读了大量社科类书籍和领域广阔的杂书。记得在解放后不久，弗洛伊德学说被视为当然的反动，并拿他与希特勒挂钩，是受严厉批判的。那时孙犁便说过一句话："弗洛伊德也是值得研究的。"很了不起。我相信，他那时已对弗洛伊德下过某种功夫了，并有着自己的理解。而当大家都说弗洛伊德了，他也就不说话了。他对现实社会的运动发展变化，也都有着主见鲜明的独到看法。

此外，他的博学也超乎一般人的想象。举凡书画、戏曲、文物古籍，以至某些传统的民间工艺，他都有一定的兴趣和学养，说拿便拿得起来的。但他含而不露，从不炫耀。他是个最不爱自炫的人，曾屡屡告诫同仁及战友，在文字中自谝自能，卖弄多才是文章家的大忌。

晚年的孙犁，文学审美观有相当大的变化，尤其是思想，时常闪出锐利的锋芒。他对现实世界的关注、呼唤、呐喊，虽然温文婉转，但更本真、更血性了，可谓隐锋芒于敦厚、藏讽劝于蕴藉，对时代风潮、社会利弊，每于字里行间作善意而痛切的鞭笞和扬弃；惜乎他的微言大义，常被"懦弱"的文风所遮掩，不能激发更大的反响。然而，孙犁毕竟是孙犁，阅读他的作品，我时常想到：一个作家必须是思想家，至少是半个思想家，否则成不了真正的作家，更别说著名作家了。

2002年，河北省作协党组书记李刚参加了孙犁告别会，他回来说：鲜花有那么多，连孙犁的宅院都快叫鲜花淹没了。真做了人民的代言人，人民是绝不会忘记他的。

孙犁生前也许并没有想到会这样，他大概也不太在乎这个。而人民毕竟是有眼睛的，他们心仪孙犁本是一种自然。送花致意的人也可能有不认识他的人，就像鲁迅当年，有很多"局外"人参加送葬，这才是真正的作家应该得到的。

就像说不尽的《红楼梦》一样，在当代文学名家中，孙犁也是说不尽的。相信几十年后，乃至几百年后，孙犁和他那些纯美晶莹的小说，仍然会被人们传诵、欣赏和评论。

再现人民战争的历史奇观

——李克与《地道战》

"地道战嘿地道战,埋伏下神兵千百万⋯⋯"一听到这熟悉而又铿锵的战斗旋律,就让人仿佛一下子又回到了冀中的地下战场。几十年前拍摄的电影《地道战》,至今常映不衰,成为表现"世界战争史上的奇观"最生动的一幕。

《地道战》电影拍摄于 20 世纪 60 年代中期,而早在新中国成立之初,就有一本长篇小说《地道战》风靡一时,备受瞩目,并受到老舍、赵树理等文坛大家的好评。这部小说艺术再现了发生在冀中平原上的人民战争的历史奇观,成为 20 世纪 50 年代最早一批问世并产生巨大影响力的红色经典之一。

老舍先生指导李克文学创作

与《地道战》电影持续上映和热播形成鲜明对比的是,几十年后,这部较早诞生的同名小说《地道战》却已经鲜为人知了,不要说出版社已绝版多年,就连作者的情况也很少被各种文学史籍记载。因李克老师已经去世二十多年,我们辗转与他的遗孀马静儒取得联系,终于了解到这部小说创作的来龙去脉和背后的轶事。

1923 年，李克出生于蠡县悟儿村一个贫农家庭。因家中贫苦，童年时曾给地主打短工维持生活，由本家叔叔帮助，仅读过两年私塾。1939 年考入中国抗日民族中学，任二队军事干事，转战平原，同年加入中国共产党。1942 年任区政府教育助理员。1945 年任县文联主任，领导群众开展文艺活动。1946 年考入华北联合大学文艺学院文学系，后在冀中军区政治部火线剧社从事戏剧创作工作。

新中国成立后，李克任北京戏曲编导委员会副主任、市文联办公室主任等职务。1953 年成为中国作家协会会员、北京市作家协会专业作家，并兼任北京市民间文艺家协会常务副主席、北京民间文学丛书主编。在中国民间文学集成的编纂工作中成绩突出，两次获文化部、国家民委、全国艺术科学规划领导小组嘉奖，被评为全国文化先进工作者。主要作品有长篇小说《地道战》《水上传奇》《燕山枪声》《神槐树下》，短篇小说《沉舟记》《雪山送粮》《铁柱和水生》《抉择》，长诗《重新拿起我的枪》，长篇唱词《英雄夫妻》（由宝文堂出版），多幕剧《白洋淀的春天》（与罗扬合作，获北京市首届戏曲观摩演出剧本奖）。另有散文特写、杂文《三十六年血泪》《奶牛的主人》《这不只是生活小事》等发表于各大报刊。

可以看出，老作家李克一生笔耕不辍，著作颇丰，当然这其中最著名、最具影响力的还要数他的那部成名作《地道战》。那么，这部小说是在哪里创作完成的呢？那就是新中国成立之初首都的文艺之家——北京市文联。李克在晚年的回忆中深情地描述道：

那时，我们在霞公府15号办公。15号院落不大，在路北。进了朱红大门，迎门是编织很漂亮的竹影壁，前边放几盆万年青花儿。左边小跨院里是北京市文联会议室。作家、艺术家会议大都在这儿召开。会议室窗前那五棵小柏树，排成半圆形，几乎枝儿搭着枝儿，长得挺拔茂盛，四季常青，受到人们的喜爱。到这儿来的人都先看一看小树，有人还量一量树身。绕过影壁，右边便是一座三层的日本式黄砖小楼，这样一来院子就小了。这座小院很不起眼，文联又要创办刊物，房子不够用，办公室太挤，于是，南边又盖了东西朝向的二层灰砖小楼。房子多了，院子就更小了。

这座小院虽然不起眼，但是，50年代初在文学艺术界它还是很有名气的。尤其是农历大年初一以后，就更热闹了，人来人往，川流不息。有时办公室、会议室、会客室都坐满人，就连小柏树下、花池旁边都站了不少的人，人们三三两两交谈得很起劲儿，真是门庭若市，热闹非常。文艺界的朋友们愿意到这儿来欢聚是有原因的：当时，著名作家老舍是北京市文联主席，梅兰芳、李伯钊、赵树理是副主席，诗人王亚平是秘书长，他们都经常来这儿。那些著名的文学家、艺术家也经常到这儿来开会。这里自然就成了文学艺术工作者的活动中心。

李克在霞公府街15号北京市文联办公时，亲眼看到和接触到艺术界的朋友们对大作家老舍的喜爱和尊敬。京剧界著名表演艺术家梅兰芳、程砚秋、尚小云、荀慧生、马连良、谭富英等人经常到15号来，其他表演艺术家，如侯宝林、白凤鸣、曹宝禄、魏喜奎等人除了来这儿活动外，还经常向老舍先生求助。老舍先生总是有求必应，在艺术上给予帮助。

除了那些已经成名的文艺界大腕，来这里更多的还是那些爱好文学的年轻人，进进出出，几乎踏破了门槛。除了本市的年轻人，还有外省市慕名而来的，千方百计地找到霞公府街15号，向北京的知名作家请教。老舍先生是大名人，又热情好客，平易近人，以诚相待，只要有人来访，他都抽出时间接待，让来访者满意。接待来访者占去了老舍先生很多宝贵的时间，他经常说："咱们做的是群众工作，有人常来这儿是件大好事儿，比门前冷落、无人理睬强多了，这说明我们工作有成绩嘛！"到了晚上，安静了，老舍先生才能回家写作。

李克时常听老舍先生说："搞创作是个终身职业，要不断向别人学习，向国外好的东西学习。周总理不是常说要'活到老，学到老'嘛！当然，我们更要不断探索自己的路，创作出自己的风格。业精于勤，不热爱生活，不深入生活，不研究生活，是不可能有成就的，更谈不上出精品了。"这个不起眼的文联小院里，培养出了不少优秀作家和诗人，培育了很多深受广大读者喜爱的优秀文学作品和观众喜闻乐见的艺术精品，其中就包括李克和他的《地道战》等一系列早期作品。

20世纪50年代初，李克去北新桥七十兵工厂深入生活。当时正在开展生产大竞赛，工人们你追我赶，谁都不甘落后，干得热火朝天。他很受感动，于是，他写了一篇反映工人生活的鼓词，名叫《八千把锉》。因为老舍先生是曲艺行家，李克便把鼓词给他，请他帮忙看看。老舍先生直截了当地说："眼下写工人的作品还不多，你这篇鼓词内容很好。但是按鼓词的要求，京味儿还不够足。"李克说："我刚开始学习写曲艺作品，觉得越短小越难写。"

老舍说："你这话是说到点子上了，的确是这样，越短小越吃工夫。"老舍对鼓词《八千把锉》提出了中肯具体的修改意见，接着鼓励李克说："写曲艺作品，尤其要在用字和韵味上多下苦功夫。学学'三大辙'，掌握了韵音规律，写起来就方便顺手了，熟能生巧嘛！"稍停顿了一下，老舍又补充道，"曲艺是群众非常喜闻乐见的一种艺术形式，我们一定要把它发扬光大！"

李克随口说了两句有人不愿意写曲艺作品，认为曲艺作品短小没有分量，是小手笔。老舍先生听了皱了皱眉头，沉思了一下说："过去我说过，在战争中，大炮有用，刺刀也有用。同样，在抗战的宣传中，写小说戏剧有用，写鼓词小曲也有用。我的笔，须是大炮，也须是刺刀。我不管什么是大手笔，什么是小手笔，什么有分量，什么没有分量，只要有实际的功用和效果，对人民有好处，对抗日有积极意义的东西，我就肯去学习，去试作。"老舍先生说得很激动，"我不会放枪。好！我们以笔来代替枪吧！既愿意以笔代替枪，那写什么都好。我不会因写了鼓词、小曲而觉得有失身份。"

老舍先生拿着李克那篇鼓词《八千把锉》的原稿说："原稿共一百零八行，去掉多余的八行就更精练，也更耐读、耐看、耐听。鼓词也要精而不散。"李克接过原稿一看，上面圈圈点点已经修改过了。他用的是中东辙，修改过的稿子，去掉了多余的八行，八个韵音字一换，读起来朗朗上口，更加响亮了，真是画龙点睛，顿时全篇生辉。

《新民报》连载小说《地道战》

接连发表了一些短篇习作之后，李克不满足于总写小篇幅，他开始酝酿将自己在根据地亲身经历的抗日斗争，用长篇小说的形式详尽表现出来，于是便选择了最具代表性、最富有人民战争特点的冀中地道战。

他在创作长篇小说《地道战》中，不管碰到什么难题都愿意向老舍先生求教。老舍先生每天上午八点准时来文联上班，喜欢经常到各办公室走走看看，走到刊物办公室，就要问问刊物发行如何，读者有什么反应、意见和要求，哪些作品受欢迎，哪些作品群众不满意，根据群众意见，研究改进办法，提高刊物质量；走到其他办公室，和人们风趣地聊上几句，顺便就了解了各部门的情况。作为文联主席的老舍先生胸襟坦荡、幽默风趣、诚恳、谦虚、平易近人，深受大家的爱戴。

那时，李克在市文联做些具体工作，几乎每天都能和老舍先生接触、聊天、谈工作。当然他们谈论最多的还是小说《地道战》。例如，小说结构、情节安排、高潮形成、斗争起伏、语言使用……特别是人物刻画、独特个性等，老舍先生对李克提出的问题总是有问必答，而且非常耐心，百问不烦，百教不厌。

最令李克感动的是，老舍先生社会活动那么多，工作和创作那么忙，当这部长篇小说《地道战》在《新民报》（后来改为《北京日报》）连载后，他竟然一字不漏地全部看过，而且看得那么认真，那么仔细，甚至一个标点符号用错了都不放过。

一天上午，老舍先生把李克叫到他办公室，拿出一摞报纸让他看。他翻了一遍，是《新民报》连载的全部小说。一些句子和段落下画着红线和红圈儿，还有的地方点着红点。老舍先生刚看完，就提出了自己的看法与他交换意见，深入浅出讲道理，直截了当提批评，给他以极大的鼓励和帮助。

尤其在语言的使用上，被誉为语言大师的老舍先生提出了中肯的修改意见。在小说里，李克使用了一些家乡土语，老舍先生拿过报纸，翻到画有红线的一页，用手指着画了两道红杠的地方，非常认真地对他说："你这句'怎么作着存火炉呢'就让读者很费解，看不懂是什么意思。我们说话写文章要通俗易懂，最好不用读者不明白的土语。你这句方言，连标点共九个字儿。如果改成'沉不住气'，节省了五个字，文字精练，读者又看得懂，你看这样改好不好？""好极啦，我马上修改！"老舍先生对人对事，总是那样真诚火热。他对待艺术那种严肃认真、一丝不苟的精神和态度，给李克留下了终生难忘的深刻印象，他在心中永远把老舍先生看作是自己尊敬的严师。

《地道战》连载后，在社会上引起强烈的反响，特别是在青年中，成了议论最多的话题。市文联和《新民报》都收到不少读者来信。

文联秘书长兼《新民报》总编王亚平告诉李克，这部小说很受读者欢迎，对青年人很有教育意义，通过读者来信可以看出，社会效果不错，并鼓励他今后写出更多更好的作品，增加人民的精神食粮。

小说《地道战》之所以受到读者的欢迎，首先当然是作品本身的故事精彩生动，人物栩栩如生。其次也和所刊登报纸《新民报》的小说连载读者众多有一定关系。《新民报》是 1949 年北平和平解放后，政府唯一批准继续出版发行的一家民营报纸，1952 年停止出版发行。抗战胜利后，《新民报》在创刊之时民众征订踊跃，曾发生过为订报纸挤倒了柜台的事情，据说其发行数量曾居北平报业发行数量的第一位。可以说，《新民报》在北平解放前的报业中是极有声誉的。

1945 年 11 月，为筹备北平《新民报》，当时的著名报人邓季惺先生（当代著名经济学家吴敬琏先生的母亲）来到了北平，看中了东交民巷西口瑞金大楼的房产。她认为良好的地理位置、宽敞的大厅和格局正好适合做报馆，即刻下决心买下了这座楼房。当时又聘请了张恨水先生做北平《新民报》的总经理兼主审。张恨水先生在现代文学史上，称得起是一位章回小说和通俗文学的大师级人物。他在五十多年的创作生涯里，写了一百多部通俗小说，中长篇章回小说超千万言，是一位多产作家。同时也可以说，张恨水先生也是一位从事报业的行家，是著名的副刊主编。他创办的副刊在旧中国的报纸中独具风格，影响巨大。北平的《新民报》也主要靠张恨水主编副刊发展壮大起来。

《新民报》创刊初期，张恨水先生就策划、推出三个副刊，以《北海》《天桥》《鼓楼》命名。张恨水、张友鸾、张慧剑和赵超构，名噪一时的"三张一赵"把《新民报》副刊推向了鼎盛时期。张恨水亲自担任《北海》的编辑。当时一些社会上有影响的作品多是在《新民报》副刊上发表的，如张恨水先生的长篇小说《巴山夜雨》、茅盾先生的中篇小说《生活之一页》、老舍先生的长篇笔记《八方风雨》、郭沫若先生的考古文章等。章士钊、柳亚子、沈尹默、田汉、李健吾、焦菊隐先生等撰写的诗文也经常出现在该报的副刊上。

而李克这样一位名不见经传的"小人物",居然能够跻身名家荟萃的《新民报》,自然在当时的文化界引起不小的反响。尤其是刚刚登上文坛的青年作家,就开始连载长篇小说,享受"章回小说大王"张恨水的待遇,就更加引起广大读者的好奇心,也要像看张恨水小说一样一期不落地看李克的连载《地道战》。因此,说李克是《新民报》在新中国成立后培养出的一位红色作家,应该是并不为过的。

通过刊发小说的关系,李克得以结识了《新民报》的主编张恨水,他曾经到其府上拜访,还两次到另一位老作家郑正因家拜访,了解他们的生活创作情况。郑先生年老体弱,还在辛勤耕耘,但生活上有难,张恨水的生活比郑先生稍好一点儿。

李克回文联汇报完了解到的老作家的情况,老舍先生听了后说不能让郑先生的身体垮了,说着掏出自己的钱递过来,风趣地对他说:"李克你打过地道战,又写出了长篇小说《地道战》,是文武双全的好干将,劳驾你再辛苦一趟,把钱给郑先生送去,让他好好注意身体。"用老舍先生的话说,万变不离其宗,文联的工作就是要抓人才、抓创作,就是要多出作品,不仅要帮助指导文坛新秀多出精品,尽快成长,也要关心照顾老作家的生活和健康,使他们老树开花,续写华章。

另一位文学导师赵树理

李克在北京市文联住在黄砖小楼二层,坐北朝南的房间不大,只有十几平方米。里边还保持着原来的日本式设备,草垫子铺被褥,一张写字桌靠窗前摆放着,这就是他的宿舍兼写作间,离单位办公室很远。文联副主席赵树理兼编刊物《说说唱唱》，也住在二层，他的房间也朝南，比李克的房间大两平方米。两个房间离得很近很近，稍微走两步就到。可以说，在文学创作上，赵树理是李克的又一位难得的好老师。

作家赵树理是山西省沁水县尉迟村人，十几岁就投身革命。他长期在农村从事文化工作，特别是致力于通俗文艺的创作。他深入群众，又说快板，又编唱上党梆子，有时还说几段大书，是群众非常欢迎的人物。从1943年起，他陆续创作了很多反映农村题材的作品，如《小二黑结婚》《李有才板话》《李家庄变迁》《三里湾》等，都是广大群众熟悉和喜爱的佳作，被广泛传诵。他笔下的人物形象栩栩如生，人物语言朴实生动，具有独特新颖的民族形式与民族风格，在当时的抗日根据地和国统区产生了巨大的影响。周扬先生对赵树理的作品，曾写专论给予了高度评价。

在北京市文联，可以说除了主席老舍最受人们的尊敬之外，另外深得青年人喜爱的就要数赵树理了。有一年过春节，李克和赵树理到老舍家拜年，在玩唱之间，大家鼓掌欢迎老舍先生和赵树理出个节目。这两位大作家真好请，老舍唱了一段京剧选段，赵树理上党梆子最拿手，自打锣鼓代弹弦儿，足足唱了两段。他们俩的节目非常精彩，博得了热烈的掌声。

赵树理对文艺事业有那么一股子干劲儿，或者说有股子"牛劲儿"。为发表北京大众文艺创作研究会会员新创作的作品，他亲自登门拜访了北京宝文堂书店刘经理，说服他改变经营方向，承印反映新生活、新思想、新内容的通俗化、群众化的新唱本、新小说、新故事。经过他耐心细致的工作，刘经理愉快地接受了他的意见，共同为繁荣中国新文艺事业作贡献。这样一来，赵树理就更忙了。有了阵地，工作可以开展起来了，组织品种更多、质量更高的作品给宝文堂书店出版就成了关键问题。

这一天，赵树理突然问李克："你那篇鼓词《夫妻英雄》写完了吗？""写完了。""能上台演唱吗？"李克回答说："经过几次修改，在韵味上下了些功夫。请演员们看过，他们认为可以上台演唱。""有多少行？""1999 行。"赵树理说："正好可以印成小册子，交宝文堂书店出版，刘经理大力支持。现在不光北京地区演出需要说唱材料，全国也很需要。"李克兴奋地说："这样一来，我们扩大了文艺阵地，同时，宝文堂也可以增加经济收入，真可谓一举两得！"

赵树理跑了东城跑西城，今天去宣武，明天到崇文，有时还得奔郊区，整天忙着为宝文堂书店组稿。他还真有办法，他把老舍先生的鼓词《生产就业》、马烽的《周支队大闹平川》、王亚平的《老婆子和小金鱼》、康濯的《李福泰翻身献古钱》，还有他自己的名篇《石不烂赶车》，都交给了宝文堂书店。

刘经理拿到这些名家作品，立即组织印刷力量日夜加班赶制，优质快速地将大量新文艺作品推向市场，受到读者欢迎。宝文堂也由此出了名，上门出书的人多了，人来人往，络绎不绝。李克的长篇鼓词《夫妻英雄》居然和老舍、赵树理、马烽这些享誉文坛的名家大师的作品并列，也得以在北京宝文堂出版，这更是对青年作家的莫大鼓舞和激励。

李克的成名作《地道战》问世后，熟悉并擅长描写根据地生活的赵树理对它自然感到非常亲切，当然对他也时常勉励。有一天天气晴和，两个人相约去逛北京的厂甸。从霞公府街 15 号到和平门外的厂甸路不算太远，但走路也还是要好一阵子才能到。赵树理生在农村，长在农村，又常年在农村工作，足迹踏遍了山西的山山水水，并几进几出太行山，钻山沟走平原，在风风雨雨里练就了一副铁脚板。李克也是十几岁就参加革命，整天背着背包跟着部队行军打仗，从平原到山区，又从山区到平原，日夜和敌人周旋，在敌后环境最残酷的时候，和群众一起艰苦奋战，下地道、上山岗、钻青纱帐，成天土里滚泥里爬，经常一天要跑上百里路，在那种环境下也就练出了一双利索的腿脚。

这就是人们所说的解放区作家的优势，从霞公府到厂甸这点儿路程，对他们俩来说是盘小菜，不在话下。他们沿着东长安街北侧的人行道，顺着高高的红墙朝西走，边走边看，边走边天南地北地聊着。就在路上，他们遇到了两个同街邻居的孩子——小胖和小瘦。赵树理问孩子们："你们看过《地道战》吗？""看过两遍，真棒！"

赵树理对孩子说："《地道战》是你们李叔叔写的。"小瘦抢着说："俺们家有《新民报》，《地道战》在上面连载，报纸一来，全家抢着看。我看了好几遍，《地道战》歌我都会背了。"他清清嗓子，看了李克一眼，然后背诵道：

> 埋好了地雷，端稳了枪，你钻地道我上房。
> 制高点，堵街墙，构成一片火力网，
> 地雷、大枪配合好，打他一个歼灭仗！
> 他从东边来，西边乒乓响；
> 他从南边走，北边响叮当。
> 地下也响，房上也响，地雷爆炸，大枪齐放。
> 轰轰轰！乒乒乓！打得鬼子见阎王！
> 你扒子弹袋，我扛三八枪，
> 土枞换来了"三八式"，"三八式"又换来了机关枪，
> 别看我们是庄稼汉，打得鬼子不敢再进我村庄！

从"抗战四部曲"到探寻民间文学宝藏

李克从十几岁参加革命工作，就在区小队和群众一起挖地道，

打日本鬼子。他说："这是我一生中最难忘的时期，也是我后来创作的基石。"1945年5月1日，日本帝国主义对冀中平原进行疯狂大"扫荡"，鬼子进了村实行"三光"政策，奸、烧、杀、掠无辜百姓，惨无人道地制造无人区，给中国人民带来深重的灾难。在河北省大平原，日本鬼子岗楼林立，插着日本膏药旗，今天抓人修炮楼，明天抓人修公路，种了粮食都被日本鬼子和汉奸通通抢光，老百姓没有活路。要想活下去，就必须奋起斗争，把日本侵略者赶出中国国土。李克同志就是在这样的环境里生活、成长。他和老百姓一起参加地道战，挖地道，修工事，土里滚，泥里爬，今天活着，明天也许牺牲。李克的表弟就是被日本鬼子抓进炮楼杀害的，尸体被肢解后扔到护楼沟外边，李克在一个风雨之夜把尸首偷运回来装进棺材埋葬了。

敌人越残忍，老百姓的心越齐，地道战越发展，做到了人、地、天三通（即人心拧成一股绳；地道户连户，村连村；天，指的是村里控制高房的制高点），地道成了不可摧毁的坚强堡垒。鬼子闯进村，只听枪声响，不见有人影，被打得晕头转向。对于当年开展地道战的起因和在敌后抗战中所发挥的威力，李克曾这样写道：

当年环境变得一天比一天恶劣，在这一望无垠的平原上，敌人岗楼林立，公路如网，这里又没有山，可真是不好隐藏啊！敌人在军事上占绝对优势，怎么办？要活着和日寇坚决斗争下去！我们依靠群众挖地洞，进行隐蔽斗争。地下千年不动的土，挖起来就像凿石头一样，黑夜挖地洞，白天跑情况，这个紧张劲儿，可真够呛！地道，开始为单口洞：主要是为了躲藏、防御。地道没有发展好，洞口被鬼子发现了，朝里灌水，用木风扇向里吹烟熏。鬼子为了更多地杀害中国人，制造出毒瓦斯，日军戴上防毒面具向洞里打毒瓦斯，放毒气，我们吃了大亏，也被毒死不少人。为了不再吃亏，防止毒气，我们在地道里制造出翻眼，人从翻眼钻过去，再盖上盖儿，这样一来，放水、熏烟、放毒气全堵住了，鬼子再放毒气，毒气不再往里钻反而向外扑去，鬼子中毒了，糊里糊涂地趴在了地上。

根据斗争需要，洞身逐步延长，挖成户连户，村连村，地下相通，逢河穿河，逢沟穿沟，逢堤穿堤。地道里有主干道，二人持枪对开而过；有支干线、办公室群众掩护厅、小学生教室。总之，地道里很方便，和地上村庄差不多。高房上建起制高点，从地下一直上到最高处，居高临下可以瞭望旷野和全村，形成天上地下巧妙而又周密的火力网。地道指挥部就设在十字街头那棵老槐树底下地道里。

就这样，老百姓利用地道打了许多大胜仗，李克当时写了不少激动人心的作品，鼓舞群众，宣传群众，其中就有一首前面提到的《地道战》歌。这首歌念给广大群众听时，就受到了欢迎，这更加鼓舞了李克的创作热情，以后他一边进行武装斗争，一边进行文艺创作，宣传鼓舞人民的战斗士气，用文艺作武器与敌人进行斗争。他们利用快书形式，在夜里对着炮楼又喊又唱，瓦解敌人。有时也写剧本，为民兵和老百姓演出，都是围绕和敌人展开斗争的宣传。李克非常熟悉抗日战争中的生活，英雄的形象一直印在脑子里，铭刻在心目中，这些都为他创作长篇小说《地道战》《水上传奇》《玫瑰魂》"抗战三部曲"打下坚实的基础。

北平解放以后，李克转业到北京市文联做行政工作，他白天忙于组织工作，晚上在办公室小楼上爬格子，终于完成了长篇小说《地道战》，《新民报》连载后，小说于1953年由上海文艺出版社出版。这部作品虽然已问世六十多年，但每次看都能让人受到一次爱国主义教育，一部优秀作品是禁得住时间考验的。因为他的作品来源于战斗生活，来源于革命实践，所以他的长篇小说以"抗战三部曲"著称。《地道战》是第一部，《水上传奇》是第二部，第三部是《燕山枪声》。

之后，他决定再创作一部儿童作品《铁柱和永生》，是反映抗日战争中儿童战斗生活的长篇小说。他认为培养下一代是每个作家的责任，让孩子们了解老一辈抗击日本侵略者的斗争史，有助于对他们进行爱国主义教育，使我们民族永远立于不败之地。于是，他又把这些作品定名为"抗日战争四部曲"。

李克还担任北京市民间文艺家协会常务副主席、北京民间文学丛书主编等职。见到许多古稀老人把肚子里的民间故事带进坟墓，他很是痛心，这些民间宝藏是我们中华民族的优秀文化遗产，于是他下决心进行收集、挖掘、整理。他说："宁肯让自己的创作受些损失，也要把北京地区的民间文学宝贵财富抢救下来。"恰在那时，国家要出版百卷民间文学集成，这是国家艺术科学重点研究项目，北京卷的编辑重任就落在李克肩上。于是，他带领北京民协的几位同志和部分民间文学工作者，在北京地区开展采风活动。有的年轻人以为这项工作一定很浪漫，遍历名山大川，探访名胜古迹，游览京城大街小巷，优哉乐哉。谁知第一站到京郊大地就差点儿没卡壳。李克同志不顾自己已过花甲之年，和年轻人一起跋山涉水，穿越沟沟坎坎，进入深山老林，寻觅白发老人，收集他们肚子里装的民间传说。

有一次去密云县听一位古稀老人讲杨令公的传说，他们走着走着被眼前一条河水挡住去路。河面宽阔，没有桥梁，没有渡船，怎么办？人们都傻眼了，只见李克把裤腿儿一撸下了水。当时正是北京的三月，春寒料峭，密云的河水刚刚解冻。几个年轻人见李克下了河，稀里哗啦往前走去，他们二话没说也一个个蹚着齐腰深的水行进。冰水凉得像无数针扎疼痛无比，他们咬着牙根儿过了河，找到古稀老人，老人深受感动。他们穿着湿漉漉的衣服坐在老人家热炕头上，听老人认认真真地给他们讲民间传说。北京民协经过几年的艰苦努力，采集到一千多万字的民间故事，锻炼了一批年轻的民间文艺工作者和民间文学研究的专家，从浪漫走向成熟，为祖国的文学事业作出很大的贡献。

编纂《中国民间文学故事集成》北京卷，是一项浩大的文化工程，需要从一千多万字里，精选、提炼出一百万字，作为北京卷的内容。李克同志还主编出版了北京民间文学丛书《中国长城故事集》《颐和园传说》《香山传说》《十三陵传说》《八达岭传说》等。在他的带领下，北京市民间文艺工作后来居上，尤其是对中华民族优秀民间文学的抢救工作作出了积极贡献，丰富了民间文学宝库，两次荣获中华人民共和国文化部、国家民族事务委员会、全国艺术科学规划领导小组嘉奖。李克本人也于1991年7月被全国艺术科学规划领导小组、中国民间文艺家协会、中国民间文学集成全国编委会评为先进工作者。

在回顾了红色经典《地道战》和李克的创作经历之后，还有一个不可回避的问题就是，我在1953年的新文艺社小说初版本上看到作者署名是"李克　李微含"，而从上海文艺出版社1959年的版本上，看到作者署名就变为"李克等著"。那么此书的第二作者李微含究竟因何被隐去署名了呢？我们查阅了众多有关现当代文学的资料，只找到关于李微含极其简略的生平介绍，也没有提及《地道战》署名的问题。后来还是通过在网上看到一篇文章中说李微含在1957年被打成右派，才最终解开了这桩文坛悬案的谜底。因为在那个年代，一个作家如果被定为右派，当然不可能在这样一部红色经典著作《地道战》上再署名了。

小说《地道战》封面的著名油画

  我收藏的 20 世纪 50 年代小说《地道战》封面为白底，下半部有一赭石色油画，画面中八名男女民兵持枪站在房内牲口槽上，通过窗口及隐蔽工事枪眼向外监视，时刻准备歼灭来袭的日本侵略者。《地道战》是中国现代著名油画家罗工柳在新中国成立初期绘制的一幅油画作品。1951 年中国革命博物馆筹建，在组织主题创作时，这幅《地道战》被选中。罗工柳曾在前线参加抗日战斗，从战友的诉说中深刻体察到地道战的作用和意义。这幅革命历史画，联系着他和人民的战斗情谊，是他和民兵战斗英雄以及当地的老大爷、老大娘一起切磋琢磨而创作成的。这幅作品的造型极具难度与挑战，静谧的环境蕴藏了一种高度紧张的气氛，渲染了冷峻的战争氛围，也将特殊的游击战形式表现得典型和生动。

  罗工柳的油画《地道战》，将场景设置在晦暗狭小的空间内，抓取了几位民兵准备战斗的瞬间动态，极具动感和真实性。画面中心，一位手持驳壳枪站立的女指挥员，神情专注而紧张；她身旁则是一位刚从地道内探出身体的女青年，直视前方；画面最右方，是一位握枪的青年男子，正通过瞭望孔观察敌情，警觉而干练；画面最左方，登梯前往出口时回身观望的男子不仅在造型上极具难度与挑战性，也使静谧的环境蕴藏了一种高度紧张的气氛与冷峻的战争氛围；画面后方还有两位老人，显示着人民群众与抗日武装的紧密联系。画家巧妙地运用人物向上、向外的视觉方向以及体态动作，既拓展了画面的空间，也将这种特殊的游击战形式表现得十分生动，让观者的焦点有了向外的联想与延伸。同时，为了表达正义的信念，画家将画面处理为柔和的暖色调，天窗投射的光线及身着红衣的女子洋溢着温暖的感觉，渲染出光明必胜的坚定意志。

1916 年 1 月，罗工柳出生于广东省开平县罗村，是我国著名木刻家、油画家与美术教育家。他青年时代参加革命，创作了《马本斋母亲》《李有才板话》《小二黑结婚》等不朽版画作品。新中国成立以后，他投入新中国美术教育事业，20 世纪 50 年代创作了油画《地道战》《整风报告》等新中国第一批成功的革命历史画。50 年代末从苏联留学回国后，他在艺术实践中作了大胆创新，创作了《前仆后继》《毛主席在井冈山》等影响深远的油画作品。他还参与了第二、第三、第四套人民币的设计工作。

　　从 1938 年夏末到延安直至 1949 进入北平的十多年间，罗工柳有一半以上的时间在农村和士兵、农民一起生活，和他们打成一片。画家侯一民说："充沛的情感和丰富的生活储备，是他创作灵感的来源。"由于绘画方法比较"土"，艺术表现比较"土"，表现的对象是农村，也比较"土"，有人将解放初创作的这批新历史画称作土油画。"以前不是刻木刻的吗？怎么画起油画来了，而且画得那样快？"罗工柳拿起油画笔一下子就画出了两幅大画《地道战》和《整风报告》，令李可染、徐悲鸿等人都十分惊讶。罗工柳说："是老百姓教了我才画出了《地道战》。"原来，这幅画开始有一个画稿，表现的是民兵从室外的牛棚登上屋顶，民兵看了以后说："那我们还不全都让鬼子打死了！""开始我们这样干过，吃了大亏。"两句话，把那一稿"枪毙"了。民兵告诉他，地道要和大的庄院通在一起，院墙封得比较严，从里边上房顶，从地道登岗楼。

　　罗工柳等老一代艺术家在创作革命历史题材绘画时，最大的优势就在于他们都参加过中国革命，在思想上和情感上对中国共产党领导的革命历史都怀有普遍的政治认同，因此在创作过程中，他们也倾注了自己全部的革命理想与激情。罗工柳在创作油画《地道战》时，正值他的创作黄金期，娴熟的技巧使他能够驾轻就熟地把对事件的切身体验与崇高的革命理想，以及对艺术形式的严格要求完美地结合起来，使作品具有一种诚挚的亲和力与庄严的历史感。几十年过去了，油画《地道战》与那段峥嵘岁月一起留在了人们的记忆深处。

电影《地道战》的经典意义

对于电影《地道战》，相信听众朋友们一定耳熟能详。高家庄人民在党支部的领导下，发动群众把藏身洞改造成能藏、能打的战斗地道。地道内增设瞭望孔、射击孔和防水、防毒、防火、防钻、防挖的战斗设施。街道增设了街垒、陷阱、地雷区，街墙增设了枪眼。全村大街小巷形成立体交叉火力网。进而，村内地道延伸到村外，与邻近村庄相连，进可攻，退可守。人们甚至把地道挖到了敌人的炮楼底下，炸毁炮楼。因此，地道成为以劣势装备战胜优势装备敌人的屏障。

影片形象生动地描绘了地道的产生与发展的进程。开始人民群众只是为了躲避敌人的追捕，找地方藏身，大都躲在地瓜窖、夹壁墙内、水井里。后来在房屋内挖单口洞、双口洞藏身。敌人反复"清剿"抗日村庄，有的藏身洞被敌发现，不少群众惨遭杀害。战争向抗日军民提出这样一个问题：如何在平原地区坚持游击战争？如何发展地道？只想法藏是藏不住的，影片对此作了具体深刻的描述：当高家庄的地道被敌人破坏以后，民兵队长高传宝深夜学习《论持久战》，受到了启发，明白了"只有大量地消灭敌人才能有效地保存自己"，认识到光藏不打，结果是光挨打的道理，由此而得出结论，必须将藏与打结合起来，才能取得战争的主动。

影片《地道战》那些经典镜头，生动形象地描绘出当年的战斗场面。明处的敌人耀武扬威地闯进高家庄，如入无人之境，大炮、机关枪不知往哪里发射，军事优势发挥不出任何威力。而隐藏在暗处地道里的民兵，虽然人和武器与敌人相比处于绝对劣势，但全民皆兵，人自为战，打得敌人躲无处躲，藏无处藏，敌人处处挨打，弄不清子弹是从何处打来的。你打我时，叫你打不到，摸不着；我打你时，就要打上你，打准你，吃掉你。以我之长攻敌之短，充分发挥以暗战明的优势。大显神威的地道战，打得鬼子人仰马翻，魂飞魄散，落荒而逃。地道战的战斗实践是毛主席人民战争思想的伟大胜利，是人民群众智慧的伟大胜利！随着《地道战》的火热上映，许多观众都不约而同地发问：影片中的高家庄写的是冀中哪个村的战斗故事？高传宝到底有没有真实的生活原型？这个谜底终于由八一电影厂的老导演任旭东揭开了。那是在十几年前，我在正定有幸见到故地重游的任老一行。回到北京后，年过八旬的老导演又给我写信、寄资料，详细回忆介绍了拍摄电影《地道战》的前前后后。

当年《地道战》剧本创作组的任务是将抽象、概念的地道战题材，编成一部情节生动、形象活泼的军事故事影片，这是很难写的题材，可参考的文字材料极少，不知从何入手，写什么，从哪里写起。于是他们奔赴冀中平原采访，一些老民兵、老游击队员热情地向他们讲述了他们亲身参加地道战斗争的经历，从地道的产生、发展过程到利用地道打击日本侵略者的战斗史实，为剧组提供了翔实的剧本创作素材。其中，让剧组难以忘怀、收获最大的是在正定县高平村的采访，他们从高平村老民兵座谈中得到了启发，产生了创作灵感。

高平村民兵具有不屈不挠的民族精神，在战争的峥嵘岁月里，从 1943 年秋到 1945 年春，两年内粉碎了日伪军二百人至一千五百余人的五次大"围剿"。高平村民兵不到百人，只有几十条枪，然而却取得了惊奇、辉煌的胜利。高平村被当时正定县抗日政府定为"抗日模范村"，支部书记、民兵队长刘傻子被授予晋察冀边区"地道战一级战斗英雄"。听取了高平村的战斗故事后，剧组当即决定要写一个村、一个战例、一个民兵队长。影片《地道战》中的高家庄就是由高平村而得名，影片中的村落战源于 1945 年高平村第五次反"围剿"战例，影片中的主要人物高传宝、高老忠自然也就是源于高平村民兵队长刘傻子的形象。

当然，影片《地道战》中的高家庄，并不完全等同于高平村，影片所展示的方方面面，是整个冀中平原地道战的一个缩影。影片概括、体现了整个冀中平原所有采取地道战战术战斗过的村庄。因为高平村的地道后来遭到洪水破坏，已经不具备外景拍摄条件。任旭东便率剧组选择冉庄、李庄、唐庄进行外景拍摄，将这三个村庄合三为一，影片中的高家庄，实际上是这几个村庄的浓缩。

另外，就在影片拍摄的关键时刻，总参领导杨成武将军送来了他写的一份有关地道战的总结资料。文中不仅回顾了地道战产生、发展的过程，而且还描述了当年冀中平原地道的出入口设施，诸如驴槽口、锅灶口等。这让任旭东兴奋不已，因为这些地道设施既真实又形象，更为《地道战》剧本内容增添了丰富的素材。

至今，《地道战》这部电影的许多台词令人耳熟能详，高传宝用土电话喊话："各小组注意，你们各自为战，打一枪换一个地方，不准放空枪！"除了正面形象外，影片中反面角色同样也是令人过目不忘。伪军汤司令的一句"高，实在是高"，在网友有关中国电影经典台词的评选中始终名列前茅，而山田的一句"悄悄地进村，打枪的不要"同样流传甚广。央视《电影传奇》认为影片《地道战》"是上世纪八一厂制作的最著名的一部影片"。

五十多年过去了，影片《地道战》经受了历史的检验，被列为全国爱国主义教育影片载入史册。从 1966 年拍摄完成至 1970 年间，《地道战》的拷贝累计复制发行了两千八百多部，观看人数总计超过十八亿人次，创下了单部影片发行量、观看人数最多的纪录，令世界上任何一部影片都难以望其项背。它曾经被当作国家的礼品赠送给数十个友好国家，把中国人的智慧与力量的结晶撒播到世界各地。

从同样题材的小说、油画《地道战》，再到影片、歌曲《地道战》，一次次讲述着这个"世界军事史上的奇观"，讲述着"人民战争汪洋大海"的故事。当年的红色作家和艺术家们以独特的中国风格和民族气派将"地道战"一词演绎得出神入化，传播得家喻户晓，时间将其淬炼为中华民族的共同记忆之一，彰显着永不磨灭的不屈意志、爱国精神。

新中国战争文学的里程碑

——杜鹏程与《保卫延安》

这是一部解放战争的"英雄史诗",也是"我国描写现代战争的长篇小说的里程碑",全景展现了波澜壮阔的延安保卫战,铺开了一幅气壮山河的历史画卷。它就是滋养了新中国几代人的红色文学经典——长篇小说《保卫延安》。

小说的作者杜鹏程,作为一名战地记者,是延安保卫战的目击者和参加者,他以笔为枪,投身到火热的革命事业中。而他又不单单是一名战地记者,更是一名出色的作家。他创作的《保卫延安》,由最初上百万字的报告文学,修改为三十多万字的长篇小说,成为当代文学史上第一部大规模描写解放战争的优秀长篇小说,是我国当代文学史上长篇小说的一个艺术高峰。他由此也成为当代军事文学巨擘与奠基者之一。

"我们要拿一个延安换一个全中国"

位于黄土高原的延安,自古是兵家必争之地,有"塞上咽喉""军事重镇"之称,被誉为"三秦锁钥,五路襟喉"。

1935年,中央红军到达陕北吴起镇,延安的历史,自此掀开崭新一页。党中央和毛主席等老一辈无产阶级革命家在延安生活战斗过十三年。

然而1947年的春天，"三月开初，吕梁山还是冰天雪地。西北风滚过白茫茫的山岭，旋转啸叫。黄灿灿的太阳光透过干枯的树枝照在雪地上，花花点点的。山沟里寒森森的，大冰凌像帘子一样挂在山崖沿上"。国民党为了攻占延安，摧毁中共党、政、军指挥中枢，蒋介石命令胡宗南以数十万兵力进犯我党中央所在地延安，以十倍于我军的绝对优势兵力发动疯狂进攻。1947年3月13日，延安保卫战正式打响。毛主席力排众议，作出了一个惊人的决策：主动撤离延安，留给敌人一座空城。

这个消息对于大家而言，无疑是一个炸雷。小说所写的是我军在山西的一个纵队，奉命参加保卫延安的战斗。部队昼夜行军，西渡黄河，于1947年3月19日赶到延安正东八十里的甘谷驿镇，正集结在山沟里待命。听到连长周大勇说出"我军退出延安"这个消息，战士们惊呆了："会场鸦雀无声，战士们呼哧呼哧地出气，心脏孔咚孔咚地跳动像擂鼓一样响。他们都两眼发黑，脑子里轰轰作响，脚下的土地像春天的雪在融化着。"大家百思不解，"有人低声哭了！眨眼工夫，全场人都恸哭起来。有的战士还跺脚，抽噎着哭。眼泪滴在手上、胸脯上、冰冷的枪托上"。

他们是来保卫延安的，为什么撤退了呢？他们想不通。但当领悟了毛主席的伟大战略思想："先诱敌深入，适时放弃延安，在延安以北的山区创造战机，逐步消灭国民党军有生力量。"他们便立即举枪发誓："战斗到最后一个人也要收复延安！"

延安是什么？是坚定的信念！是心中的圣地！带着信念，纵队指战员英勇无畏，奋勇杀敌，取得了青化砭、蟠龙镇、榆林、沙家店等战役的胜利，狠狠地打击了敌人的嚣张气焰，然后再次向延安进军。我军也实现了由战略防御转入战略反攻的历史性进程。

首次成功塑造彭德怀感人形象

　　这部长篇小说被誉为我国第一部大规模描写解放战争、成功塑造彭德怀将军感人形象的长篇小说。对于彭德怀将军，尽管着墨不多，却给我们展示了这位高级指挥官的军事智慧和大将风度，他同时又是一位淳朴真诚、甘于清苦、有孺子牛精神的"人民勤务员"。

　　"山高路险沟深，大军纵横驰奔，谁敢横刀立马，唯我彭大将军。"在延安保卫战之中，彭德怀将军起了重要的领导作用。他是毛主席始终共患难同甘苦的亲密战友之一，是对毛主席的战略思想最忠实同时又能创造性地运用实际指挥的高级将领之一。他运筹帷幄，指挥着军队取得了一次又一次的胜利。

　　就是这样一位作战中威风凛凛的彭大将军，却是那么甘于清苦，这是彭德怀住的地方："窑洞空旷旷的。它让成年累月的炊烟，熏得乌黑。墙上挂满作战地图。靠窗子跟前，放着张破旧的桌子。桌子上堆着一沓沓的文件材料。窗台上放着些老乡们日常用的瓶、罐，还有揉卷起角的小学课本。窑洞靠后的左角里，放着窑主的粗瓷瓮、破谷囤跟一些农具。"

　　彭德怀将军关心每一个战士，关心人民群众，从不摆架子。"彭总，中等以上的身材，普通工人的脸相，两道又粗又黑的浓眉下一对不大的眼睛闪着严肃刚毅的光芒。这位天才的军事家像普通劳动人民一样质朴、淳厚。"他对老人和小孩儿都很亲切，一点儿官架子都没有。一次见到旅长陈兴允后，他关切地问："外面很冷吧？"他倒了一茶缸开水，递给陈兴允，又看着他一口一口喝完，然后接过茶缸，低声而缓慢地问："有什么事？"这足见他的贴心，他用他的行动实践着他的真言："我们要像扫帚一样供人民使用；而不要像菩萨一样让人民恭敬我们，称赞我们，抬高我们，害怕我们。

泥菩萨看起来很威严、吓人，可是它禁不住一扫帚打。扫帚虽是小物件，躺在房角里并不惹人注意，但是每一家都离不了它。"

　　杜鹏程能够成功塑造彭德怀将军，绝不是凭空想象。作为新华社战地记者的杜鹏程在行军途中和群众、部队聚会上不止一次见过彭德怀，而且听到过有关彭将军的许多战斗故事，并且在1948年秋天有幸在黄龙山的一个窑洞里采访了彭德怀将军。

　　那时，彭德怀召集全体前线记者谈话，说了三四个钟头，谈到延安保卫战的重大意义和新闻工作者的责任，也谈到了他自己："我这个人没有什么，要说有一点长处的话，那就是不忘本。"彭德怀质朴谦和、平易亲切，他说甘愿当扫帚供人民使用，他自己就是比群众和战士多吃一口野菜，也会深感惭愧的！杜鹏程深深感受到：彭将军忠心耿耿，时时把人民群众和战士们放在心上，"先天下之忧而忧，后天下之乐而乐"，就是他的真实写照。杜鹏程曾说："这一切，在我心里产生的不是抽象的意念，而是激动人心的巨大形象。伟大的中国革命，造就了许多光辉灿烂的巨人——我是带着广大指战员强烈的崇敬心情来描绘彭德怀将军的形象的，他来自现实斗争生活，也是来自广大指战员的心里。"

精心描绘"保卫延安"的英雄群谱

　　"巍巍宝塔山，清清延河水"，吸引着无数热血青年和爱国人士前往此地参加革命。《保卫延安》塑造了延安保卫战中我军的英雄群谱，既有远见卓识的高级将领，也有亲临火线的基层干部；既有普通平凡的战士，也有地方上的支前英雄。他们虽然肩负着不同的任务，但都有一个共同的目标——保卫延安。"金戈铁马，气吞万里如虎"，大智大勇、凌厉顽强的周大勇，不知辛苦、不知疲倦的李诚，英勇无畏、坚决果敢的陈兴允旅长，叱咤风云、威震敌胆的王老虎……

这其中重点塑造了周大勇的英雄形象。他是一名"年轻的老革命"，是一个连长、一个指挥员，同时也是普通战士中的一员。他对敌人有无限的仇恨，起初无法理解我军撤出延安的举动，但他是老革命，还是坚定拥护党中央的智慧决策。他很普通，却又英勇非凡，战斗中他总是主动请求承担最危险、最艰巨的任务。青化砭战斗，他冲锋陷阵，将个人生死全然置之度外；蟠龙镇攻坚，他智勇双全，出色完成诱击敌人的任务。在长城线上的突围战中，他身负重伤，带着伤病员和疲惫不堪的战士，被围困在一个小山洞里。面临绝境，他想的是怎样"为自己阶级的事业战斗下去"，终于率领战士闯出险境。诚如团政委李诚所说，周大勇是一个"浑身汗毛孔里都渗透着忠诚"的人。

　　李诚，是团政委，无比坚强与勇敢，有着惊人的魄力与干劲儿，对战士无限关怀与爱护。他好像是一个永不疲劳的人，总是精神饱满地活跃在部队里，不让一分钟的空闲轻轻地滑过去，经常忙得连饭也顾不上吃。李诚的性格开朗幽默，是一位非常机智和具有亲和力的政治工作者，在部队里深得战士的喜爱。他谙熟军事激励的心理和方法，将精神激励转化为战胜强敌的巨大力量。他对干部和战士有真切的爱。当知道团参谋长卫毅牺牲的消息时，他感到一阵剧烈的创痛，"两眼涌出热泪，大颗的泪珠，从战火烧过的脸上，滚滚而下，滴到胸前的衣服上"。

　　王老虎平时温和敦实，而战时勇猛机智，"静若处子，动如猛虎"。即便负伤了，他还"端着刺刀""左冲右杀"。从"扑到一挺吐着火舌的机关枪前"，到"敌人和他面对面，用十几把刺刀对准他的胸脯"，他都临危不惧，打死了一个又一个敌人。他就像是古典小说中的传奇英雄，令人佩服而动容。

　　孙全厚是一位老炊事员，五十七岁，一心一意为革命，像父亲一样照顾着指战员们。为了同志们能吃饱，他三番五次地勒紧腰带，风里来雨里去，从来不抱怨，在穿越沙漠时，却因饥渴而牺牲。他"悄悄地活着，悄悄地死去"，为祖国献出了自己的一切。

卫毅团参谋长，坚强，不畏强敌；陈兴允旅长，指挥有方，坚决勇敢；李振德，不屈不挠，勇往直前；还有马全有、李江国等一群生龙活虎的战士……

"天地英雄气，千秋尚凛然。"自古以来，中华民族崇尚英雄，就像书中陈兴允旅长描述的一样："我们的战士，把自己的全部生命、青春、血汗，都交给了人民事业。他们即使去赴汤蹈火粉身碎骨，也积极主动毫无怨言。"他们中的每一个人都是那么真实，又那么伟大，是真正的英雄。正是他们的英勇付出，让我们看到胜利的希望："北方，万里长城的上空，突然冲起了强大的风暴，掣起闪电，发出轰响。风暴夹着雷霆，以猛不可挡的气势，卷过森林，卷过延安周围的山岗，卷过中华民族几千年来征战过的黄河流域，向远方奔腾而去……"

战地记者亲历延安保卫战

"这一场战争，太伟大太壮烈了。随便写一点儿东西来记述它，我觉得对不起烈士和战争中流血流汗的人们。"战地记者杜鹏程作为延安保卫战的亲历者和参加者，始终被这一波澜壮阔的时代风云所激励着、感动着。他"一想到延安保卫战的日日夜夜，想起自己一生中最不平凡的岁月，热血就冲击胸膛"。所以，他不仅写下了几十万字的《战争日记》，并饱含深情地创作了长篇小说《保卫延安》。

杜鹏程，原名杜红喜，1921年5月5日出生在陕西韩城县夏阳乡的一个农民家庭里。他三岁丧父，家境贫寒，幼年上过私塾和基督教学校，后来到韩城县一家店铺当学徒。1934年到1936年，杜鹏程经人推荐转到离家二三十里远的一个乡村学校半工半读。这三年，是他人生道路上的一个重要转折。1937年全面抗战爆发，他加入了由一些进步教师在该校组织的中华民族解放先锋队，从事抗日救国宣传，并接触阅读了《共产党宣言》和列宁、斯大林等人的著作。

1938年6月，正值延安抗日军政大学在县城贴出布告招生，他便积极报名参军。由于年龄太小，他被抗大分校选送到延安鲁迅师范学校读书，从此揭开了个人生活历史上崭新的一页。后被分配到延川县农村工作，几年后又奉调到延安大学学习，有幸阅读了许多世界文学名著，由此爱上了文学。

1944年夏，他被调到延安城关的陕甘宁边区被服厂工作，并于次年10月加入中国共产党。1947年初，杜鹏程被调到陕甘宁边区《群众文艺》工作，半年后又奔赴前线，深入到王震指挥的西北野战军第二纵队独立第四旅第十团二营六连，做了一名随军战地记者。西北野战军著名的战斗英雄王老虎就在六连这个英雄的集体里。这为他创作《保卫延安》奠定了坚实的基础。

如果不是他亲历那场战争，就不会有伟大的著作《保卫延安》。作为一名战地记者，他融入战争中，就像战士一样，和战士们同吃同住，摸爬滚打，与他们结下了深厚的战斗友谊，同时也多了接触各级指战员的机会。二纵司令员王震曾特意找杜鹏程谈话，鼓励他要经受战火的考验，写出反映广大指战员英勇战斗的好作品来。他以手中的笔铭记炮火纷飞，以及在这些中间不灭的希望与和平；记录革命英雄，感召人们为国而战。

战争是残酷的，"一片土地一片血"，每次战斗都有许多英雄战士壮烈牺牲。当时，装备很差的西北野战军，以区区两万五千多人与二十余万装备精良的国民党胡宗南部队进行拼杀，其形势的险峻性可想而知。杜鹏程到连队才几个月，二纵的指战员们就牺牲过半，而他所在的六连竟由原来的九十多人迅速锐减为十几人。与自己朝夕相处的王老虎、首次见面送给他一条新毛巾的营长盖培枢，在榆林三岔弯的战斗中壮烈牺牲;为了使山沟里的数千名战友脱离险境,曾经给过他很多鼓舞的团参谋长李侃在沙家店战斗中,献出了自己的生命;有个叫许柏龄的战士,临上战场前留给杜鹏程写给党支部和他孤寡母亲的信,再也没有回来……

在战争的洗礼中,杜鹏程被感动着,更被激励着,他化悲痛为力量,以笔为枪,将所见所感变成一篇篇通讯报道,传往全国。但杜鹏程越来越觉得自己的知识不够,不能完全表达出这些军队指战员的英勇事迹和英雄气概。于是,他如饥似渴地看书学习,并长期坚持写日记,把自己在延安所看到的、所听到的、所学到的,都真实地记录下来。他觉得自己的时间是那么不够用,所以不管走到哪里,只要有了想法,他就开始写,包袱里随时都装着他写得密密麻麻的许多日记本,并贴身缠在腰间,视若生命。他有时是将装日记的包袱放在膝盖上写,有时是宿营以后趴在老乡的锅台上写,甚至在硝烟弥漫、子弹横飞的阵地上,他也拿起了笔。

殊不知,写了这么多密密麻麻的日记,杜鹏程连一根像样的笔都没有,而只有一个钢笔尖。他把树枝削细了与笔尖捆在一起当笔杆,这就需要不停地蘸墨水,他却乐在其中,笔耕不辍。有一次,正拿着这支"笔"写作的他,被旅政委杨秀山发现了,杨秀山关切地对他说:"笔对你来说,和枪杆子一样重要!"并当即指示旅供给部为他发了一支好笔。当拿到这支崭新的金星牌钢笔时,杜鹏程感慨万千,随即在日记本上写下:"一支笔,抵得上一支劲旅。"

有了这支笔,杜鹏程更加努力地写作,数年间竟写下近二百万字的日记,另有几十万字的消息、通讯、剧本和报告文学等。其中,1948年初创作的歌剧《宿营》,不仅被当时西北战场上的很多文工团上演过,还曾被延安的《群众文艺》发表,而且于新中国成立之初由西北人民出版社出了单行本,从而大大增强了他毕生从事文学创作的勇气和信心。

油灯相伴九个多月，完成百万字初稿

正是这段战地记者的亲历生涯，使他萌生了要将这一伟大的人民解放战争以及其中革命先烈们的英雄事迹诉诸笔端、昭示于后人的强烈冲动。正如他自己所说："难道这些积压在我心里的东西，不说出来，我能过得去吗？……也许写不出无愧于这伟大时代的作品，但是，我一定要把那忠诚质朴、视死如归的人民战士的令人永生难忘的精神传达出来，使同时代人和后来者永远怀念他们，把他们当作自己做人的楷模。这不仅是创作的需要，也是我内心波涛汹涌般的思想感情的需要。"

以后的日子里，杜鹏程的内心始终被这种情怀激荡着。新中国成立后，杜鹏程任新华社新疆分社社长，他与妻子张文彬在迪化结婚的次日，便随同军队进驻南疆重镇喀什，开始了《保卫延安》长篇小说的创作。"当时我清醒地估量了自己面临的困难。于是，决定先写一部长篇的报告文学作品，从延安撤退写起，直到进军帕米尔高原为止，记述西北解放战争的整个过程。"

为了创作，杜鹏程仅列写作提纲就列了四次，还到随军采访的原独四旅几个团进行深入调查。二军政委、喀什军区政委兼南疆区党委第一书记王恩茂得知情况后，给予杜鹏程极大的支持和关怀，当面勉励他说："不管有多大困难，也要把保卫党中央、保卫毛主席、保卫延安、保卫陕甘宁边区这部具有伟大历史意义的书写出来，让它安慰死者，鼓励活者，教育后者。"

那时的杜鹏程整日都很忙碌，既要组织采访报道，还要筹办维吾尔文报纸，带领记者进行社会调查。只有到了深夜，忙完一天的工作，杜鹏程才能在他们那间四面透风的房子里开始创作。然而他还面临着更大的难题：没有大量的图书资料可以借鉴。杜鹏程在

《〈保卫延安〉重印后记》里回忆，"所依靠的是一本油印毛主席的《中国革命战争的战略问题》，部队的油印小报，历次战役和战斗总结，新华社在各个时期关于战争形势所发表的述评及社论，再就是我在战争中所写的新闻、通讯、散文特写、报告文学和剧本等""还有在战争中所写的日记，近二百万字"……并且喀什纸张奇缺，妻子张文彬就特别留心搜罗，甚至还托人从各处收集来一些旧报刊、旧标语、旧簿册，甚至还有老百姓用以糊窗户的麻纸，花花绿绿、大小不一，但杜鹏程非常珍惜，把字写得小之又小。

就是在这样艰难的情况下，煤油灯下鏖战九个月，杜鹏程完成了一部近百万字的长篇报告文学初稿，"足有十几斤"，全是真人真事，按时间顺序把战争中的所见所闻所感记录下来。在写作中，杜鹏程的手指起了硬茧，眼珠布满血丝，因缺乏营养，他患上了严重的夜盲症。杜鹏程这样回忆当时艰苦创作的情景："写着，写着，有多少次，遇到难以跨越的困难，便不断地反悔着，埋怨自己不自量力。可是想起了中国人民苦难的过去，想起我们脚下的土地，想起了那些死去和活着的战友，抚摸烈士的遗物，便从他们身上汲取了力量，又鼓起勇气来。……钢笔把手指磨起硬茧，眼珠上布满血丝，饿了啃一口冷馒头，累了头上敷上块湿毛巾……写到那些激动人心的场景时，笔跟不上手，手跟不上心，热血冲击胸膛，眼泪滴在稿纸上……"

他太累了，初稿完成的当天，倒头便睡，一睡就是两天两夜，最后是被饿醒的。他拉上几个记者一同上街吃羊肉包子，狼吞虎咽地吃了一个又一个，过后有位记者告诉张文彬说："这老杜可不得了，一下子吃了那么多包子，这哪儿是吃，简直在喝油。"

四年间九次修改终完成巨著

杜鹏程把这些手稿都视为珍宝，小心翼翼地呵护着，无论走到哪里，都要带上它们，"夜不成眠，食不甘味，时序交错，似乎和我无关，调我到大城市学习，我就把稿子带到大城市；让我到草原上工作，我就把稿子驮到马背上……"

1950年的深冬，杜鹏程的母亲病危，他从冰天雪地的边疆赶到黄河岸边的故乡，都带着这一大捆手稿。走在村口，人们看到他的马背上驮着几个大箱子，有人说："杜家的儿子发了财回来了，箱子里面是金条。"但没人知道，箱子里装的全都是他的日记和手稿。埋葬了母亲，杜鹏程搬进县人民政府去住，在这里，他用了一个多月的时间，把这部稿子修改了一遍。但杜鹏程对此并不满意，他写道："我觉得：眼前的这部长篇报告文学稿子，虽说也有闪光发亮的片段，但它远不能满足我内心的愿望。从整体来看，它又显得冗长、杂乱而枯燥。我，焦灼不安，苦苦思索，终于下定了决心：要在这个基础上重新搞，一定要写出一部对得起死者和生者的艺术作品。"

1951年春夏之交，杜鹏程返回新疆后，便在繁忙的工作之余开始对小说稿进行第二次修改。四年间，这部作品先后历经九次修改，由最初上百万字的报告文学，修改为六十万字的长篇小说，继而又压缩为十七万字，最后又变成三十多万字，前后被杜鹏程涂改过的稿纸足可以拉一大马车。

1953年春，总政文化部将杜鹏程从新华社新疆分社借调出来，他到北京住了一年，集中精力反复修改，其间还将书稿送给国防部长彭德怀征求意见。年底书稿就完全定下来了，列为"解放军文艺丛书"之一。接着，《解放军文艺》在1954年第1、2期分别选发了《蟠龙镇》和《沙家店》两章，书稿后由总政文化部交给了人民文学出版社。

杜鹏程视自己的书稿如命，希望它能够得到重视，于是他将一份打印稿寄给了人民文学出版社社长兼总编辑冯雪峰，尽管他与冯雪峰素不相识，但却诚恳地写了信。冯雪峰百忙中认真读了小说后，连回两封信，约他到家里详谈，充分肯定了《保卫延安》书稿。第一次见面，当得知杜鹏程只有三十二岁时，冯雪峰感叹地说："还是个青年，像这样年纪就能写出这样的作品，尤其是能写出描绘彭德怀将军形象的文章，真是不容易，要我写我也不一定能写出来。"当晚他们谈到凌晨三点。第二天，冯雪峰又打电话给杜鹏程，约他再谈一次，并说他已经向《人民文学》做过推荐，希望他们先刊发该书的部分章节，还说，他已与人民文学出版社几位负责同志商量过了，希望作者用两周时间，将一些地方作点儿修改，在1954年1月10日左右交出版社，然后加快印刷，争取在3月份能与读者见面，这使杜鹏程"心里掀起巨大的感情波涛"。

1954年6月1日，人民文学出版社正式出版了长篇小说《保卫延安》，初版印数达到近百万册。它后来又被译成英、法、蒙、俄、朝鲜、越南、维、哈、藏等十几种文字，被改编为电影、话剧、连环画等多种体裁的文学作品，在国内外广泛传播，产生了巨大的影响。杜鹏程因此而享誉中外，名垂青史。

此书一出版，一时洛阳纸贵，出现了争购争读的可喜景象。《保卫延安》带给了杜鹏程巨大的成功，也给他的生活带来了很大变化，他被调入陕西省作协，成为一名专业作家。但1959年，随着彭德怀在庐山会议上受到批判，杜鹏程因在《保卫延安》中塑造了这位伟大的军事家形象而受到牵连。著名作家贾平凹说道："一部《保卫延安》，使老杜成了神，也使老杜成了鬼。但历史是公正的，人毕竟还是人！"

打倒"四人帮"之后，杜鹏程重新回到作协岗位工作，并被选为中国作家协会理事、陕西省作协副主席、陕西省文联副主席、陕西省人大常委等。他又重新拿起笔，创作了中篇小说《历史脚步声》。1978年，他又写了《保卫延安再版后记与其他》，这篇文章是他重病时写下的声讨"四人帮"以及极左思想的檄文。之后他又相继出版了中短篇小说集《光辉的历程》《杜鹏程散文特写选》《我与文学》《杜鹏程散文随笔》。

英雄史诗气壮山河

文艺理论家周扬在 1949 年第一次文代会上直截了当呼吁作家："假如说，在全国战争正在剧烈进行的时候，有资格记录这个伟大战争场面的作者，今天也许还在火线上战斗，他还顾不上写，那么，现在正是时候了，全中国人民迫切地希望看到描写这个战争的第一部、第二部以至许多部伟大作品！它们将要不但写出指战员的勇敢，而且还要写出他们的智慧、他们的战术思想，要写出毛主席的军事思想如何在人民军队中贯彻，这将成为中国人民解放斗争历史的最有价值的艺术的记载。"

由此，抗日战争和解放战争成了众多作家竞相反映的热门题材。《保卫延安》则成为当代文学史上第一部大规模正面描写解放战争的优秀长篇小说，它站在时代和历史的高度，以宏大的规模、磅礴的气势，出色地反映了解放战争中著名的延安保卫战，描绘出一幅真实、壮丽的人民战争的历史画卷。有评论说，作者以澎湃的激情、高昂的笔调，刻画了一批丰满而生动的解放军指战员的人物群像，展现了毛泽东、朱德、彭德怀等老一辈革命家的高瞻远瞩，他们具有革命英雄主义精神、钢铁般的意志，成为鼓舞和教育中华儿女的楷模。在中国文学史上，《保卫延安》无疑留下了浓墨重彩的一笔。

周恩来总理读了该小说后，对其艺术描写的真实性给予充分肯定："我们部队打仗就是这样，彭总这个人也就是这样。"在 1960 年 7 月 22 日开幕的全国文学艺术工作者第三次代表大会上，国家文化部部长、现代文学巨匠茅盾所作题为《反映社会主义跃进的时代，推动社会主义时代的跃进》的报告中，对其创作风格给予积极称赞：

"杜鹏程的风格的发展，是值得注意的。……他的作品中的人物好像是用巨斧砍出来的，粗犷而雄壮；他把人物放在矛盾的尖端，构成了紧张热烈的气氛，笔力颇为挺拔。"

关于《保卫延安》这部作品的文学价值，著名评论家冯雪峰在《论〈保卫延安〉》中给予了高度评价："这部作品，称得上描写具有伟大历史意义的英雄战争的一部史诗。"对于这本书的成就，冯雪峰说："我觉得是无疑的。它描写出了一幅真正动人的人民革命战争的图画，成功地写出了人民如何战胜了敌人的生动的历史中的一页。对于这样的作品，它的鼓舞力量就完全可以说明作品的实质、精神和成就。"在经受了时间的洗礼和考验后，《保卫延安》的价值和地位最终被确立，并被盛誉为开创了当代军旅文学的先河。"他所描写出来的人物的性格，都是深刻的、丰满的、生动的……这部作品确实成功地、辉煌地创造了像周大勇、王老虎、李诚、卫毅等这样的人民英雄的典型。关于彭德怀将军的这一幅虽然还不够充分，然而已经传达了人物的真实精神的生动的肖像画，是我们文学上一个重要的成就。"美国学者 J. C. 黄在《从〈保卫延安〉看解放军指战员的人物形象塑造》一文中，也对该小说的人物塑造赞誉有加，称作品的文笔"清晰而又匀称"。

经历了岁月的洗礼，《保卫延安》依然散发着史诗的光辉。1988 年元旦，著名作家王汶石重温了《保卫延安》后，有感而发，欣然题诗，赠予杜鹏程和他的夫人张文彬：

战斗一声复何求，铁马金戈笔底收。
一代元戎雄影健，十万甲兵争自由。
纸罄洛阳书百书，文穷华夏易春秋。
纵使历路尽荆棘，千秋百载也风流。

时至今日，《保卫延安》的文学思想仍熠熠生辉。山东师范大学教授李宗刚认为，作家从宏大的视角把握中国革命历史，从对局部和细微的革命战争叙事转向对宏大的革命战争的叙事，这标志着战争小说获得了巨大的突破。小说以高昂的激情、宏大的规模、磅礴的气势，从正面描绘了解放战争中著名的延安保卫战。在小说创作过程中，一方面，杜鹏程要努力把《保卫延安》写成反映西北战场乃至全中国战场的史诗，要体现出解放战争中的一些规律性的文化底蕴，使其对宏大的战争格局有着深度把握；另一方面，为了忠实历史和自我感知到的真实生命体验，他强化和凸显了自我的独特体验，并由此确保了《保卫延安》具有史诗般的文学品格。

一部英雄史诗气壮山河！在《保卫延安》的战争中，从高级将领到军队基层干部，从普通战士到支前民众，他们艰难求索，秉承为中国人民谋幸福、为中华民族谋复兴的初心使命，用鲜血和生命书写了壮丽的诗篇。我们相信，英雄们这种伟大的精神始终照耀中华民族前进的征途。

遍地都是“李向阳”

——邢野与《平原游击队》

　　“不许动！我是李向阳！”20世纪的中国，许许多多儿童在做游戏时，经常会手持一把木头枪，或用双手比作双枪，威风凛凛。他们模仿的那个偶像就是电影《平原游击队》里的游击队长李向阳，这是个智勇双全，一身正义、侠义，战无不胜，英姿飒爽的英雄人物。

　　很长一段时间，观众对这部电影百看不厌，广大青少年更是争相仿效李向阳的装束和言谈举止，可以说，“遍地皆是李向阳”。

　　1954年，河北作家邢野同电影局的羽山一起，将话剧《游击队长》改编为电影剧本《平原游击队》，电影艺术出版社于1955年将其出版。1955年，长春电影制片厂拍摄发行了这部电影，尽管是一部黑白片，但仍获得了极大成功。这部电影不仅受到中国观众的喜爱，在1956年全国电影评奖中荣获了金质奖，还漂洋过海，发行到世界六十多个国家。电影一经上映，电影中的李向阳也成了一个难以超越的英雄形象。

　　影片的成功，首先离不开文学剧本的成功，而邢野老师就是专门创作抗战题材剧本的著名编剧，《平原游击队》《狼牙山五壮士》《王二小放牛郎》，都是红色文学经典。尤其前两部作品在20世纪

50 年代的热映和轰动，更是奠定了作家在军事题材文学史上无可替代的重要地位。

正义侠义集于一身

《平原游击队》讲述的故事发生在 1943 年秋，日寇为增援进山"扫荡"的敌人，紧急从平原调动兵力和粮草。游击队长李向阳则按照上级的指示牵制日寇松井部队，保护坚壁在李庄的粮食。战斗一开始，日军指挥官松井就接到地主杨老宗的报告，迅速带兵到李庄挖掘地道，搜查粮食。李向阳为了把敌人诱出李庄，采取"围魏救赵"的战术，带领游击队烧掉敌人的炮楼，炸毁敌人的军火列车。松井退兵走到半路又突然返回李庄，抓捕了刚钻进地道的群众，杀害了老勤爷和小宝子，逼迫村民交出隐藏的粮食。为解救群众，李向阳组织游击队猛攻县城，松井等日军被迫退兵保县城。随后，李向阳和游击队员化装进城，烧毁了敌人在城里的粮食，处死了汉奸杨老宗。最后，松井中了李向阳请君入瓮之计，再来李庄抢粮。结果，他的部队钻进了游击队布下的天罗地网，被全部歼灭。

剧本中的矛盾冲突集中而尖锐，敌我在山区展开的"扫荡"与反"扫荡"的战斗异常激烈：敌人为了一口吞掉我抗日根据地，急需补充粮草和增援后续部队；我军为了彻底粉碎日寇的"扫荡"，派遣游击队到平原牵制企图进山增援的敌兵。一方想方设法地牵制敌人，一方则千方百计地摆脱纠缠；一方是智勇双全的游击英雄，一方则是阴险狡猾的军事专家。电影围绕着这不可调和的矛盾通过棋逢对手的斗争冲突，展开了一系列戏剧情节；同时，这些戏剧冲突又为电影设置了巨大的悬念，吸引读者和观众去了解谁胜谁负，以及敌人的狡猾和我军的机智。这是剧作得以成功的基础。

在实际的战斗中，李向阳游击队面临很多困难，他们深入敌人的腹地作战，周围碉堡林立，沟墙如网，敌人占有绝对优势的兵力。在这种斗争条件下，游击队运用灵活机动的游击战术，同敌人斗智斗勇，引出一系列惊险紧张、曲折多变、引人入胜的战斗故事。影片中化装进城、虎穴锄奸、巧取炮楼、智炸列车、平原歼敌等情节，一环连一环，环环相扣，一波未平，一波又起，编排精练紧凑，生动精彩。

《平原游击队》中的许多细节描写在影片中产生了较强的戏剧效果。比如小宝的子弹，起初它只是这个天真活泼的儿童捡到的一个玩具；当小宝被松井杀害后，小宝手中依然紧攥着的子弹，成为他生命的象征；最后，李向阳用这颗子弹击毙松井，表明被侵略的中国人民对日寇的坚决复仇。又比如松井的琴，也具有较强的象征意义。它在影片中出现了三次：第一次，松井独自弹琴，这很能显示他的个性；第二次，他被游击队的战术搞得恼羞成怒，气急败坏地把琴摔断，表明松井已被游击队搞乱了方寸；第三次，松井孤注一掷地去李庄抢粮，挂在衣架上的琴已经支离破碎，预示松井必然灭亡的命运。

该剧塑造了几个性格比较鲜明的人物形象。最突出的是大胆冷静、机智果敢的游击队长李向阳。他出场的第一个镜头就给观众留下了深刻的印象：他和通信员小郭纵马奔往军分区接受战斗任务，前面的山路上突然出现了正在烧杀的日寇。狭路相逢勇者胜，李向阳毫不迟疑地纵马向前，敏捷地击毙阻路的敌人，迅速冲过了被敌人占领的村庄，及时赶到了军分区。这一出色的亮相，奠定了他沉着冷静、机智勇敢的性格基础。在接受战斗任务时，李向阳对胜利充满了信心，表现了一个久经沙场考验的游击队长的英雄本色。作为一项重大战斗任务的指挥者，李向阳具有过人的胆量和出奇的勇敢，更有无比的机智和冷静的头脑。他善于审时度势，时刻掌握战斗的主动权。为了牵制敌人，他主动暴露自己，用各种办法吸引敌人的注意力。为解李庄之围，他运用"声东击西"的计谋，千方百计去调动敌人。面对松井的"回马枪"，他镇定自若，兵分两路，直捣敌巢，迫使松井不得不回兵。最后，李向阳设下陷阱，诱敌上钩，将狡猾的狐狸引入我游击队的埋伏圈而一举歼灭。

李向阳不是猛打猛冲的干将，他善于开动脑筋，讲究战略战术，以智胜敌，以少胜多，这真正体现了敌后游击战争的特点。剧作还描写了他与群众的亲密关系，同母亲之间的母子深情，从多方面表现了他的思想性格。李向阳质朴乐观、机警干练，他以自己突出的性格特点矗立在抗战电影的银幕上，他的名字成了敌后游击队的代名词，成了英雄人物的代名词。

剧本中的其他人物，如风趣幽默的侯大章、倔强刚强的老勤爷、沉着冷静的吴有贵等，也给观众留下了深刻的印象。日本队长松井塑造得也比较成功。他是有名的"中国通"，不仅凶狠残暴，而且老奸巨猾。为了抢到老百姓的粮食，松井绞尽脑汁，他不仅多次识破李向阳调虎离山的计策，而且采取"弃子战术"，置城里的军火库于不顾，在撤退途中突然返回李庄，杀了一个"回马枪"，捕捉了大批抗日干部和群众，显示了一个老牌侵略者的阴险和狡诈。作家没有将松井脸谱化，而是在揭露其反动本质的同时，着力写出了这个日寇指挥官的个性。

电影《平原游击队》公映后，轰动全国，街谈巷议的都是李向阳，孩子们学习模仿的也是李向阳，"学习李向阳，坚决不投降，敌人来抓我，我就跳高墙，高墙不顶用，我就钻地洞，地洞有枪子儿，炸死小日本"。

李向阳的人物原型

《平原游击队》成功塑造了李向阳这个角色。那么，这个人物是怎么产生的呢？谁是李向阳的原型人物？目前至少有三种说法。

第一种说法，说李向阳的原型是郭兴。

郭兴，1924年11月出生于河南省新乡市辉县市高庄乡。郭兴十六岁那年，日本侵略军已经将战火燃烧到了华北广大地区，郭兴不甘当亡国奴，决心参军报国。一天，一支八路军队伍路过郭兴的家乡，他瞒着父母报名参军。起初，由于他年龄太小，八路军没有收他。可郭兴并没有放弃，他一路尾随八路军走了三天三夜，一直从河南省走到了山西省，鞋子都磨烂了。部队领导见他如此倔强，便答应收下他，让他在山西省平顺县抗日政府做了一名通信兵。

郭兴读过几年书，有些文化，人也很聪明勇敢，参军后认真工作，不久即受到了八路军太行军区五分区皮定均司令员的注意。皮定均打算在敌后组建一支武工队，决定对郭兴委以重任。他派给郭兴两个士兵，分给他们一支汉阳造步枪，配备三发子弹，另外还给了他们一支驳壳枪，配备两发子弹，一共是一长一短两支枪和五发子弹。他交给郭兴的任务是，必须在半年内拉起一支七八十人的队伍，一年内消灭五名日军、一百名伪军，一年内从敌人手中夺得两挺机枪、一百支步枪。

郭兴当即答应了。几人先住进了其中一位战士的家里。一天早上，郭兴在睡梦中被一位战士叫醒，告诉他外面来了三名伪军，正在一位老乡家吃饭，携带三支步枪。郭兴随即带领战友前去夺枪。伪军正在吃饭，毫无戒备，郭兴手持驳壳枪一下子就冲了进去，一位战士拿着汉阳造步枪紧随身后，另一位战士扛着锄头，伪军吓得立刻跪地求饶，乖乖地交出了枪。

不久，郭兴的队伍发展到了四十多人，枪支增加到了三十多支，接连打了几场小胜仗，消灭了许多伪军。快到年底时，郭兴还没消灭一个日军。司令员给他的任务是在一年内消灭五名日军。

为了尽快完成任务，郭兴决定铤而走险，化装进城，杀几名日军。1941年11月，河北永年县县城门口，十多名日伪军正在对过往的群众盘查。这时，四名日军骑着马，正欲出城，为首的伪军见其中一人还是一名小队长，赶忙点头哈腰，笑脸相送。未料，只见这名小队长突然从怀中抽出两把短枪，对着城门口的几名日军就开枪，后面的几人也掏出手枪向日军开火。一旁的伪军被这阵势弄得晕头转向，两边都不能得罪，一个个只好抱着头蹲到了地上。不到一分钟，八名日军就丧了命，其余几人负伤。这场伪装奇袭战，正是郭兴策划实施的。此战共击毙八名日军，击伤日军多名，超额完成了任务。

为了将自己伪装得更好，有效打击敌人，此战后，郭兴还开始自学日语。有时为了记诵日语单词，他甚至顾不上吃饭。一个月后，他已经掌握了一些简单的日常交际日语，这对他以后的战斗帮助不少。1943年，郭兴接到命令，必须带领武工队，烧掉日军搜刮的、打算运给太平洋日军的十万多斤粮食。郭兴带领三名队员化装成日军，用日语巧妙地骗过了伪军，将他们反锁进了一间屋子，最后一把火烧掉了粮食。赶来救火的日军冲到跟前欲灭火时，却发现火海中还不停地爆炸，原来为了防止鬼子救火，郭兴已在其中放置了一些手榴弹。最后，日军只能眼睁睁地看着粮食被烧尽。

此后一年多时间里，郭兴率领武工队炸炮楼、火烧城隍庙、攻打高家庄等，打了许多胜仗，队伍也更加壮大了。抗战胜利后，郭兴又先后参加了解放战争、抗美援朝战争，为新中国的成立和和平发展，作出了不可磨灭的贡献。

第二种说法，说李向阳的原型是冀东抗日英雄包森。

2015年6月14日，《新京报》就以《包森：双枪李向阳原型就是他》为题，用较大篇幅报道过。文中介绍：北京东边的盘山，有一座烈士陵园，一个四方的水泥台上，竖立着大理石墓碑，墓碑正面，镌刻着"包森烈士之墓"几个大字。包森原名赵宝森，又名赵寒，陕西蒲城人。1932年2月，包森加入中国共产党。作为冀东军分区副司令员兼十三团团长，包森硬是在虎口下壮大了盘山抗日根据地。这篇文章中介绍说,包森的部下智擒日本裕仁天皇表弟赤本。

"赤本事件"后,包森在兴隆东南一带,将只有四五十人的小部队壮大到二百多人,同时号召群众参加抗战。随后,包森又率领部队挺进盘山,开辟盘山抗日根据地。他先后和日伪军进行了多次战斗,以弱胜强,牢牢占据盘山。就在和日伪"治安军"交战大获全胜后不久,包森即率一、三营奔向长城以北去打满洲军。1942年2月17日,包森在遵化野瓠山与日伪军遭遇,被流弹击中牺牲。后人为了缅怀先烈,拍摄了电影《平原游击队》,人们便议论片中那位智勇双全的主人公双枪李向阳的原型就是包森。

第三种说法,说李向阳的原型是河北省定县(今定州市)的甄凤山,这是流传最广、最权威的一种说法,最有力的说明是邢野写的一篇文章《平原游击队修改记》。文章中写道:"当时阿甲找到了我,请我把李向阳的生活原型介绍给他……于是我就给他写了介绍信,他即通过河北定县县委找到了李向阳的原型甄凤山。"

另根据资料记载,王平上将曾说:"冀中有个甄凤山,那个李向阳就是以他为原型加工提炼产生的英雄形象。"1903年,甄凤山出生于河北定县城南东朱谷村,家境十分艰难。二十二岁时,甄凤山闯关东到了齐齐哈尔一带,先是"扛大个儿",后又挖参、淘金、当泥瓦匠等,受尽了苦难。他虽然没有文化,但有一手左右开弓、百步穿杨的好枪法,能翻墙越沟、飞檐走壁,有胆量,有气魄。1932年6月,甄凤山加入了中国共产党,就在这年,甄凤山与王均结了婚。甄凤山入党后,以做小买卖为掩护,为党组织传送情报、散发传单、张贴标语。

七七事变后,全面抗战爆发,甄凤山回乡拉起了一支抗日队伍,有二十余人,甄凤山为大队长,因他个头高大,人们都亲切地喊他"大老甄"。抗日根据地建立之后,他到第三军分区担任了游击队大队长,只身在敌人封锁严密的据点夺枪支、锄汉奸、捉特务。

敌人对他恨之入骨，悬赏三万元买他的头。敌特施美人计，甄凤山不吃那套，敌人又放毒害他，也没能成功，"大老甄"名震冀中。王平上将曾这样评价甄凤山："大老甄很有一套对敌斗争的办法，他闯进敌人碉堡据点去吃饭，搞情报，如入无人之境。"

为震慑定县城中之敌，一次，甄凤山化装成日本"太君"，骑着高头大马，带着十几名化装的战士大摇大摆进了城，守门的日伪军还给他行了礼。行至南街，甄凤山下马在茶馆里喝了茶，又威风凛凛地穿过南街至东大街，通过伪县政府门口时，站岗的日军也向其敬礼。当其一行出了东关，日军才发觉甄凤山进了城，然而其一行早已走远。1939年7月，甄凤山在掌握定县县城敌伪活动规律后，决定大闹定县县城。经过一番策划，他率三个侦察班爬城墙而进，里应外合，活捉了汉奸特务三十四名，然后迅速出城。日军发觉后派兵追赶，甄凤山早已埋伏好人马，在叮咛店又打了日军伏击，日军仓皇撤退。这一仗不仅把定县县城内外的日军汉奸吓坏了，也把周围各县的汉奸特务吓坏了。

1947年1月20日，保南战役拉开序幕，甄凤山奉命率军攻打定县县城。1月28日，定县县城解放。甄凤山被任命为城防司令，又被任命为三分区司令员。在抗日战争和解放战争中，甄凤山和他带领的部队参加战斗一百二十四次，歼敌二百七十八人，俘虏日伪军三百三十三人，缴获长短枪四百二十六支、轻重机枪九挺，炸毁汽车十七辆、坦克五辆，缴获战马十三匹，摧毁敌炮台三十一个，炸唐河、新乐大桥各一座，炸火车头四个，并缴获大批弹药和物资。甄凤山多年征战，操劳过度，在1948年病倒，只得在家中休养。1972年4月14日，甄凤山因患肺癌与世长辞，享年六十九岁。

作家邢野去世后，有记者采访过他的爱人张今慧。张今慧证实：新中国成立初，作家邢野、羽山到河北定县深入生活，决定撰写一部反映抗日战争中冀中平原我军民共同斗敌的文学剧本，"剧中主人公李向阳的绝大部分事迹，都是来源于甄凤山"。所以有人认为，李向阳是以甄凤山为主，集合了郭兴、包森等众多抗日指战员的事迹创造出来的典型人物。

作家邢野也曾"打游击"

那么，作家邢野是何许人也？他是如何塑造李向阳这个角色的呢？

邢野（1918—2004），中共党员，剧作家、诗人，生于天津，1938年参加革命，曾在晋察冀边区任冲锋剧社社长，在晋冀军区文工团任团长，新中国成立后历任察哈尔省文联主席兼党组书记、中央文学研究所副所长、中国作家协会外事委员会副主任、河北省文联副主席等职。他从1939年开始创作剧本和诗歌，由他担任编剧的故事片《平原游击队》和《狼牙山五壮士》曾产生广泛影响，此外，他还有诗集《鼓声》、长诗《大山传》、儿童文学《王二小的故事》、诗剧《王二小放牛郎》、话剧《儿童团》、秧歌剧《反"扫荡"》等作品行世。

1950年，邢野创作了多幕话剧《游击队长》。当时在丁玲主办的文学研究所，他既是所务委员、行政处处长，也是学员。1954年，邢野被调到文化部电影局创作所，与剧作家羽山一起合作将话剧《游击队长》改编为电影剧本《平原游击队》。1955年电影上演后，邢野又被调任中国作协对外联络委员会副主任。

与邢野相识或相处过的老同事对他印象都很好，说他是老好人，很正派，能帮助人时尽量帮人，对于落难的同志，邢野从不落井下石。当时，邢野对被打成右派发配到山西和保定的文艺界人士唐达成、徐光耀、侯敏泽都很同情，曾让女儿邢小群多向唐达成请教，让在文化局工作的妻子给他们多提供些帮助。

20世纪50年代，新中国文艺界进入多事之秋。因为丁玲是邢野的老师与领导，正是丁玲看过他的话剧剧本《游击队长》后，把他介绍给当时的文化部电影局局长陈荒煤，才得以调他去写电影剧本。可以说，电影《平原游击队》的诞生，与丁玲的发现与支持是分不开的。

钱浩梁所在的京剧团开始彩排《平原作战》时，李英儒还对邢野说："你可以去看他们排练，我给你挂个导演，你可以帮他们导演一下。"到后来，李英儒感到自身难保，对形势的发展也很难预料，就在文化部的大楼里给邢野找了一间很大的房子，让他改剧本。

当作家回老区躲避迫害时，那些老乡信任邢野就像信任李向阳，让他安心住着，说即使来上一百个造反派，老乡们也能用锄头把他们赶跑。

新中国成立后，邢野的人生没有遭遇大坎坷，大家都公认他是很好的同志。2004 年 8 月 16 日，邢野在河北保定去世，享年 86 岁。邢野为人机智、沉稳，善于变通，不害人，不激进，这与李向阳等游击队员的品质有相似之处。邢野与同事同行真诚相待，组织保护了他；他与根据地的老乡们鱼水情深，在他落难时，群众掩护了他。他能够在逆境中求生存，这些，似乎都有李向阳的影子。

难以复制的抗战文艺经典

长影厂于 1955 年底摄制完成的《平原游击队》，堪称新中国第一部抗战题材惊险电影，意义重大，影响深远。抗日游击战争开辟的敌后战场实质上是人民军队在战略防御中向日军实施的带战略性的"反进攻"，是处于被动地位中的主动出击，从战争形式上打乱了日军作战前线与后方的划分，把敌人的后方变成抗日的前线，把敌之战略包围变为我之战略反包围，形成了犬牙交错的战争形态。

八路军新四军的游击战最大的价值，是在沦陷区建立大面积的根据地，解放沦陷区大量人口。此举，使侵华日军占领了中国的土地之后，却没能控制这些土地，也没能控制这些土地上的人口，无法将这些掠夺到的资源转化为自己的战斗力，无法以战养战。冀中地区在敌后开展麻雀战、地道战、地雷战、游击战，运用毛泽东"敌驻我扰，敌疲我打"等战术方针，有力地牵制住了敌人的有生力量，减轻了正常战场的压力，也减轻了盟国的压力，这就是平原游击队的功绩和意义。

1955 年版黑白电影《平原游击队》大获成功后，有关方面曾想要把它改编成京剧和彩色电影。经过了种种努力，但后来的修改结果是这样：张永枚的京剧《平原作战》并没有写好，而后来上演的彩色电影《平原游击队》是用张永枚修改的本子，这部彩色电影没有得到广大观众认同，粉碎"四人帮"后就不让演了。而上演的京剧《平原作战》剧本是崔嵬改编的，也不算成功之作，也没有成为第九个样板戏。

1974 年，长春电影制片厂奉命重拍《平原游击队》。评论界人士认为，重拍片维持了原来的故事框架，但很多台词都被删改了。老版中李向阳的狡黠、幽默感和民间语言消失了，变成了完美严谨的标致小生，说出话来已有了浓重的文件腔和政工干部腔调。

由于电影《平原游击队》反映的题材意义重大、故事具有很强的传奇性，近年来，它不断被改编成电视连续剧等其他文艺样式，依然深深吸引着万千观众。与此同时，人们也在津津乐道着老版电影《平原游击队》，李向阳的原型人物——那些抗日英雄被一再纪念和缅怀。这部优秀文艺作品对于提振民族精神、鼓舞民族志气依然起到了积极作用。影片片尾，游击队长李向阳对日军中队长松井说"放下你的武器……"，这胜利的场景激励了很多很多的中国人，国人争学李向阳，励志保家卫国，要把一切侵略者消灭在人民战争的汪洋大海中。

燕赵气派与民族风格的史诗丰碑

——梁斌与《红旗谱》

如果有人问，最能表现百年来河北革命运动中农民英雄形象的是哪部艺术作品，我们会毫不犹豫地回答是《红旗谱》，因为在朱老忠身上集中呈现出中国农民英雄无与伦比的铮铮铁骨与浩然正气。

如果有人问，在新文学中最能反映燕赵地域风貌和浓郁民族风格的是哪部作品，我们也会肯定地回答是《红旗谱》，因为这部优秀长篇小说不仅是一部表现人民革命的英雄史诗，它更是生动优美描绘冀中平原生活风情的出色的民俗画卷！

小说一开篇就摄人心魄地写道："平地一声雷，轰动了锁井镇一带四十八村……"大地主冯兰池要砸掉四十八村防汛筑堤集资购地四十八亩的凭证古钟，见义勇为的朱老巩挺身而出护钟保田。

在电影中扮演朱老巩、朱老忠父子形象的是著名表演艺术家崔嵬，"谁敢砸钟？"犹如一道晴天霹雳，他一出场就令人感觉黄钟大吕，声震屋梁。再看他手执铡刀、怒目圆睁，两把扯碎地主红契的刚猛凛然之气，真的堪称"燕赵慷慨悲歌之士"最具魅力的一幕。那种勇猛刚烈的粗犷气质与正义形象，可以说已经成为燕赵传奇画廊中永恒的经典。

《红旗谱》的故事和人物原型

 小说《红旗谱》描写的那场轰轰烈烈的革命暴动，就是发生在1932年8月的高蠡暴动，是保定地区高阳、蠡县一带的广大农民在中共河北省委和保定特委直接领导下掀起的一场震撼华北的反对国民党反动统治的大规模的农民武装斗争；是在敌强我弱的形势下创建红军、建立苏维埃政权的一次伟大尝试。这次暴动虽然失败了，但在冀中这块沃土上撒下了革命的种子，为后来动员民众进行抗日战争和解放战争打下了良好的思想基础。

 《红旗谱》中主人公朱老忠的原型，就是暴动总指挥、时任中共蠡县县委书记的宋洛曙。暴动前，宋洛曙日夜奔波忙碌，到处发动群众、组建队伍、筹措枪支。暴动开始后，宋洛曙身先士卒，带领游击队，到处张贴布告、公布纲领、斗地主、砸盐店、收缴反动武装枪支，沿途受到农民群众的拥护和爱戴。8月30日晚，高蠡地方苏维埃政府成立，宋洛曙任副主席、河北红军游击队第一支队副支队长。高蠡暴动的发生，使国民党反动政府极为震惊和恐慌，立即派出大部队进行"围剿"。次日，国民党军队包围了蠡县北辛庄。危急关头，宋洛曙沉着冷静，率领部分游击队员以城垣为掩护，阻击敌人，同时，组织其他人员分路突围。在与敌激战中，宋洛曙壮烈牺牲。

 河北红军的政委叫贾振丰，支队长是湘农。这两位革命者的事迹，直到今天，还在高阳、蠡县一带传颂。《红旗谱》中即将"贾振丰"和"湘农"合成一个人物"贾湘农"，作为党的领导形象出现在小说之中。

 梁斌虽然没有亲自参加高蠡暴动，但在这之前的两次著名革命运动，他得以亲历。1930年，梁斌考入保定第二师范学校，寒假回家参加了反"割头税"的斗争。蠡县农民有过年杀猪的习惯，猪肉一部分自食，一部分卖掉。国民政府巧立名目，杀猪收税，横征暴敛，农民忍无可忍。1931年1月15日，中共博蠡中心县委书记王志远带领二百余名农民上街游行示威，开展反"割头税"斗争。愤怒的群众砸了征税所，并到国民党县政府请愿。政府迫于压力免去当年的"割头税"。梁斌后来在《我的自述》中说："这次宏大的群众运动，是我第一次见到世面。"此事也成为《红旗谱》的一个重要素材。

九一八事变后，保定二师学生在中共保属特委领导下积极进行抗日宣传。1932年4月，国民党教育厅宣布解散二师。因病回家治疗的梁斌按党的指示返校，听到返校的同学被国民党军警包围的消息，积极串联同学援助被包围的同学。7月6日，军警向爱国学生开始了血腥大屠杀，打死学生八名，逮捕五十多名，并将四名被捕学生杀害，造成耸人听闻的"七六惨案"。保定二师的斗争对梁斌影响极深，他说："这是我一生难忘的。"

当然，轰轰烈烈的历史事件毕竟是短暂的，作家创作还需要来源于自己的日常生活。梁斌曾在一篇谈写作体会的文章中，披露了小说人物另外的来源渠道：

> 我生长在农村，接触过许许多多的农民。记得有一个农民叫梁老宠的，他是我们邻家，这人长得高个子，挺腰板，很有气魄，扛了一辈子长工，庄稼活样样都好，看问题很尖锐、准确。这是我一生中遇到的最聪明、最智慧的一个农民。这人性格善良，待人态度和蔼，最难得的是他的阶级意识非常清楚，不与地主来往……这样的人越同他接近，就越发现他性格上的美。我有一个叔伯兄弟，也是扛了一辈子的长工，他和梁老宠不一样，一个是聪明智慧，一个是愣头愣脑，他跟地主有来往，也短不了与地主闹纠

纷，闹不对了就骂一通街。再有一个农民按辈分要叫我叔叔，其实年岁比我大得多。这个人给地主赶了一辈子脚车，走南闯北，性格豪放，敢说、敢笑、敢打、敢骂，他在我们村里当农会主任，与封建势力斗争很坚决。还有，当高蠡暴动过后，你一与参加过暴动的那些农民谈起来，就感到他们在阶级敌人危害之下，如何患难相共。

尽管他们性格不同，我发现他们身上都具有朴素的阶级观点和阶级本能带来的反抗性。这时，我就想把家乡一带农民豪壮、粗放的性格表现出来。抗战以来，长时期在农村工作，我的工作对象是农民，和我一起工作的同志大部分也来自农村或出身于农民。我想中国革命是工人阶级领导的，但我们党向来是把农民作为可靠的同盟军，中国革命如果没有一个强大的农民阶级作为工人阶级最亲密的同盟军的话，也许革命的胜利就不可能是现在的情况。有的读者问我，你为什么不写工人？这是由于生活的限制，我熟悉农民的生活，我爱农民，对农民有一种特殊的亲切之感。于是我竭力想表现他们，想要创造高大的农民形象，这是我创造这部书的主题思想之由来。

梁斌三次辞官写成长篇三部曲

《红旗谱》成功塑造了三代农民的英雄形象，特别是横跨两个时代的农民英雄朱老忠的形象。朱老忠是闪烁着夺目光彩的人物典型。整部作品凸显了"燕赵多慷慨悲歌之士"的浓厚地方色彩，称得上是一部反映北方农民革命运动的壮丽史诗，成为当代文学史上著名的"三红"（《红旗谱》《红岩》《红日》）之首，在中国当代文学史上占有重要的地位。自有新文学以来，完整地写出农民逐步提高阶级觉悟，并在中国共产党领导的革命斗争中锻炼成长为革命战士，突出地刻画了这种英雄典型形象的，应该说，《红旗谱》是第一部，也是这类作品中影响最大的一部。

梁斌曾说："自入团以来，四一二反革命政变，是刺在我心上的第一棵荆棘。二师'七六'惨案是刺在我心上的第二棵荆棘。高蠡暴动是刺在我心上的第三棵荆棘。自此以后，我下定决心，挥动笔杆做刀枪，同敌人战斗！"

1934 年，他写了第一篇关于高蠡暴动的短篇，题目是《夜之交流》，在北师大的《伶仃月刊》第二期上发表。1942 年，又写作了短篇《三个布尔什维克的爸爸》，这时，朱老忠的形象开始形成了。1943 年，短篇发展成中篇，还是写朱老忠，但在题材上丰富了，从二师学潮一直写到全面抗战开始，五万多字，在《晋察冀文艺》上发表。1953 年，他开始创作长篇《红旗谱》，到 1956 年底完成，1958 年得以出版。1963 年，《红旗谱》三部曲的第二部《播火记》出版，第三部《烽烟图》则在十几年失而复得之后问世。

《红旗谱》三部曲影响了一代又一代人，也为作家赢得了巨大的荣誉。茅盾赞誉《红旗谱》为"中国当代文学史上里程碑式的作品"，郭沫若为《红旗谱》题词"红旗高举乾坤赤，生面别开宇宙新"，并题写了书名。《红旗谱》先后印刷二十多次，累计发行五百多万册，被改编成同名话剧、京剧、评剧、河北梆子、电影和电视剧，并译成多国文字在国外出版。

世人看到的多是作家风光无限的时刻，有无数的鲜花和掌声，然而又有多少人能理解作家的淡泊名利，含辛茹苦，几十年笔耕不辍。尤其是梁斌为专心写《红旗谱》三次辞官，更是让人动容，令人深思，真正领略到这位燕赵男儿的凛然风骨和赤子情怀。

新中国成立前夕，梁斌南下任襄阳地委宣传部部长兼襄阳日报社社长。1952 年，湖北省委书记李先念亲自点将让梁斌调武汉任新《武汉日报》社长。无论转战到哪里，波澜壮阔的革命斗争画面始终强烈刺激着梁斌的创作欲望，然而政务缠身，心不宁静，他决心辞去正局级官位，用手中的笔记录下那段历史。1953年，他向组织提出"回到北方去创作"的辞官要求。北京中央文学讲习所所长田间听到梁斌这一想法，希望他能到讲习所工作，并告诉他这是一个闲差。梁斌非常高兴，立刻回信："我同意，请即刻发调令。"

由此，梁斌便调任北京中央文学研究所机关党支部书记。但当时许多领导都在讲习所讲课和办培训班，接待事务仍很繁重，梁斌再次提出请辞。他找到老同学陈鹏，陈鹏在华北局组织部担任领导职务，熟悉梁斌的革命经历。梁斌刚一开口，陈鹏便说，到天津去吧，去当副市长。梁斌在《一个小说家的自述》中写道："他（指陈鹏）非叫我当副市长，我也不愿担副市长这个担子，我不想做官，也没有意思当副市长。"梁斌不想做官，只想专心搞创作。见梁斌态度坚决，陈鹏说："去吧！要把四一二反革命政变写出来，我们牺牲了多少同志呀！高蠡暴动，二师'七六'惨案，血债累累呀！写上，写上，都写上！"梁斌说："好！我一定把它写上，如果我写不好这部书，无颜见家乡父老……"

几经周折，终于如愿以偿，梁斌到河北省文联挂了个名，从此可以专心致志写《红旗谱》了。他列出人物表，设计了每个人物的思想性格，拉出《红旗谱》的大致轮廓；他到高阳、蠡县走村串户访问当年参加革命斗争的老同志，把全部身心沉浸在创作里。《红旗谱》中的人物，几乎个个都有生活原型，想到那些与自己同生死共患难的同学、战友和农民兄弟，梁斌常常潸然泪下甚至失声痛哭。这一时期，梁斌的创作和灵感达到高潮，他每天早晨三点起床，一天要写十来个钟头，经常顾不上吃饭。冬天，他常常因写得上劲儿而忘了给火炉添煤，冻得手脚发麻；夏天酷热难耐，汗水滴满稿纸，他把被单浸上凉水，挂在屋中降温，用冷毛巾擦头、擦身，有时干脆把两脚没在桌下的冷水盆里……

可是谁也没有想到,《红旗谱》也给梁斌带来了很多麻烦,被加上为王明"左"倾机会主义路线翻案的罪名。从小说的时间看,1931 年 9 月至 1932 年 9 月确实是"王明路线"时期,但他不承认强加给自己的罪名,据理力争,从不低头。难道凡是写这个时期的群众斗争,就是"歌颂王明路线"吗?梁斌说:"……我并未写'王明路线'。我歌颂的是广大工农群众、青年学生、革命知识分子轰轰烈烈的抗日救亡运动,歌颂他们针锋相对地反对蒋介石反动派投降卖国政策的英勇斗争。"

《红旗谱》的民族气魄和语言艺术

《红旗谱》之所以能够成为十七年文学的扛鼎之作,成为亿万读者为之倾倒的传世经典,除了作者成功塑造了以朱老忠为代表的一组典型环境中的典型人物,以及传奇惊险的故事和曲折生动的情节之外,还有一个重要因素就是一直以来被人们所津津乐道的民族风格和语言艺术。

著名作家徐怀中曾在《人民日报》撰文,回忆六十多年前看《红旗谱》时记忆最深的一个细节是,运涛、江涛、大贵在地里劳动时逮到一只非常名贵的脯红鸟,他们希望以这只鸟换辆大车或者换头牛。地主冯老兰却一心想把鸟骗到手,中间波折频生,你来我往写得生动传神。一部书写革命斗争生活的小说,能同时浸透浓烈的泥土气息与民间风情,这种民族化、本土化的作品非常可贵。徐老指出的这一点极为重要,这恐怕就是《红旗谱》这部作品之所以能够成为经典中的经典,能够超越意识形态的层面,跨越时空,保持永恒魅力和持久生命力的原因所在吧。

早在写长篇《红旗谱》之前,梁斌心里就有一种期望,想在小说的气魄方面、语言方面，树立自己的风格。所以有人写过的题材尽可能不写，有人用过的词汇尽可能不用。既然想完成一部具有民族气魄的小说，首先是小说的主题思想问题。作者从青年时代开始，亲身经历了反割头税运动及二师学潮斗争，亲眼看到四一二反革命政变及高蠡暴动，一连串的事件教育了他。尤其是梁斌参加革命之后，明白了我们党把马克思列宁主义与中国革命的具体实践相结合，使革命具有了鲜明的民族气魄与民族特点，于是他便更加坚定了想要深刻反映中国革命斗争生活的决心。

当然，想要完成一部有民族气魄的小说，除了主题思想之外，作者更懂得要做到深入地反映一个地区的人民生活，地方色彩浓厚，就会体现民族气魄。为了加强地方色彩，他特别注意描写民俗，因为民俗是最能体现广大人民的历史生活的。比如《水浒传》是用山东话写成，并概括了中国北方一带的人民生活风习；《红楼梦》是用北京话写成，并深入地写了居住北京的中国贵族的生活风习。此外还有一些古典文学作品也都是如此，但并不妨碍它们成为具有强烈的民族气魄的东西。只有深入地反映了一个地区人民的生活，地方色彩浓厚了，民族的风格、气魄自然也就容易形成。

梁斌对此是有着深入研究和体会的，他在《漫谈〈红旗谱〉的创作》一文中这样写道："拿中华民族来说，分布的地区这样广，每个地方的民俗和生活方式、生活习惯都不一样，作家只好尽可能地概括，而不可能全部概括。鲁迅先生的小说主要是绍兴家乡一带的事情，赵树理同志的小说也是写他家乡一带的生活，但他们的小说却都具有民族的风格和气魄。我有了这个想法，就开始根据家乡一带的人民生活民俗和人民的精神面貌来写《红旗谱》。我又想，这到底是内容呢，还是形式呢？后来我想到这恐怕是从内容所透露出来的民族形式问题。我运用了我这一认识和体会，写成了《红旗谱》。"

比如运涛一生下来，老奶奶在窗前挂了一块红布；小说中写朱老忠还乡，一家围在严志和家炕上吃饭，饭菜的样式，都是根据当地生活习惯等。作者为什么写这些生活气氛、生活细节呢？一来当然是为了叫读者看了觉得真实，觉得亲切；再就是为了通过这些东西透露民族的生活风貌和精神风貌。中国小说偏重于通过人物的行动来写人物性格，尤其通过人物的对话来写人物的性格，也是中国小说的传统手法，从《水浒传》《红楼梦》《三国演义》都可以明显地看出这一特点。外国小说则较多地通过描写和叙述来写人物，通过较多的心理描写来写人物性格。根据这些理解，梁斌在《红旗谱》中，大量运用了通过人物行动、人物对话来刻画人物性格，有时是写对话的本人，有时通过两人的对话写另一个人的性格。如江涛和严志孝的一段对话：

"求点儿情吗？"严志孝吧着嘴唇，像在深远地回忆，"咱不在政治舞台上，是朋友的，也该疏隔了……济南吗？倒是有个人。"他摊开纸。拿笔蘸墨。但不就写，眼睛看着窗外，像有很多考虑，嘴里缓缓地说着："动乱的时代呀！运涛是个有政治思想的人嘛，怀有伟大理想的人，才会为政治牺牲哪！我年幼的时候，也是这样。一说到'为了民众''为了国家'，心里的血就会涨起潮，身上热烘起来。五四运动，我也参加过，亲眼看见过打章宗祥、烧赵家楼。读过李大钊在《新青年》上发表的、介绍马克思列宁主义的文章。可是潮流一过去，人们就都做了官了。我呢，找不到别的职业，才当起国文教员。像我那位老朋友，他在山东省府，当起秘书长来。当然哪，他是学政治的，我学国文嘛。我教起书来，讲啊……讲啊……成天价讲！"铺好纸，他写起信来。

在这段对话中，作者把严志孝的身份、经历、思想、观点，以及他对运涛问题的看法都写了出来。这些地方不用作者多加分析，人物的性格自然而然就表现出来了，即使是把名字盖上光看下面的对话，也能猜出书中的人物是什么样的人。在小说《红旗谱》中，这种手法用得非常之好，比比皆是，的确让人物活了起来，这也是梁斌在艺术上的高明之处！

对于这部小说的语言艺术，梁斌还总结出这样一段很著名的话："怎样摸索一种形式，它比西洋小说的写法略粗一些，但比中国的一般小说要细些；实践的结果，写成目前的形式。"作者甚至还想过用章回体写，但考虑到中国小说中句、段的排法，后来感到毕竟不如新小说的排法醒目。如果仅仅是考虑用章回体写，不能用经过锤炼加工的民族语言，不能概括民族的和人民的生活风习、精神面貌，结果还是成不了民族形式；反过来，只要概括了民族的和人民的生活风习、精神面貌，即使不用章回体，也仍然会成为民族形式的东西。就像赵树理的小说并不是章回体，但从他写下的人物的精神面貌、语言方面，可以显著地看出民族气魄和特色。

于是梁斌就干脆下决心自己另辟蹊径，"比西洋小说的写法略粗一些，但比中国的一般小说要细些"，从语言风格方面探索出了一条成功之路。

《红旗谱》的文字被公认写得很有风骨，根底深厚，彰显出中华民族的文化意蕴，这才是真正的中国气派。《红旗谱》既有中国传统的章回体小说的风味，又没有落入章回体小说的模式和窠臼，无论在表现社会内容上，还是语言形式上，都让人耳目一新。也就难怪周扬曾说，单就语言来说，《红旗谱》的艺术成就甚至可以与《红楼梦》媲美。

梁斌堂弟黄胄为《红旗谱》画插图

黄胄画驴，无人不知，可黄胄原姓梁，与梁斌竟然还是本家堂兄弟，恐怕就很少有人知道了。黄胄先生早已去世，他的夫人郑闻惠整理其遗作，出版黄胄的传记，为总结研究这位中国画的一代宗师付出了巨大心血。我曾多次与黄胄夫人书信联系，电话采访，了解到一些堪称趣话的故事。

20世纪50年代末，小说《红旗谱》一再刊行，出版社打算印豪华本送瑞典参加书展。编辑问梁斌，请谁绘制插图为宜，梁斌说有一位画家黄胄好像也是蠡县老乡，可能熟悉书中所写地方的风土人情，请他合适。但是当时黄胄并未答应作插图，只是想和梁斌见一面。没想到一见面二人竟认出是分别二十余年的堂兄弟。直到晚年，梁斌仍然对儿时的堂弟记忆犹新："我们河北蠡县梁家庄不过是个只有百多户人家的荒僻小村；而黄胄在我们老梁弟兄行中，又是比较幼小的，却从童稚时就显示出这种艺术才能。他写大仿，常是中途辍笔，竟然画开了画儿。祖父是戏班会头，而戏班就在外院，所以黄胄那时也常画'戏子人'。他现在画的人物婀娜多姿，恐怕与此不无关系吧。"

黄胄为画好这套插图，认真阅读了小说，与堂兄梁斌商谈小说中的人物性格。1960年，他带着为红色经典小说《红旗谱》画插图的创作任务回到阔别二十多年的家乡，同亲人、老乡促膝相谈，重温了童年生活之梦。所以，黄胄为小说所绘的插图生活气息浓厚，形象地再现了那风起云涌的年代。小说中的人物春兰那幅画，在俏丽的外形下洋溢着冀中儿女的纯朴感情和青春气息，与其说它是从属于小说中的插图，毋宁说是卓越的肖像描写。小说中，朱老忠、运涛、朱老明、地主冯老兰等人物画像，也是找了不少乡亲写生而来，每个人都具有鲜明的性格。三个月的时间,黄胄先后画了两套插图,分别给了人民文学出版社和中国青年出版社。如今,这画稿已经成为新中国革命题材人物画中的经典作品。豪华插图版《红旗谱》由郭沫若题写书名出版。要拍《红旗谱》电影的时候,主演崔嵬拜访黄胄,就以他插图中的人物画像作为剧中人物形象的参考。

梁斌晚年痴迷于水墨丹青,擅画大写意花卉,还举办过个人美术作品展,熟悉他的亲朋好友都知道,这主要是受了大画家黄胄的影响。这对堂兄弟在艺术上也堪称同道,经常在画技上相互切磋,很有共同语言。梁斌还曾饱含深情地写过一篇文章《话黄胄》,评介其精湛艺术和高洁人品:

> 黄胄为了完成自己的事业,曾经千辛万苦深入生活。他的驴子何以描绘得那样栩栩如生,憨态可掬?……黄胄画驴却着力描绘这种动物与民间生活的联系,渲染驴子的稚憨神态。这一农家蠢物竟也登上大雅之堂,是我国传统绘画创作领域的一大扩展。滴水穿石,非一日之功。深入生活即师造化,创新即不落俗套,学习传统技巧即继承古法,是他一生追求的目标。在北京,在我们几十年互相来往中,只见他一时猛攻画鸡,一时猛攻画马,一时猛攻画鸡雏,一时又见他猛攻骆驼。……他临宋、元、明、清作品,临任伯年,画竹,画草,画棕树,画荷花,一个个攻关,又一个个转化为自己的笔墨。现在他画墨驼已经达到升华的境地。

> 自从我与黄胄兄弟重逢,相知数十年,感到吾弟的确永为燕赵之人。他收入颇丰,但不喜金钱,"文革"中冻结他的存款,发现仅有人民币三十二元。他在友朋间慷慨仗义,不拘小节,不失燕赵男儿之风。……现在一些人士

已把黄胄画驴，与徐悲鸿先生画马、齐白石老人画虾，比之为我国近代画坛三绝。

开辟民族化道路的话剧《红旗谱》

一般情况下，同名电影通常都是根据文学原著改编的，但是电影《红旗谱》却并非改编自小说，而是直接从话剧《红旗谱》移植而来。

可以说，创作演出话剧《红旗谱》，是河北省话剧院建院之初影响最大的一部戏。十几年前，我曾走访了剧中的几位主演，与著名表演艺术家村里老师结识，也是从那次开始的。他在电影《红旗谱》中成功地扮演了农民朱老明的形象，他拄着拐杖呐喊着"朱虎子回来了——"的画面，生动地留在人们的心目中。剧本也是村里老师参与改编的，他在戏里演五十多岁的瞎子朱老明，而当时村里老师才二十多岁。为了演好盲人，他在农村长时间地接触过两个盲人，仔细观察他们眼睛的外形变化和盲人形体动作的特点，收获很大。在电影里演朱老明更累，为了演好睁眼瞎，每天大部分时间都要吊眼球，等影片拍完很长时间他的眼睛才恢复正常。

1959年，《红旗谱》进中南海怀仁堂向中央领导汇报演出，朱德、徐特立、邵力子等领导观看了演出，给予很高的评价。文艺界专家林默涵、夏衍、欧阳予倩、老舍等人都观看了演出，对演职人员大加赞扬。全国剧协主席、戏剧家田汉两次看了此剧，还用几个小时谈了自己的感受、意见。他又专门为剧团进京演出给予帮助并题诗祝贺，诗曰：

清流碧血忍凝眸，廿载归来恨未休。
苛税不除人不散，红旗飞满古城头。

话剧《红旗谱》轰动了京城，也引起了当时电影界的大导演凌子风和崔嵬的关注，他们把《红旗谱》搬上了大银幕。在当时选演员时，他们选中了村里，还是扮演朱老明，这是村里第一次走上银幕。《红旗谱》让村里在话剧与电影两种不同的艺术形式中同与朱老明结缘，也让他在当时的舞台、银幕上同时出彩。

话剧版《红旗谱》，对于小说的原作者梁斌来说，更是有着特殊深厚的感情。1959年，话剧《红旗谱》在天津演出。一天晚上，正在住院的梁斌在医生的陪同下来到剧场看戏。散戏后梁斌来到后台，万分激动地谈了他的观感，他说："看戏后出乎我的意料，这戏是那样深刻地表现了地方风光、乡土气息，保持了《红旗谱》小说的艺术风格，并在话剧民族化探索方面作出了成绩，使我拍案叫绝！"当离开后台时，梁斌说，"你们的演出感动了我，今夜我可能要失眠了。"

后来，《红旗谱》话剧多次到天津演出。一次，河北省话剧院院长、导演蔡松龄和改编执笔鲁速到梁斌家看望梁斌。他们在书房里一边品着香茶，一边畅谈了两个小时。梁斌从绘画谈起，然后话锋一转谈起话剧民族化问题，他说："《红旗谱》这戏我看过三次，这戏一次跟一次不一样，一次比一次有提高。尤其民族化味道逐渐浓厚，看得出你们在不断摸索、探讨。改编上不受小说局限，大胆取舍、创新，把小说中人物的感情和语言较好地体现在舞台上，从民族的生活特点去体会民族的性格，达到了一定的民族化高度。这些都来自生活，来自群众，因此民族化和群众化是相辅相成的，这也是你们深入生活的收获。"谈到服装问题，他认为，舞台上的一切都应当是美的，旧也要美，破破烂烂也应有自然之美。剧中老年人可穿灰蓝，妇女要穿彩色的。中国观众对美有自己的传统欣赏习惯。戏曲《红鸾禧》中穷书生穿的那种"富贵衣"就很美，但观众都知道他穿的是叫花子的补丁衣。

话剧《红旗谱》自 1959 年演出以来，先后到北京、天津、上海和南京、武汉、福建、山东等地演出三百多场，观众反响十分强烈，被誉为"具有中国气魄的一出话剧"。1978 年，剧院决定重排《红旗谱》，梁老得知后很关心地对复排导演宋英杰说："我担心新排的戏能否保持原来的风格特色。这戏一定要多学习，多练功，多深入生活。要广泛而多方面地熟悉生活，包括骑马、游泳都得练。"后来，话剧院还编辑了《〈红旗谱〉——民族化探索》一书（中国戏剧出版社出版），请梁斌作序。梁老患着眼疾，但还是直抒胸臆地以醇厚的情感撰写道："长篇小说改话剧很难，原因是小说容量大，话剧有时间、空间和人物场次的限制。……话剧只写了主要人物，而且概括了全书的面貌，时间、空间有所变动，却不失原著的大意，有的细节有所发挥，丰富了原著，这个剧本我是很满意的。当我写这篇短文的时候，河北省话剧院正在北京演出《张灯结彩》，场场客满。首都各报都发了评论，有的说'充满了《红旗谱》风格'，有的说'河北省话剧院善于演农民戏'。可惜《红旗谱》剧导演蔡松龄和编剧执笔者鲁速都离开我们而谢世了，如果他们尚在人间，不知多么高兴呢！"

电影《红旗谱》中一个小小的遗憾

1960 年，在文艺界简直可以称为"《红旗谱》年"。这一年，小说《红旗谱》在许多书店售罄，中国青年出版社很快再版；话剧《红旗谱》正进入演出高潮，从京津到宁沪，声震江南；上海文艺出版社连夜拍摄大量剧照，印刷成连环画发行全国；而影响最大的电影《红旗谱》也在这年拍摄完成了，并很快与全国观众见面。

电影《红旗谱》由北京电影厂摄制，编剧胡苏，导演凌子风，副导演陈方千、谢铁骊，摄影吴印咸，作曲瞿希贤，演员有崔嵬、蔡松龄、鲁非、俞平、赵联、凌元、村里、葛存壮、赵子岳。这个创作阵容很强大。摄影师吴印咸是被称为"毛主席的摄影师"的，他不仅当年在上海拍过很多好电影，后来更是延安摄影界的领军人物。而后来的著名大导演、当时已独立执导过电影的谢铁骊在本片中只是第二副导演，给名导凌子风当助手。

影片中最出彩的自然就是主演朱老忠的崔嵬，他的长相并不英俊，但这更能说明他演技高超。影片《红旗谱》被人们公认是他演员生涯的巅峰之作，让人感觉他就是朱老忠，豪爽豁达、讲义气、敢担当，所以才能登高一呼，八方云集，他因此片获得"百花奖"可谓实至名归。可是奇怪的是，每当人们向崔嵬祝贺时，他却总是十分遗憾地说："那叫什么表演？简直不能看！演得跟学生、知识分子入党一样，老一套。"这又是为什么呢？

原来崔嵬曾设想，当朱老忠听到被批准入党后，高兴得不知怎么样好了，回头看见墙上挂着的七节鞭，拿起来就出去，什么撒花盖顶、枯树盘根、白鹤亮翅、鹞子翻身呀，大耍一阵。老婆背柴火回来看见了，心想这老东西疯了。朱老忠把鞭子一收，对老婆说："去，给我打酒，割二斤肉，包饺子吃。"老婆问是干什么。他说："你不用管，快去！今天是我一辈子最高兴的日子！"他认为这样比通常用河流、天空、松树等象征性的空镜头来得实在，来得有力度，来得有人情味儿，也就更能真切表现朱老忠的感情。

崔嵬的这套设想颇得凌子风的赞赏，凌子风连夜修改脚本，第二天重新补拍了朱老忠激情耍鞭、老伴喜包饺子的戏，把一个司空见惯的场景拍出了特点。可是，影片送审，却未获通过。当然，这些美中不足的缺憾，是无论如何也不能掩盖崔嵬塑造的那个棱角分明的朱老忠的照人光彩的。

《红旗谱》的艺术生命力之强，让人叹为观止。新世纪的2004年，由中央电视台、天津电影制片厂根据原著改编拍摄的二十八集电视连续剧《红旗谱》，在央视一套黄金时段播出。电视剧《红旗谱》的改编创作既忠于原著的基本精神，又作了合情合理的拓展。在历史的涵盖和人物的层面上，比电影《红旗谱》更为厚重丰满，故事性更强，人物性格更为鲜明。导演胡春桐谈《红旗谱》先打了个比方。他说："红色经典就好比一件衣服，首先它是红色的，这不能变，变了颜色也就不是这件衣服了，但领口、袖口的花边样式是可以随着时代、观众口味日新月异的。"

历史和艺术总是相辅相成的，历史为艺术提供丰富而宝贵的素材，而优秀的艺术作品则让历史的底色永葆鲜亮。如今，在小说《红旗谱》的故乡，建成了高蠡暴动纪念馆。朱老忠的人物原型宋洛曙烈士的儿子宋保安为了继承先辈的光荣传统并激励后人，几十年来锲而不舍地搜集高蠡暴动文物资料。

《红旗谱》的故事能够讲完，而革命英雄的大无畏品格和为真理献身的精神，是永远说不完的。无数个梁斌笔下朱老忠式的燕赵英烈，用鲜血和生命所谱写的红色传奇，成为激励我们实现伟大中国梦不竭的精神源泉。

气冲霄汉的剿匪英雄传奇

——曲波与《林海雪原》

　　天王盖地虎。

　　宝塔填河妖。

　　…………

　　脸红什么?

　　精神焕发。

　　咋的又黄啦?

　　防冷涂的蜡!

　　…………

　　从电影、戏剧到小品、相声,这是中国人最耳熟能详的一段台词,它的出处就是中国当代非常有名的一部战争小说——曲波所著《林海雪原》。小说的传奇性和浪漫色彩得到了读者和评论界的充分肯定,用当时的话说就是"革命的现实主义与浪漫主义相结合"。

　　虽然《林海雪原》出版至今已六十多年了,但少剑波、杨子荣的英雄形象依然充满魅力,《林海雪原》是当代军旅小说中成就较高的一部红色经典,在众多宏大叙事文学题材中脱颖而出。其浓厚的传奇色彩和惊险奇幻风格,给作品带来强大可读性,多年来受到读者的欢迎和喜爱，经久不衰。

孤胆英雄智擒座山雕

作家曲波是山东黄县（今山东龙口市）人，抗战期间曲波一直在胶东军区工作。1938年，他参加八路军，历任文化教员、指导员等职。1943年进入抗日军政大学学习。1944年起任八路军大队政委、团政委、政治处主任等职。1950年因伤转业，历任沈阳皇姑屯机车车辆厂、齐齐哈尔车辆工厂党委书记，一机部第一设计院副院长，铁道部工业总局副局长等职。1956年起，陆续发表了长篇小说《林海雪原》《山呼海啸》《桥隆飙》等。

《林海雪原》是曲波创作的第一部长篇小说，1957年由人民文学出版社出版。它描写的是解放战争初期东北剿匪的战斗。1946年冬天，东北民主联军一支小分队，在团参谋长少剑波的率领下，深入林海雪原执行剿匪任务，侦察英雄杨子荣与威虎山座山雕匪帮斗智斗勇。这股匪徒原是国民党的败兵，流窜到解放军后方。小分队在向威虎山匪巢开进途中，白鸽救了一个被杀伤的女人，并跟踪敌人发现了神河庙老道士，实际上是威虎山匪帮的情报员。小分队设下埋伏，抓获了座山雕手下的情报副官"一撮毛"，缴获了敌匪的地下先遣军联络图。经反复提审"一撮毛"和小炉匠，初步了解到威虎山座山雕匪帮的情况。侦察英雄杨子荣提出一个大胆的设想：打进威虎山内部，探得敌情，配合小分队里应外合全歼座山雕匪帮。少剑波召集会议反复推敲了杨子荣的设想，迅速据此制订了周密的作战计划。

杨子荣化装成已被消灭的另一伙土匪许大马棒的饲马副官胡彪，只身来到威虎山。在威虎山上，巧妙地应答了座山雕及手下"八大金刚"的多方盘问，并利用座山雕急于扩大实力、扩展地盘的心理，献上了缴获的敌匪地下先遣军联络图，初步得到了座山雕的信任，并被封为威虎山上的"老九"上校团副。

座山雕精心布置了一场"与来袭共军激战"的假战斗，暗中考察这个"老九"是真是假。杨子荣提着枪也冲了上去，很快他就发现这些人只大喊大叫，枪都打到天上去了。他知道座山雕是在考验他，于是大打出手，连着打死几个匪徒，座山雕一看打死了弟兄，便对杨子荣大喊："老九，慢来！这是在演习。"杨子荣消除了座山雕的疑心，并将计就计乘机送出了所探情报。

英雄主义能够磨砺革命军人坚如磐石的坚定意志，能够铸塑剿匪英雄坚不可摧的神奇力量。长篇小说《林海雪原》由于具有浓郁的传奇性和独特的浪漫性，所塑造的英雄人物与同时期其他文学作品中的英雄人物相比，显得更加形神毕肖、光彩照人，特别是具有坚强党性的侦察英雄杨子荣所呈现的英雄特质，极为契合中华民族传统文化心理上的英雄主义情结。

孤胆英雄杨子荣只身入虎穴、智擒座山雕，他在深入匪徒老巢威虎山时面对阴狠毒辣、乖戾狡诈的残寇恶匪，虽然由此而产生了巨大心理压力，但正是奉献精神和赤诚情怀激发出神奇力量，使其淡定从容、镇定如山。虎胆雄心、铁骨豪情的杨子荣可谓中国当代文学长廊中英雄人物的经典角色，其形象魅力不仅丝毫不逊色于古典小说中的英雄人物，而且由于其真实可感而更加显得鲜活生动。在奉献精神和赤诚情怀的驱动和支配下，剿匪英雄们早已将生死置之度外，早已做好了为伟大信仰而献身的一切准备。换言之，正是伟大信仰给予他们永不枯竭的精神能量，激励他们以巍然气势和无畏壮举赢得剿灭残匪的最终胜利。

取材于剿匪的真实经历

1957 年，《林海雪原》出版，曲波在开篇献词中写道："以最深的敬意献给我英雄的战友杨子荣、高波等同志。"小说有虚构,但是东北剿匪战场上,英雄杨子荣确是存在的。《林海雪原》是作家根据自己经历创作的一部长篇小说,也是一部家喻户晓的红色经典,塑造了少剑波、杨子荣、小白鸽、座山雕、蝴蝶迷、郑三炮等众多栩栩如生的文学形象,描写了解放战争初期东北剿匪战斗。

1945年底,曲波随罗荣桓从黄县渡海去东北,担任了牡丹江军区二团副政委,当时他才是个二十二岁的小伙子。抗战刚刚胜利,国民党政府收罗一些伪满溃兵、警察宪兵及土匪武装,组成"中央先遣挺进军",以便控制东北。1946年初,东北民主联军以师旅为单位分散到东北各地,清剿残余伪军和土匪,建立根据地。此间,曲波率领一支骁勇善战的小分队,深入牡丹江一带剿匪。新中国成立后,曲波根据这段经历创作了长篇小说《林海雪原》。

《林海雪原》"203"首长少剑波其实就有曲波自己的影子,而小说中那位可爱的小分队卫生员"小白鸽"白茹,其原型据说就是曲波的妻子刘波。小说中关于爱情的描写也成为那个年代许多年轻人的爱情启蒙,其中许多段落一些读者甚至能够倒背如流:"她的脚步像她的心一样,是那样愉快,像飞腾一样地跑回小队部。她想出其不意地出现在剑波的面前。所以当她一跨进正间门时,便蹑手蹑脚地向剑波的房间走去。"他们之间的爱情虽然一路上经历了很多艰辛,但最终还是收获了一份满满的爱情。

小说《林海雪原》在遵循叙事规范的同时,又以浪漫主义文学形式穿插民谣和神话,构筑了一个具有浓郁地方特色的文学典范。文学的想象和神话想象都得到了展开和融洽的表达,虽然它们的功能有些模式化,在文本结构、叙事方式和人物设计上同我国古典小说存在一些类似的文学手法,但小说的叙事得以进行也的确需要神话与民谣来穿插和点缀。带有浪漫主义的叙事模式在塑造人物、描绘环境、设置悬念和渲染气氛方面的作用,也正是它们存在的价值和意义。

曲波的小说《林海雪原》以解放战争时期东北地区剿匪斗争为主线，把人物和故事设置在林海雪原的特定时空内，通过详细描绘奇袭虎狼窝、智取威虎山、绥芬草甸大周旋和大战四方台等惊心动魄的剿匪战斗，使以少剑波、杨子荣为代表的英雄形象跃然纸上，集中描绘了剿匪小分队勇敢、机智、顽强、乐观的英雄群像，谱写了一曲激越高昂的革命英雄主义颂歌，展现了在苍茫林海中升腾着的不朽英魂和在浩瀚雪原上奔涌着的不羁雄魄。作品再现了冰雪交织、血火交迸的剿匪战斗的艰辛历程，摹写了革命英雄主义气冲霄汉的壮烈场景，让英雄主义精神更具叩击读者心灵的价值与分量。

《林海雪原》一直被视作革命通俗小说的典型代表，并被誉为"新的政治思想和传统的表现形式互相结合"的光辉典范，它更是整个十七年文学发展之中不可替代的重要小说作品。2019 年 9 月 23 日，《林海雪原》入选"新中国 70 年 70 部长篇小说典藏"。

被屡屡改编搬上舞台和银幕

红色经典作为一个时代政治的产物、历史集体记忆的存在，它的改编受到来自国家、市场、大众等方面的影响。从不同年代的改编作品中我们可以发现不同时代潮流的变化、政治需要和大众审美趣味的变化。无论是何种形式的传播话语和思想内容，都是与时代相呼应的，都值得我们探究与品味。

1957 年，《林海雪原》由人民文学出版社出版，受到社会各界的关注，不到一年即发行五十五万册。据曲波夫人刘波介绍，20 世纪 60 年代初期，曲波有一次去北京医院看病，碰巧遇见贺龙元帅。贺龙元帅得知他在一机部工作，就问："一机部有人写了一本《林海雪原》，你知道吗？"曲波愣住了，只好说自己就是作者。贺龙元帅听了很高兴，拉着曲波的手向周围的人介绍，曲波回家后对妻子说："万没料到贺老总也看了这本书。"

八一电影制片厂于1960年将小说中《智取威虎山》一节改编成电影《林海雪原》，引起了巨大轰动。其间，现代京剧《智取威虎山》也被搬上舞台，成为八部"样板戏"之一并拍成电影。"穿林海，跨雪原，气冲霄汉！"

京剧上演至今已半个多世纪了，少剑波、杨子荣的英雄形象依然充满魅力，令读者心生正气，有一种说不出的感慨。虽然原著作者曲波和京剧主演童祥苓都先后因病去世多年了，但当我再次听到"穿林海，跨雪原"的唱词，关于那本书的人和事，便一一浮现眼前。

近年来，《林海雪原》又被重新演绎，以各种新颖的形式拍成电影和电视连续剧，深得广大观众的喜爱。电视剧《林海雪原》在改编上以忠于原著为准则，坚持"思想精深、艺术精湛、制作精良"的原则，以打造一部情怀与品质兼具、向经典原著致敬的作品为目标，完整地展现出原小说的精髓和东北的风土民情。

抒写革命英雄和赓续红色血脉，红色基因凝结着革命先烈的艰辛探索和赤胆忠诚，沉淀着时代英雄的使命担当和奋斗牺牲，《林海雪原》常演常新的文本魅力和丰富精神内涵，是我们开启新阶段、走向新时代的宝贵精神财富。

革命英雄主义的侠骨柔情

当今时代，人们对《林海雪原》的阅读和研究早已摆脱了狭隘的文学批评思维的匡限和拘囿，开始从不同角度和层面挖掘和阐释作品的文学价值及主题意蕴，唤醒深植其中的英雄精神，使之成为引领当下时代风尚的思想锋镝和精神坐标。那是一个血脉偾张和英雄辈出的时代，也是一个着力描绘战争和深情赞美英雄的时代，中国文学在那个时代创造出一种精神奇迹，特别是那些从作品中站立起来的英雄人物，既迅速地家喻户晓、广受追捧，又让人们激情难耐、热血沸腾，这种英雄主义文学创作尽管在彼时也许存在着过度提纯和人为拔高的缺憾，其文学形象单薄、思想内涵单调和表现手法粗糙等不足在后来也受到一些诟病，但却在相当程度上满足了人们的大心理需求和想象诉求。

《林海雪原》所张扬的英雄主义精神是与我们党的宗旨和属性相一致的，绝非是让英雄脱离人民群众而简单地展示特技比试功夫，绝非是超越人的本性和时代背景的泛英雄化行为，这种英雄主义不仅融汇了时代特征与审美规律，而且是基于对人民必胜的时代走势和历史趋向的准确判断与深刻把握，所以，作品所蕴含的英雄主义精神具有穿越时空的强劲生命力。

作品在初步完成英雄形象的阶级性开掘后，将英雄主义的叙事视角更多更深地聚焦在革命性上。少剑波无论是面对凶残匪徒还是严酷天气，均没有丝毫的摇摆、退缩和妥协，以坚韧、顽强的战斗意志和百折不挠的斗争精神，按期圆满地完成了上级交给的战斗任务和党组织赋予的神圣使命。他率领剿匪小分队冒严寒顶风雪进入莽莽林海，发动群众依靠群众，安抚群众关爱群众。当他了解到夹皮沟百姓艰难窘困的生活状况后，"强烈的阶级同情感，使他对群众的疾苦，引起了强烈的焦虑""他把自己的两套衬衣衬裤，脱给群众，自己穿着空身棉袄"。这一微小细节折射出剿匪英雄身上鲜明的党性和浓烈的人民性。

此外，《林海雪原》在审视和烛照少剑波革命性和人民性的同时，还借他与小分队护士白茹之间的朦胧爱情，表现出革命军人的侠骨柔情和剿匪英雄身上的人性光彩。这种柔情因素的适度介入和有机融入，一方面以空间化场景降低了叙事上的密度，使紧张惨烈的战争氛围变得和缓轻松；另一方面尊重和肯定人性的本真和价值，强化了作品的浪漫性与艺术性，使英雄人物性格在叙事中得以立体展现，为剿匪英雄的精神世界注入了温馨的诗性因素，成为《林海雪原》比较独到和精彩的地方，也是这部作品与同时期其他红色经典作品的不同之处。

红色经典涵育民族精神

在小说原著中，剿匪英雄大都是身经百战的优秀党员，都有着坚韧的意志和卓异的素质，甚至在一定程度上富有传奇色彩：少剑波足智多谋、智勇双全、运筹帷幄、指挥若定，是剿匪小分队的灵魂与统帅；"坦克"刘勋苍身壮力大、骁勇威猛、勇毅决绝，不管在何种恶劣条件下都始终保持着昂然向上的战斗姿态；"飞人"孙达得身轻如燕、健步如飞、反应机敏，具有超常的韧性耐力和一名优秀侦察员的先天优异禀赋；"猴登"栾超家粗俗诙谐、身怀绝技、身形矫健，无论是飞跃鹰嘴岩、空降奶头山，还是智取侯殿坤机密情报，都为小分队歼灭悍匪屡建奇功；胆识过人的杨子荣坚毅沉着、沉稳老练、机智果敢，为了顺利完成"智取威虎山"的任务苦练土匪黑话，在面见座山雕时坦然镇静、对答如流、化险为夷，是作者用理想主义手法用心用力勾勒的传奇人物。真正的战斗英雄大都来自人民，他们在特殊的历史条件下，以坚定信仰、高超智慧、舍我精神和超常能力，或在关键时刻自告奋勇，或在危难关头挺身而出，为民族解放和新中国成立立下了彪炳史册的赫赫战功，他们是真正的时代精英和民族脊梁。

《林海雪原》以浪漫传奇的审美情趣整合了战争小说的一般艺术特点，将原来比较僵化的创作模式融汇在民间趣味之中，在给几代读者带来强烈阅读快感和充裕审美享受的同时，使人们对英雄主义精神有了更加形象的认知和更加理性的感悟。包括《林海雪原》

在内的红色文学经典作品中的英雄形象，无论是对弘扬红色传统还是对传承红色基因，无论是对民族精神的重构还是对审美标准的确立，均会产生潜移默化的深刻影响。以《林海雪原》为代表的红色文学经典所弘扬的革命英雄主义，不仅是滋养一个时代精神风貌的有机钙质，而且是涵育当代党员干部思想人格的丰富养料。它的意义和价值，早已超出了单纯的文学层面和审美范畴，而更多地体现在它的社会功用上，正如汪曾祺先生所强调，评价文学作品社会意义的重要标准在于"要有益于世道人心"。

再读长篇小说《林海雪原》，使我们获得新的收益和启示：作家只有把红色资源利用好，把红色传统发扬好，把红色基因传承好，才能创作出反映英雄主义的精品力作，才能引导人们在接续奋斗中激荡同心筑梦的磅礴力量；只有融入时代发展的大潮，展现人民群众的风采，塑造当今时代可亲可敬的英雄形象，才能使作品经得起艺术与时间的双重检验，才能使英雄主义精神在新时代焕发出更加绚丽的光彩。掩卷《林海雪原》，也让我深深地体会到，它讲述的不仅仅是解放战争初期的剿匪斗争，它所表现出的更是一种民族智慧，一种英雄气概和一种人性的美！

《红日》东升，经典永恒

——吴强与《红日》

　　《红日》是一部具有史诗性的长篇小说，它取材于解放战争初期，陈毅、粟裕指挥的华东野战军在山东战场粉碎敌人重点进攻的历史事实，以我军军长沈振新率领的一支英雄部队为主线，从1946年第二次涟水战役我军失利写起，到最后全歼国民党王牌军七十四师，展开了一幅波澜壮阔的战争画卷。小说高屋建瓴地对三大战役作了艺术的描绘，真实地再现了解放战争初期我军由战略防御到战略进攻的历史转折，歌颂了毛泽东军事思想和人民战争的伟大。

　　在新中国蔚为大观的军事文学作品中，长篇小说《红日》可谓卓尔不群，胜出一筹，主要表现在：一是对战争环境中人物性格的多面性、复杂性有较好的刻画，使人物形象生动、饱满、真实而又可信，突破了当时同类创作中存在的局限；二是大胆地描写了我军高级指挥员的爱情生活，这在当时同类作品中是罕见的；三是作者摒弃公式化、脸谱化的简单手法，不仅写出敌军将领残暴凶恶的真相，还揭示出他们必然失败的命运。

　　总之，《红日》是一部现实主义的成功之作，堪称新中国军事文学创作历史上的一座重要里程碑。

创作灵感来自作者的战斗经历

　　1910 年冬出生在江苏涟水县高沟镇的吴强，在上海正风中学读书期间，参加了中共领导下的中国左翼作家联盟，并发表处女作短篇小说《电报杆》。1938 年 8 月，他参加新四军，次年 10 月加入中国共产党。在战火纷飞的年代，他以部队火热生活为素材，创作了许多脍炙人口的作品。

　　在解放战争中，吴强历任苏中军区政治部副部长、华东野战军第六纵队宣教部部长等职，亲身经历了第二次涟水战役以及莱芜、孟良崮等著名战役。1947 年 5 月 17 日，孟良崮战役结束。在华野六纵宣教部工作的吴强就萌发了要把这场战役写出来的念头。他觉得，从涟水战役到张灵甫死于孟良崮，就是一个连贯的故事，人物和情节都有了，写出来就是一部长篇小说。当时的吴强发下宏愿，要创作一部长篇小说。可是每天行军打仗，他根本无暇写作，只能利用行军作战的间隙时间，搜集资料，构思小说提纲。两个月后，他写下了两万字的创作笔记和提纲。一天深夜，吴强随部队渡河，不慎丢失了笔记本和装有七十四师《士兵报》的一包资料。吴强痛心疾首，发誓从头再来。

　　后来，吴强在《红日》一书的序言里，曾回忆起创作时的强烈感受：

　　　　1949 年 11 月里，部队住在厦门岛上，战事基本结束了。可能是看到了大海的波澜，我便理起了已往的断断续续的思绪，打算真的动起笔来。可是，种种顾虑，挡住我的去路。到三冬以后的春天，才硬着头皮写好了故事梗概和人物详表。由于缺乏那么一股干劲，使得我在创作道路上步子走得很慢，在相当长的一个时期里，我不但从脚步慢到停脚不前，而且下决心不干这件自不量力的重活了。在别人，可能早就写了出来，而我呢，直到又一个三年以后的春天，才以一种试试看的态度开步走。虽说酝酿、思考的时间比较长，又有那么现成的很富有文学意味和戏剧性的故事骨骼，作为进一步进行艺术结构的依托，自己又是在这个战斗历程里生活过来的，心里自也有了一点儿数，自认还不是轻率从事；但把那么一个战斗故事写成长篇小说，总还觉得是在干着一件冒险的事情。

我曾经多次反复地考虑过，并且具体地设想过：不管战争史实，完全按照创造典型人物的艺术要求，从生活的大海里自取所需，自编一个有头有尾的故事，免得受到史实的限制。也许是我的艺术魄力太小，我没有这样做。我认为莱芜战役、孟良崮战役都是战争艺术中的精品、杰作，毛泽东的战略战术思想，在这两个艺术品上焕发着耀目的光华色泽。就是我军受了挫折的涟水战役，到后来，也起了成功之母的积极作用。我珍爱它们，我觉得文学有义务表现它们。我又认为：透过这些血火斗争的史迹，描写、雕塑人物，既可以有所依托，又能够同时得到两个效果：写了光彩的战斗历程，又写了人物。看来，我不是写战史，却又写了战史，写了战史，但又不是写战史。战史仿佛是作品的基地似的，作品的许多具体内容、情节、人物活动，是在这个基地上建树、生长起来的。

1952年，吴强转业到上海时，故事梗概和人物详表都已完成。因为目睹了战斗暗夜前的如血残阳和黎明时分喷薄而出的胜利朝晖，吴强的创作灵感更加被激发出来。他放下枪杆子，拿起笔杆子，挑灯夜战挤时间搞创作。1956年春天，他请了创作假，带着八万字的《红日》故事梗概、人物简表和一大皮箱资料，一头扎进原南京军区招待所，正式开始长篇小说的创作。

突破禁区，写出人性人情之美

《红日》的酝酿和创作亮点还在于，多层面、多方位地写出人性人情之美。战争、爱情刚柔相济，英雄、人情交相辉映，构成了一曲动人和谐的、别有一番风味的英雄乐章。这在我国那个特定时代的战争小说中是很少见到的，因而《红日》饱受争议，并随着不同时期人们对红色经典作品认识的不同而起起落落。

此外，作品中作者大胆地突破了许多禁区，既写军长沈振新为指挥作战而日夜操劳，也写他与妻子黎青的恩爱生活。另一个人物副军长，作者既写他政治家的风度、军事家的素养和才能，也写他开朗乐观、富有幽默感的性格，而且还写了他与华静谈情说爱的动人情景。作者不惜笔墨多角度、多层面地来刻画人物，使得作品中这些高大的人物形象有血有肉而又有情。作者笔下的人物既是英雄，又是普通人；既有英雄所具有的独特品格和个性，又有普通人所共有的人性和人情；既有宝贵优点，也有不同的缺点。如军长沈振新的骄傲自满，团长刘胜不善思考、莽撞行事的性格，连长石东根不讲究战术，残留着草莽的游击习气，等等，这些在小说中作者都给予了展示和描写。军长沈振新打仗忙，战后休整也忙，有空闲在战斗间隙中"和人下棋"，却没有时间"给老婆回信"。战士杨军、秦守本、王茂生、洪东才、周凤山、张德来和连长石东根等在战场上舍生忘死、英勇无畏，行军和日常生活中也都表现得朴实可爱。又如，秦守本因为新战士不好带，几次闹意见，想辞掉班长职务去当一个小兵；王茂生为了捉一个敌师长，不惜跟着一匹马跑了几里泥路，终于一枪把敌师长打下马来；英雄连长石东根在大捷之后醉酒纵马，被军长训斥后的一组镜头，更给读者留下了深刻而有趣的印象。作品这样来写英雄人物，不但不会对人物形象的塑造有丝毫的影响，而且使人物更加可亲、可敬又可爱，给人以真实动人的立体美感。真正的英雄，可以"高大上"，可以"伟光正"，但不会十全十美，也不会永远处于高光时刻。

华东战场全景式描绘

《红日》小说中描写华东战场历次战役的基本情势和过程，都是有根有据的真情实事，而故事里的种种细节，则由作者自由设计、虚构。因而写到我军的野战军领导、指挥人员如陈毅司令、粟裕副司令，敌人的高级将领如李仙洲、张灵甫等，都用了真实姓名。敌我双方的大多数人员和人民群众，则是由作者给他们起的名字。因为小说中的历史已经是距离现在很遥远的往事了，大多数读者对其中的史实也会感到陌生，因此我们有必要专门来讲述一下《红日》这部小说的主要内容。

1946 年的深秋，国民党王牌军整编第七十四师开始向华东解放区疯狂进攻，中国人民解放军沈振新部一个军奋起抗击，杀退了敌人。面对敌人第二次更加猛烈的进攻，经过一番苦战，涟水最终失守。中国人民解放军被迫撤退，北上山东，实行战略转移。涟水战役失败后，中国人民解放军指战员思想一度处于愤怒和压抑的状态。军长沈振新的心情和战士们一样沉重，坐卧不安，懊恼异常。这位英勇善战的将领渴望有朝一日带领自己的部队与七十四师再度交手，一决雌雄。

莱芜战役打响之时，中国人民解放军在三十里长的战线上发起进攻。沈振新部迅速攻占吐丝口外围阵地，但敌人凭借坚固的地堡工事和精良的武器装备仍在负隅顽抗，双方一度处于僵持状态。在这关键时刻，沈振新根据华东野战军司令员陈毅的指示，把作为预备队的刘胜、陈坚的"老虎团"调往前沿，组成了一支突击队。部队越过敌前沿，冲破火力网，插入吐丝口心腹地区，迫使龟缩在莱芜城中的李仙洲率部突围。敌人在进入中国人民解放军伏击圈后，终于走投无路，司令官李仙洲也被活捉。莱芜战役在不到三天时间内就取得了胜利，歼敌五万六千余人，从而瓦解了国民党军队对中国人民解放军的进逼围攻。

蒋介石为了在华东战场上挽回败局，飞抵济南，亲自督战。又命令他的王牌军七十四师回苏北长驱直入山东境内，企图以其为核心摆成龟形阵势，在孟良崮一带与中国人民解放军华东野战军进行决战。中国人民解放军华东野战军决定对单兵冒进的七十四师进行包围，坚决消灭它，以打击敌人的嚣张气焰。七十四师是蒋介石手下的特等精锐部队，师长张灵甫号称"常胜将军"。此人凭借与蒋介石的亲密关系，加上装备精良，因此骄横异常。与此同时，中国人民解放军沈振新部接到命令，从鲁南星夜兼程赶往沂蒙山区参加会战。全体指战员斗志昂扬，为报涟水失败之仇，欲与七十四师一比高下。

孟良崮战役开始后，中国人民解放军发扬了大无畏的战斗精神，前仆后继，奋勇向前。团长刘胜在激战中壮烈牺牲，更加激起了战士们的情绪，他们奋不顾身攻占了孟良崮最主要阵地玉皇顶。我军以一部坚守玉皇顶阵地，以有利地形对付前来增援的敌人，同时又派出一支精干的队伍，从绝壁悬崖上踏出一条路来，直捣敌人的指挥机关，最后仅剩下张灵甫盘踞的山洞。

中国人民解放军一支小分队在杨军带领下出奇制胜，机智勇敢地接近了敌人的巢穴，与洞外及洞里的敌人展开了血肉的拼杀。张灵甫仍在负隅顽抗，战士们向洞中射出一排排愤怒的子弹。"张灵甫，出来！"山洞里除去枪声和战士们怒吼的回音之外，没有别的声音。当战士们冲进山洞时，发现狂妄骄横、不可一世的张灵甫已被乱枪打死。国民党王牌七十四师终于全军覆没，中国人民解放军夺取了孟良崮战役的最后胜利，孟良崮的主峰上飘扬起了中国人民解放军胜利的旗帜。

从文学巨著到时代巨片

《红日》一经问世，便好评如潮，引来大批读者争相传阅，一时间洛阳纸贵。后来，《红日》被译为英、法、俄、日、德等十多种文字在国外出版发行。吴强也因为《红日》的巨大影响，先后访问了苏联、波兰、匈牙利、阿尔巴尼亚、新西兰等国家。

小说的成功也引起了电影工作者的重视。1960年，上海电影制片厂决定将《红日》拍成电影，并成立了由汤晓丹为核心的创作小组。

这是我国继《南征北战》之后拍摄的又一部全景式战争片，受到多方关注，拍摄方为此下了大功夫。为了追求表演和场景的真实性，剧组将演员分为正派和反派两组分别下部队体验生活，战斗场面则到孟良崮实地拍摄。为了拍出宏大的战场气势来，剧组动用了两个团的部队参与拍摄，堪称那个时代的巨片。

电影评论家认为：与过去某些革命战争题材影片相对比，该片在人物创造和生活实感方面，以情节曲折惊险、人物生动丰满、情感真实充沛、文字精练朴实而深受读者欢迎，在新中国军旅文艺作品中占有重要一席，同名电影无疑也是经典之作。由此可见，艺术家的创作需要灵感和激情，更需要深入细致体验生活。

1963年，影片公映后，社会各界反响强烈，尤其是插曲《谁不说俺家乡好》，至今传唱不衰，堪称民族音乐经典。

一座座青山紧相连，
一朵朵白云绕山间，
一片片梯田一层层绿，
一阵阵歌声随风传。

哎——谁不说咱家乡好，
得儿哟依儿哟，
一阵阵歌声随风传。

弯弯的河水流不尽，
高高的松柏万年青，
解放军是咱的亲骨肉，
鱼水难分一家人。

哎——谁不说咱解放军好，
得儿哟依儿哟，
鱼水难分一家人。

绿油油的果树满山冈，
望不尽的麦浪闪金光，
看好咱们的胜利果，
幸福的生活千年万年长。

哎——谁不说咱解放区好，
得儿哟依儿哟，
幸福的生活千年万年长。
哎——

这就是当年任桂珍演唱的电影《红日》插曲，至今仍不时有人在电视台、舞台献唱，它那带着山东地方民族特色的优美旋律，在20世纪60年代初是一股清新的音乐溪流，滋润着无数观众的心田。

在孟良崮战役实地拍摄

据介绍，电影拍摄过程十分艰苦：战争影片对于场景的真实性要求很高，为了再现孟良崮战役激烈壮观的场面，电影《红日》剧组来到孟良崮进行实地拍摄。当时拍摄条件非常艰苦，剧组住在一所破旧的小学校里，床是用课桌拼起来的，高低不平，又有缝，稍微胖一点儿的人翻身时倘不小心皮肉便被夹在缝里，早上醒来一身血印子。瘦子也睡得不踏实，骨头碰木头，第二天浑身都疼。其实，这只是磨难的开始。影片中有人山人海、气吞山河的场景，但谁能想到，那些气势恢宏的场面都是在三年困难时期演员和当地群众饿着肚子拍出来的呢。

剧组里有农村长大的，对农作物种植十分熟悉。他们从集市上推回了一车萝卜秧、茄子秧，在大家精心呵护下，地里茄子、萝卜长得很快，不久就可以食用了。拍了一天戏后，大家便争先恐后地来到地里拔萝卜、摘茄子，享受着自己辛勤劳动的果实。但萝卜、茄子毕竟都是没有油水的东西，无论生、熟，吃到肚子里终有不顶事的时候。于是，大家又买了些农民刚刚摘下的还没成熟的梨，补充营养。

经过全剧组的努力，1962年8月，《红日》终于杀青了。影片以恢宏的气势和细腻的画面，准确地把握住了战役过程和人物的命运，精心刻画了敌我双方二十多个富有个性的正反面人物，对双方高级指挥员形象的塑造很成功，特别是我军军长沈振新的坚毅果断与敌师长张灵甫的刚愎骄横形成了鲜明对照，给人以深刻的印象。片中还有一场我军连长石东根醉酒纵马的场景，很有生活情趣。

影片拍完后，汤晓丹按规定，先将片子送到文化部和国家电影局审。文化部、电影局有关领导看了片子后很是不满，说："人物性格不连贯，陈坚、刘胜、石东根都是时隐时现。团长与政委之间的矛盾冲突也不够。总之，人物情绪没有展现。"好在军委方面对这部片子还是比较赞赏的，陈毅在审看了片子后激动地说："我看《红日》影片拍得不错。这么长的小说，能提炼成一部影片，很不容易，是部好片子，可以让全国的解放军都看看。告诉他们（指摄制组），片子能拍成这样，不容易了，可以公开发行。"陈毅发了话，电影局只得签发了审查通过令。汤晓丹那颗悬着的心这才放了下来，他感激地说："要不是陈毅副总理发话，《红日》还升不起来。"《红日》公映后，广大观众反响非常强烈，许多评论家撰文称赞。

时至今日，我们对以"三红一创"为代表的红色文学经典，应该可以采取更加理性客观的认识去评价了。复旦大学人文学院副院长陈思和在其《中国当代文学史教程》中，颇具代表性地认为《红日》"作为一部战争题材的长篇小说，它在中国当代文学发展中更重要的贡献还在于：在应和时代共鸣的同时，小说在战争观念和小说美学上体现出来的创新性和探索性"。

纵观《红日》这部长篇小说，不是党史，又胜似党史。中华民族是一个不屈不挠的民族，从古至今，面对家破人亡的危急时刻，总有许多忠肝义胆的人挺身而出。正是我们的祖辈、父辈他们，用自己的勇敢拼搏和鲜血换来了如今的和平，我们没有理由不感念他们。

重温吴强所著的《红日》，领悟不朽精神，记录历史，传承精神，让红色的根在中国大地扎得更深，让红色基因世代相传，这也许就是作者创作《红日》最重要的价值所在。

一部讴歌进步知识分子的小说经典

——杨沫与《青春之歌》

　　林道静、卢嘉川、余永泽……这些小说《青春之歌》中呼之欲出、血肉丰满的人物，几乎成了那个时代最具代表性的青年形象。在文艺作品必须以工农兵为主角的潮流之中，这部以女性知识分子为主人公的长篇小说，清新秀气，别具一格，与众不同，获得了各方面的好评。

　　我们在《青春之歌》里，虽然看不到那些传奇的情节、惊险的故事和激烈的战争场面，但它靠一个有小资味儿的女主人公的真实生活经历，抓住了读者的心，可见作家杨沫的生活积淀多么深厚、情感投入多么真挚、艺术表现又多么精湛。这种对人精神的影响和震撼，比一个奇特故事、一场剿匪战斗，也许更深入灵魂，更为广大读者所接受。

　　作家杨沫的儿子马青柯和马波（作家老鬼），都曾接受过我的采访，因为杨沫的爱人马建民是深泽人，都是石家庄老乡，自然在交往中就多了几分浓浓的乡情。马波自幼生活在老家，1951年才被母亲从河北农村接到北京生活。通过马家兄弟的讲述，并结合杨沫留下的日记资料，我们便可以走进作家创作这部红色经典的心路历程。

杨沫战斗在河北的红色青春之歌

作家杨沫虽然祖籍湖南，但她的红色文学创作却是在燕赵大地逐渐成熟起来的。抗战前两次在香河县教书，开始写作生涯。全面抗战期间，她战斗在冀中十分区，也就是现在的雄安新区一带。解放战争时，杨沫又跟随晋察冀日报社转战在冀西太行山，可以说，在战争年代的十二年里，作家始终没有离开过河北，这块英雄的土地造就了杨沫壮丽的青春之歌。

杨沫原名杨君默，1914 年生于北京一个清末举人家庭。1926 年入北京十四小学读书。1928 年 5 月考入北京西山温泉女子中学学习。1931 年因家道中落，生活困难，到河北省香河县立完全小学教书。后回北京做家庭教师和书店店员，接触共产党人，阅读马克思主义著作，并开始文学创作，发表第一篇散文《热南山地居民生活素描》。1936 年，杨沫第二次到香河教书时，认识了逃避在这里的共产党员马建民，从马建民那里找到党，找到了亲人。她兴奋、激动，积极地按党的指示工作。她与马建民结为夫妻，开始了新生活。

1937 年 7 月 7 日，七七事变爆发，北平即将陷落，杨沫带着新生几个月的女儿匆匆南下，来到上海住在妹妹白杨那里。不到一个月，战火又向上海烧来，"八·一三"抗战爆发。杨沫和妹妹参加了学习战场救护的训练班。炮声隆隆，决定民族存亡的大战开始后，她又抱着孩子登上北去的火车，一路艰辛，回到爱人马建民的老家河北深泽。她本想转道去延安，但是 11 月保定失守，接着石家庄失守，到延安的路断绝。她放下吃奶的孩子，与爱人一起参加了冀中抗日游击战争，从此杨沫又开始了戎马倥偬的战斗生活。杨沫先是担任安国县妇救会主任，经常带领干部下乡宣传抗日。这年秋后，武汉、广州失守，日本侵略军回师敌后，向华北平原大"扫荡"，冀中硝烟弥漫。杨沫又丢下刚出生一个月的儿子，穿上八路军军装跟随贺龙的一二〇师兼程行军，和敌人兜圈子，转战平原。第二年春天，由于产后虚弱，急行军中杨沫病倒，住在文安县王庄农民家里养病。5月，她来到大清河北十分区，担任分区妇救会宣传部长。生活艰苦，战斗频繁，环境残酷，多病的女战士杨沫常常受到农民群众舍生忘死的掩护和精心的照料。1941年4月至5月间，她曾到晋察冀边区的易县一带后方医院养病，并在从延安迁来的华北联合大学文学系学习过几个月。联合大学成立妇女文艺创作会，杨沫曾当过主任。1943年，杨沫又回到大清河北十分区，先是在分区抗联会担任宣传部长，还编过《黎明报》，以后又来到分区反攻建国同盟会从事上层统战工作直到1945年。

艰难困苦的生活、你死我活的战斗、英勇顽强的战友、纯朴善良的民众深深教育了在城市学校里长大的杨沫。在战斗空隙，杨沫不顾疲劳，写过不少反映战争生活的短篇小说和散文，可惜发表的作品、手稿都在恶劣的环境中遗失了。关于那段战斗生活，杨沫说："这些生活给了我对人生比较深刻的'理解'，给了我改造小资产阶级灵魂的机会，也给了我丰富的创作源泉……"她先后在《时代妇女》《时代青年》《晋察冀日报》上发表了《在后方医院》《罪恶的见证》《回忆》《在兵站上》《神秘的大苇塘》等作品，抒发对人民的热爱和对日军的仇恨。

1945年，日本侵略者投降后，杨沫离开了大清河，来到张家口担任《晋察冀日报》的编辑，并主编过该日报的文艺副刊。第三年夏，国民党反动派向解放区大规模进攻，内战开始。杨沫在张家口晋察冀边区妇联工作，负责编《时代妇女》。1947年，她参加了解放区轰轰烈烈的土地改革运动，担任过《人民日报》的编辑，直至新中国成立。

杨沫经过抗日战争、解放战争的洗礼，生活基础扎实多了，经验也丰富起来，她摆脱了"亭子间"文学空泛肤浅的局限，写出《接小八路》《穷光棍结婚》《苇塘纪事》《七天》四篇小说，在深度和广度上都大大前进了。她在1949年写的短篇小说《接小八路》和1948年写的《穷光棍结婚》表现贫苦农民经过伟大斗争，挺起腰杆，当家作主，精神上发生了巨大变化。但杨沫没有选择轰轰烈烈的斗争场面，却把镜头对准了日常生活场景。短短的不到两千字的《接小八路》，展现出老贫农刘贵对八路军的儿子"小八路"从怕到爱的转变。这样一个变化，是土地改革深入人心的结果。杨沫曾常年生活在农民之中，获得了农民的感情、思想和语言。比起她20世纪30年代的作品，在表现农民这方面，更得心应手。

三年半完成《青春之歌》初稿

随着新中国成立后生活和写作环境的改善，杨沫创作长篇作品的愿望与日俱增。她决心在作品中把那些战友和烈士们的形象再现出来，永留人世。1951年6月9日，她在日记中说："这两天，我有时忽然想，身体总是不好，干脆来个灯尽油干，尽所有力量写出那长篇小说来，然后死就死了，也比现在不死不活、一事无成的好。这是孤注一掷的想法，当然不对。可是这种养病的生活，实在烦人。"

1951年9月，在读了《钢铁是怎样炼成的》之后，保尔·柯察金身患重病写书的举动使杨沫深受鼓舞，激励她快点儿把那部盘旋在脑海中很久的书稿写出来。她想先大胆写吧，等身体好了或各方面都准备好了再写，是没日子的。她对自己说：不要总这么怯懦，成天酝酿呀，思索呀，准备呀，就是不动笔，保尔一个瞎子瘫子都能写，我还犹豫什么呢？

在疾病缠身的情况下，杨沫开始动笔。9月25日那天，她草拟了全书提纲。最初的名字叫《千锤百炼》，后改为《烧不尽的野火》。

自从一开始写，她整个身心都沉浸在自己所创作的那个虚幻世界里。全部精力被吸引进去，对疾病的注意力转移了，身体反而变好。不过她还是很注意，别犯病影响写作。为防治腿病，她想起了抗日战争中睡在老乡的热炕上，关节炎从没犯过。她就花了几十块钱，请人在小西屋里盘了个热炕，有钢丝床不睡，却非要睡在土炕上。花了十多天的时间，她终于修改完了全书的提纲。

在写作的时候，杨沫也曾怀疑过：自己费了好大力气写的东西，是否有价值？动笔后，才发现很多事情自己体验不深，很多基本的材料不全，这能写好吗？接着而来的是失望、泄气、难过。后来她想起了解放军战士高玉宝，文化很低，认的字还不如自己多，不也写成了自传体长篇吗？人家能行，自己为什么就不行？她又想起了保尔·柯察金，一个双目失明、瘫痪在床的重病号都能写成书，自己四肢五官都健全，还写不出来吗？若真写不出来，那就只怨你是笨蛋一个。想到此，她终于又鼓起了勇气。

1952年7月底，组织上决定让杨沫到北戴河休养，她从小就喜欢海。在北戴河，她的住处紧靠海边，是一座美丽的花园。她像个孩子似的，成天在大海边玩。笑呀！跳呀！她感到大海是自己最亲密的朋友，它那么大，气吞山河，又那么安静，如泣如诉。它坚韧不拔，无休无止地奋斗，向目标奔跑，一波一波扑向海岸……在北戴河期间，她一方面用海水和热沙治关节炎，一方面仍旧写着自己的长篇。这一段时间，她感觉特别好，文思如潮，进展极为顺利。她后来说在海边写的文章，都是一气呵成，从不需要修改。秋天回到家后，她继续写，初稿轮廓已经出现。

这年秋天，《新观察》发表了她的中篇纪实小说《七天》，是为了纪念战友原二联县八区委书记吕峰而写的。吕峰牺牲于抗日战争胜利前夕。在七天的地道战中，同志们渴了喝自己的尿，饿了吃腐烂的死小猪。《七天》在读者中反映很好，《新观察》准备出单行本，还请来阿英同志为其修改。这是继 1950 年出版《苇塘纪事》之后，她在写作事业上的又一个成就。

1952 年底，杨沫正式调到了电影局的剧本创作所当编剧。关露、王莹、海默等作家也都在这里，成为她的同事。遇见这么许多文学人才，她如同从小屋里到了一个大操场，视野开阔，耳濡目染，艺术见解和写作技巧都大有提高。她集中干了几个月，把长篇的初稿完全弄出来，还曾给创作所的同行、创作《吕梁英雄传》《刘胡兰》《上甘岭》等剧本的林杉和其他领导看过，并受到肯定。人们建议她改编成电影剧本，这使她信心大增，计划 1953 年 9 月底完成最后初稿。到 1955 年 4 月底，《烧不尽的野火》即《青春之歌》才全部修订完成，大约三十五万字，耗时三年半多。

几经周折的小说出版历程

1955 年春天，中国青年出版社听说杨沫写了一部反映 20 世纪 30 年代青年学生走上革命道路的作品，要去了这部书稿，但看完了后，拿不定主意。想来想去，他们提出，要她自己找一个名家给看看，若肯定了这部稿子，就马上出版。当时，杨沫还是个刚进文艺界的一般编剧，不认识名作家，就由妹妹——著名电影演员白杨介绍，一同找了阳翰笙，托他看看这部稿子。阳翰笙曾是总理办公厅副主任，当时是中国文联秘书长，工作繁忙。阳翰笙一直没有顾上看，后来他有些不好意思，说可以把稿子介绍给中央戏剧学院的教授欧阳凡海同志看。这位专家早年留学日本，1937 年冬就到延安，曾任鲁艺文学研究室主任以及华北大学教授等，是研究鲁迅著作的专家。

一个多月之后，欧阳凡海看完书稿，给杨沫写了一封长达六千字的信，对书稿肯定了两点：一是语言简练，结构活泼而紧张；二是其中一些人（如卢嘉川、王晓燕、两个铁路工人等）写得相当成功。

但是，他又指出了许多缺点，最成问题的是作者对主人公林道静的小资产阶级意识未加以足够的分析和批判，其次是江华和戴愉两人还有许多地方要重新写，对"左"倾机会主义揭露得不够。这封长信，大部分是分析手稿的缺点，优点只提了一小部分。作者认为凡海同志的许多意见是极宝贵的，但也对一些意见持保留态度，比如对揭露"左"倾机会主义的问题，就有不同看法。

1956年4月26日，毛泽东在中共中央政治局扩大会议上提出，艺术上要百花齐放，学术上要百家争鸣。报纸广播立刻开始宣传"双百"方针，声势浩大。一时间，出版空气变得宽松。杨沫在出版受阻中，看到了一线希望。她就想把书稿请老战友秦兆阳看一看。1942年她在华北联大文学系学习时，秦兆阳当时是美术系的教员，彼此就已认识。从1943年起，两人都在冀中十分区工作，秦兆阳担任过黎明报社社长，杨沫后来在《黎明报》当编辑，两人关系变密切。

1956年春，杨沫把稿子给了秦兆阳，请他过目，如无大问题，拜托他把稿子介绍给作家出版社。过了些天，秦兆阳来了电话，说稿子看过了，挺好，没什么大毛病，已经把稿子转给了作家出版社。秦兆阳当时是茅盾任主编的《人民文学》杂志的副主编，他的话有分量。作家出版社果然非常重视，经过认真阅读后，认为这部手稿是一部有分量的作品，想尽快出版，因为要落实毛主席的"百花齐放、百家争鸣"的方针。

但此时杨沫并不着急出版。她根据凡海同志的意见，经过反复思索，认真写出了一个修改方案。出版社把修改方案拿回去研究了之后，同意了杨沫的意见，也认为还是争取尽量修改得好一些，为表诚意作家出版社还预付了作者一千块钱稿费。这样改了二十多天，在1956年6月20日前完成。全书约四十万字，书名最后定为《青春之歌》。

其实，交稿后，离真正出版仍有一段漫长的路。到了1957年1月，出版社来电话告诉杨沫，因为全国纸张缺乏得厉害，《青春之歌》今年不能出版了，要到明年才能出版。

1957 年 3 月，马建民在中央宣传工作会议上碰见了阳翰笙。阳翰笙询问了杨沫的稿子，很关心。她得知后，给阳翰笙写了封长信，讲了手稿迟迟不能出版的苦闷。过了两天，阳翰笙给她打来电话说，他可以和出版社说说，催一催，劝她别着急。10 月初，作家出版社寄来了《青春之歌》书稿的校样。杨沫很快看完并改完，交给了出版社。这部曾在很大程度上遭到怀疑、否定的手稿几经周折，终于在 1958 年 1 月出版。

读者对《青春之歌》的巨大共鸣

1957 年底，《北京日报》记者给杨沫打来电话，说从作家出版社那儿获悉《青春之歌》即将出版，这是写北京地区革命斗争的，《北京日报》想摘引其中一部分连载，希望作者能够同意。小说还没有出版，记者就找上门，让她没有料到，也不知道自己这部小说广大群众能不能接受。1958 年 1 月 1 日，《北京日报》上的"新书介绍"栏内，登出了《青春之歌》即将出版的消息。同时提到的还有李劼人的《大波》和玛拉沁夫的《茫茫的草原》。

从 1 月 3 日起，《北京日报》开始连载《青春之歌》。小说的头一版也已经全部销售一空，马上出了第二版，加印五万册。不久，《青春之歌》这部以女性知识分子为主人公的长篇小说，在以工农兵为主角的新文学之林中，显示出与众不同的独特风格，获得了各方面的好评。

那时候，没有电视，没有互联网，也没有歌舞厅，读书是人们最主要的业余精神生活，大家都很关注最近出了什么新书。《青春之歌》问世后立刻引起了人们广泛的注意。从 3 月份，杨沫就收到了一些群众来信，《中国青年报》《读书月报》及中宣部的《宣传动态》等均有介绍和评论《青春之歌》的文章。4月17日，《人民日报》发表署名王世德的评论文章，高度评价《青春之歌》。剧作家海默写信告诉杨沫，周扬同志在前两天召开的文学评论工作会上说，最近有三部好作品出现，一是《林海雪原》，二是《红旗谱》，三是《青春之歌》。小说才出版四个月，反响就已经极为强烈。

北京许多高校纷纷给杨沫来信，邀请作家与同学们见面。北京大学生物系三年级三班来信说："我们是北京大学生物系三年级的学生。最近我们很多同学看了您的《青春之歌》。我们的书不多，大家都排好队，等呀等呀，盼着书快快轮到自己看。有一个同学生病住医院了，我们把看书的优先权给了他——这被认为是最好的关怀和很大的幸运。我们非常喜爱这本书。书中优秀的形象鼓舞激励着我们前进。看看前辈英勇斗争的事迹，我们就更知道，我们今天的青年、共青团员们应该怎样去生活，去战斗。"

北京大学团委也给作家杨沫发来信：

您的作品《青春之歌》是目前我校同学最爱读的好书。大家都抢着读，大家都在读，大家都从中接受了革命的教育。加之书的背景是北京大学，所以同学们又感到特别亲切。同学们一再要求和您，敬爱的作者同志见面，请您和大家谈谈。我们知道您身体不大好，可是同学们的热情这样高，要求和您见面的心情这样迫切，要求即使不能听您的报告，如来能见见面，谈几句也很满足。……希望能得到您让大家高兴的答复。

此致

敬礼

共青团北京大学委员会

1958 年 5 月 26 日

当年 8 月,中国评剧院的著名演员小白玉霜亲自上门找到杨沫,要把《青春之歌》改编为评剧。这年的 12 月 2 日,大连工学院学生发来一份字数很长的电报,代表四千三百二十名共青团员和六千三百七十一名同学请求杨沫去大连与他们一起纪念"一二·九"学生运动。

外文出版社的同志登门求见,向杨沫表示要把此书翻译成英文。朝鲜和苏联的同志也与杨沫商谈,要把小说翻译成朝鲜文和俄文。只短短几个月时间,杨沫就从默默无闻的普通干部一跃成为知名人物。

杨沫在 1958 年 9 月 5 日的日记中记载,邵荃麟的爱人葛琴告诉她,这次去苏联开亚非作家会议的作家名单里有她。10 月 4 日,她随中国作家代表团乘飞机前往苏联塔什干。代表团团长为茅盾,副团长为周扬、巴金,秘书长是戈宝权,团员有叶君健、刘白羽、曲波、赵树理、袁水拍、郭小川等当年最受读者喜爱的名作家。

对《青春之歌》的大讨论

在杨沫之子马波的记忆中,到了 20 世纪 50 年代末,小说《青春之歌》的影响已经遍布全国,好评如潮。但是,1959 年《中国青年》第 2 期发表了郭开的文章《略谈对林道静的描写中的缺点》,对小说首次进行了公开严厉的批评。

此前,该刊文艺组编辑到北京电子管厂参加了小说《青春之歌》讨论会,并看了郭开的文章后,感觉郭开的批评是个看问题简单化的典型,就向总编汇报了。总编方群当即表示,这个反面典型很好,要抓住不放,让文艺组进行组稿准备。

《中国青年》刊登了郭开批判《青春之歌》的文章后,立刻在全国广大读者中产生了强烈轰动，并为此掀起了一场热烈的、全国范围的大辩论。当然多数人是不同意郭开的意见的。据当时的读者来信看，只要是年轻人，哪怕文化程度不高的战士、农民、工人，也都喜欢这部小说。

在此背景下，《中国青年》第4期发表了茅盾的《怎样评价〈青春之歌〉》一文作为这次讨论的一个总结。茅盾明确肯定了《青春之歌》"是一部有一定教育意义的优秀作品"，认为林道静这个人物是真实的，"因而，这个人物是有典型性的"。"从整个看来，我以为指责《青春之歌》坏处多于好处，或者指责作者动机不好的论调，都是没有事实根据的。"当然，茅盾也指出了作品的主要缺点表现在"下列三个方面：一、人物描写；二、结构；三、文学语言。但这些缺点并不严重到掩盖了这本书的优点"。

此后，何其芳在同年《中国青年》第5期发表了《〈青春之歌〉不可否定》一文，指出："郭开虽然在他的文章开头和结尾说过一两句肯定《青春之歌》的话，实际上他是否定这部小说的，和许多同志一样，我认为这部小说不可否定。"他还说，"在这几部小说中（指《林海雪原》《红日》《红旗谱》等），我当时估计最能广泛流传的是《林海雪原》。对于《青春之歌》的吸引读者的程度我还是估计不足的。这次，《中国青年》发起了关于这部小说的讨论，我才重又读了它一遍，这一次是一气读完的。读完以后，我好像更多地感到了它的优点，因而也就好像更明确地了解它广泛流行的原因了。"

《林海雪原》在当时的影响也很大，几乎家喻户晓，但它似乎更倚重传奇的故事情节，有点儿惊险小说味道。而《青春之歌》没有那些传奇情节，靠的是真实生活和充沛的精神力量抓住了读者的心，更为广大学生和知识文化界所接受。《青春之歌》中即使是在过去饱受诟病的女主角林道静频繁的恋爱经历，那也是人类感情的自然流露，一些曾被人们批评的地方也往往是人性的普遍弱点，所以才能激起一代又一代青年读者的强烈共鸣。

《文艺报》还发表了副主编马铁丁的文章《论〈青春之歌〉及其论证》，全面肯定了《青春之歌》，认为此书真实生动地反映了那个时期的时代面貌和时代精神，成功地塑造了卢嘉川、江华、林红这几个共产党员的形象。《青春之歌》说明了小资产阶级知识分子只有跟着共产党走，彻底地进行自我改造，才能有出路。文章指出郭开口口声声马列主义，但他的思想方法，是违反马列主义，是小资产阶级"左"派幼稚病的表现。

有关这次影响全国的大讨论，文艺评论家孟亚辉指出："下至中小学生，上到文艺界领导人，从青年到老年，从知识分子到工人农民，从专家学者到以文艺为捷径的政坛过客，几乎成了全民族的一场讨论。尽管这种讨论受到了当时政治气候的严重影响，几度脱离了文学艺术的范畴，但应该说，这种讨论还是人尽其言的。因此，研究当代文学史就不能不了解有关对《青春之歌》的讨论及其背景……"

1991年6月，杨沫在《青春之歌》新版后记中说：

> 我不能忘记前两年有一位大学生给我写信说，他是在原中学校大批焚毁"毒草"书时，冒着危险，偷偷从大火中抢救出了一本《青春之歌》而读到它的；优秀青年张海迪姑娘，当着魏巍的面，亲口对我说：她也是在"文革"中连夜偷看残本的《青春之歌》的。他们读后都受到鼓舞，都非常爱它。一本书能得到不同年代的读者，尤其是青年读者的挚爱，这对于一个作者来说足够了，足够了。

> 我深知它今后仍然不会一帆风顺，仍然会遭到某些非议。不是吗，一位澳大利亚来我国学习的留学生，去年写

信给我说，她的老师就曾批评《青春之歌》不该增加农村斗争那几章（不少人都有此看法），问我对此有什么意见？还有的青年作家，说《青春之歌》是个"表达既定概念的作品"。还有的人说，这小说不过是"爱情加革命"的图解云云。他们的看法都各有道理。我呢，也有我的道理。我推崇现实主义创作法则，我的生活经历，我的信仰决定了我的爱与憎，也决定了我喜欢写什么，不喜欢写什么。这无法更改。我不想媚俗，不想邀某些读者之宠；我只能以一颗忠于祖国、人民，热爱共产主义的心来从事我的创作。

小说《青春之歌》的影响是空前的。到 1990 年为止，三十二年来此书累计发行了五百万册，并被翻译成英、日、法、德、俄、乌克兰、希腊、保加利亚、阿尔巴尼亚、朝鲜、蒙古、越南、印尼、阿拉伯、乌尔都、哈萨克等十八种文字。一部反映革命题材的长篇小说，能有这么多文字译本，并不多见。

据马波介绍，在 1949 年以后新中国出版发行的小说中，《青春之歌》的外文译本之多，名列前茅，在很长一段时间里找不出第二本。

电影《青春之歌》的魅力

就在小说出版的同一年，同名电影《青春之歌》由北京电影制片厂投资摄制，并作为重点影片向新中国成立十周年献礼。这是北影厂响应文化部 10 月份在河南郑州召开的全国文化行政会议上，专门讨论、部署文艺为新中国成立十周年献礼的号召，夏衍和陈荒煤亲自领导献礼影片的创作和生产工作。

北影的领导权衡再三，决定把导演的任务交给崔嵬，尽管这是崔嵬首次担纲电影的导演，但是从电影厂到电影局，依然觉得还是压到他的肩上才能放心。崔嵬同志在"一二·九"运动前后曾在北京地区进行抗日宣传活动，十分熟悉运动的背景和人事情况。汪洋厂长还特别委派经验丰富、善言多做且敬业严谨的陈怀皑导演协助崔嵬完成导演工作。

这一年最后的一个季度，许多同志倡议由原作者杨沫同志改编成电影剧本。此前崔嵬也像别人一样，拍片间隙从小说连载的报纸上先睹为快，现在带着任务、目的完整阅读，更是激动不已，引起一幕幕往事旧忆。他曾回忆道："我一口气读完了小说的单行本，再一次被那些动人的情节、英雄人物的行为所振奋了。合上书，我的脑海里涌现出三十年代的许多壮烈景象。眼睛是无法化妆的，林道静所应有的单纯的、明亮炽烈的甚至纯洁的眼光，只有在青年演员中间才能找到。"

影片接手时已经是 1958 年底了，到国庆十周年仅有九个月的时间，此片的其他角色的演员基本就绪了，于是之、于洋、康泰、秦怡、赵联、葛存壮、赵子岳、秦文、王人美……唯独女一号迟迟定不下来，这给影片的创作和制作带来了许多困难。大家猜度不出导演崔嵬心里那个林道静究竟是一个什么样的女孩子。崔嵬曾经以调侃的语气对陈怀皑说，咱们用年轻演员，用对了，发掘了个人才；不对了，就要摔跟头。这次选择女主角更是拍好影片的第一道关卡，如果选不好，咱两家的屋顶怕是要被人掀掉的。陈怀皑知道崔嵬心里其实比谁都着急，尽管表面一副成竹在胸的神态。

1959 年 1 月初的某一天，《青春之歌》摄制组迎来了又一个试镜的姑娘——谢方。她是崔嵬偶然想起自己早年任职中南文化局局长兼中南人民艺术剧院院长时的一个歌剧演员，那时十六七岁的样子。某次中南地区会演的时候，她的一双大眼睛给崔嵬留下了些印象。六七年过去了，现在她与林道静的年龄相仿。于是，副导演刘春霖去武汉接来谢方，她便从此成功地开始了自己的银幕生涯。

数十万字的鸿篇巨制改编成不到三个小时片长的电影，删改取舍、概括集中、缝合补缀是个头等重要又十分艰难的工作。摈弃一切枝节游离的东西，从错综复杂的小说结构中理出一个脉络清晰的叙事链条和镜头角度，是一个导演驾驭能力的体现。故事是在林道静视角下发生、发展的，凡是林道静所见、所闻的人和事全部容纳下来；脱离林道静，即使是精彩的篇章也都割舍了。导演的这个构思点给这部影片的框架和内蕴找到一把钥匙，一切困难迎刃而解。最后形成的影片结构提纲也得到作者杨沫同志的赞同。

　　事隔多年之后，杨沫话语里是对导演意图的认同与对崔嵬的谢意："我不仅感激你勇于排除干扰，把《青春之歌》这部电影拍成，拍好了；我还要感激你在电影中，卓有见地地弥补了我小说中的某些缺点，使电影比小说更凝练、更集中地再现了三十年代形形色色的知识分子形象，也逼真地再现了那个时代农民的悲惨生活，而这一点，当时的小说是写得很不够的。"崔嵬也为改编思路得到作者本人的认同感到欣慰：杨沫同志把自己的小说改编为电影文学剧本时，付出了很大的辛劳，她很明确，电影必须以林道静的成长过程为主线，通过她的生活历程，反映 20 世纪 30 年代的历史事件。

　　谢芳还记得崔嵬谈到影片改编和角色把握时对她说，要始终记住一点——剧中发生的一切事、出现的一切人、说过的一切话，都要通过林道静的眼睛看见，通过林道静的耳朵听见，通过林道静的思想感悟，最终形成整个戏围绕林道静的成长发展、进行。这是全剧的点。观众就是跟随着林道静一道完成自己的精神升华的。这句看似关于剧本改编和主人公定调子的话，实际就是整个影片切入点和脉络走向的确立，是导演阐述中的原则性精髓。

　　在拍摄影片的过程中，崔嵬是顶着多么大的压力来维护这部艺术作品的真实性啊！如果说哪一个人最能够体会到他这份复杂心情的话，那应该说是编剧杨沫了。就林道静这个人物的定性，就《青春之歌》这部影片的定性，是客观真实的知识分子走向革命的成长，还是主观臆断的小资产阶级情调的贩卖？崔嵬与她坚定地站在了维护职业操守、艺术良知和历史真实的一边，历经寒暑，一丝不苟地摄制，才有了这部可以预见不会辜负广大观众期待的影片。

庆幸的是，样片完成后，北京市委主要领导彭真等人集体审看了《青春之歌》，给予了一致赞扬，认为它是一部值得肯定的好影片，并且正式获准作为国庆十周年献礼片在国庆节推出，全国发行公映，市领导督促厂里尽快完成这部影片的剩余工作，保质保量按时交片。随后的审看在几十年来更是传为影坛佳话、名人逸闻。《青春之歌》和另一部献礼片《风暴》同时被送到国务院副总理陈毅元帅那里，陪同审看的有夏衍、陈荒煤等人，还有陈怀皑导演。看到高兴处，陈毅元帅便称赞说影片拍出了国际水准，于是问崔嵬在哪里补拍镜头。得知剧组为节省资金，白天在外补戏，晚上是住在乱糟糟的浴室时，陈毅颇为不满地说：不好不好！崔嵬是大艺术家，工作辛苦，他们住在那么杂乱的环境里，怎么工作得好？遂责令国务院秘书长齐燕铭即刻打电话给青岛市委，协助解决崔嵬一行的吃住问题。

周总理显然对电影《青春之歌》印象很好，在他节前出席国庆十周年献礼影片招待会上，与崔嵬碰杯时再次强调："这个片子导得好，演得好，也拍得好。林道静读书的几个镜头美极了。摄影师在哪儿？我要敬他一杯酒。"崔嵬赶紧把摄影师聂晶介绍给总理。

电影《青春之歌》公映后，北京各家影院全部爆满。北京、上海、天津、武汉、广州、重庆等大城市的许多影院二十四小时滚动放映，昼夜不停。这时候，三年困难时期已进入第一个年头，人们开始吃不饱，却阻挡不住排长队买票看一场期盼已久的好电影的欲望。电影看完，等于吃了顿别样的饱饭。电影《青春之歌》和小说同样受欢迎，用当时的话说是为国家赢取了三十六万元的利润。就连时隔已久的抗战歌曲《五月的鲜花》，因影片热映，再次流行一时。

杨沫之子、作家马波（老鬼）认为："尽管用今天的眼光看来，这部影片还有一些'左'的痕迹，可在那个极左的年代，这部有一些小资产阶级情调的电影还是独树一帜，如苍硬的峭壁上的一朵小花，十分新鲜抢眼，对工农兵要占据银幕的极左文艺潮流，有所突破，成为我国五十年代的一部经典影片。"

《青春之歌》不但在国内轰动一时，在日本也引起了轰动。电影从 1960 年 5 月 26 日到 7 月 31 日，在日本东京、仙台、札幌、大阪、京都、广岛、福冈、名古屋等地，共放映三十六场，受到观众的热烈欢迎。为此，当年《人民日报》刊登了一篇文章《〈青春之歌〉在日本》，专门介绍了这部影片在日本受欢迎的情况。1961 年春，因电影《青春之歌》在日本的巨大反响，谢芳被选为中国妇女代表团成员去日本访问。在东京的大街上，林道静的巨幅画像远远就能看见，有两层楼房那么高。代表团的汽车开到哪里，哪里就有拥挤的人群拿着笔记本要求谢芳签名留念。他们狂热地喊着："林道静！林道静！"

一代又一代的中外观众，正是从影片《青春之歌》中，初步领略了这部礼赞青春、讴歌青年的作品之美，进而又通过阅读文学原著，更加感受到那段风雨飘摇岁月中一代爱国学生的热血青春。《青春之歌》用自己杰出的艺术成就，证明了红色经典的丰富性和多样性，它真实描写进步知识分子的成长历程，同样能够深入刻画出伟大的时代画卷，用真情写作跳出程式化概念化的束缚，才能使作品具有恒久的生命活力！

隐蔽战线勇士的忠诚赞歌

——李英儒与《野火春风斗古城》

"野火烧不尽，春风吹又生。"这熟悉的诗句是唐代诗人白居易在《赋得古原草送别》一诗中对野草的颂歌。而《野火春风斗古城》这一文学作品是著名作家李英儒对我党地下工作者的生活和斗争的深刻记忆与赞扬！

1958 年，李英儒的长篇小说《野火春风斗古城》一经出版就引起了轰动，先后被翻译成英、日、俄、德、朝等多国文字，还被改编成话剧和几种地方戏上演。1963 年，李英儒与严寄洲又把它改编成同名电影，于同年 11 月由八一电影制片厂拍摄，战争题材剧情片《野火春风斗古城》上映后引起了强烈反响。该片讲述了抗日战争时期，杨晓冬、金环、银环等中国共产党地下工作者不畏艰险在敌人内部进行斗争的故事，将中国共产党地下工作者的伟岸形象呈现在人民大众面前，影响了一代人的记忆，成为永恒的红色经典。

李英儒：真正的地下工作者"杨晓冬"

李英儒是河北保定清苑县人，1936 年投身革命，1937 年参加八路军，曾任记者、编辑、八路军某部团长，并长期从事地下斗争。

他投身革命的同时依然坚持写作，著有《战斗在滹沱河上》《野火春风斗古城》《女游击队长》《还我河山》《上一代人》《燕赵群雄》《女儿家》《虎穴伉俪》《魂断秦城》等一系列优秀作品。他的小说《野火春风斗古城》，写的就是保定城的事。

要了解李英儒与《野火春风斗古城》，就不得不先说一说保定。保定自古就被看作军事重镇，我们称其为"京师门户"，这主要是由于其特殊的地理位置。保定位于平汉铁路上，西临太行山，东跨华北平原，与北京、天津呈三足鼎立之势。1937 年 7 月 7 日，七七事变后两个多月，日寇占领保定，抗日斗争转为地下活动。伪河北省公署从天津迁到保定后，这里成为日伪军在河北的大本营。日军在保定成立了国际运输株式会社，向日本据点运送军火物资和从当地掠夺的大量财富，并利用便利的交通条件，残酷屠杀抗日军民。

1941 年到 1943 年，是保定敌后抗日斗争最艰苦的时期。从 1941 年 8 月起，侵华日军以华北全部机动兵力七万多人，采用"铁壁合围""梳篦式清剿"等战法，用了两个多月的时间，对保定市北岳区进行了空前残酷的秋季大"扫荡"，根据地全部城镇，包括晋察冀党政军机关所在地的阜平城，都曾一度被敌人占领，根据地大为缩小，并处于分割状态。

正是在这样的历史背景下，1942 年，李英儒不畏艰险打入保定，与保定军民共同创造和开展地道战、破袭战、麻雀战等战法，机智灵活地打击敌人，开辟由冀中通往根据地的安全交通线。这一任务完成后，工作重点转移到发动群众、分化瓦解敌伪人员、营救被俘干部、为外线提供情报等地下工作方面，一直到抗战结束。这些特殊的生活经历，为他后来的文学创作积累了丰富的素材。正如作者自己所说："我的第一部长篇《战斗在滹沱河上》以及以后写的长、中、短篇，还没有多少来自道听途说，大都是亲自经历的。"

1944 年后，保定党组织领导军民恢复和扩大根据地，使革命力量重新获得了大发展，并不断发起对敌人的主动进攻，直到局部反攻和大反攻，夺取最后胜利，正所谓："野火烧不尽，春风吹又生。"

李英儒在小说的序言里这样写道："我青年时期是在战火中度过的。在老元帅老将领的领导指挥下，参加过大大小小的几十次战斗……从1942年冬到1944年秋，党派我打入沦陷区内部搞地下斗争，配合外面的武装战斗。直到保定、北平解放，我一直做对敌斗争的工作。这一段生活困难大，艰险多，也有些类似传奇的事。"

战争与和平岁月中的文学苦旅

李英儒先后参加了攻打武强城、解放保定等三十多次大小战斗。在战斗中，他作战勇敢，指挥果断，带领部队圆满完成了各项战斗任务。

《战斗在滹沱河上》是李英儒的第一部长篇小说，发表于1954年。小说写1942年5月，日寇对冀中抗日根据地发动了疯狂的大"扫荡"，所到之处烧杀掳掠。沿河村人民在村长王金山、农会主任赵成儿、民兵队长赵胖墩、干部二青等人组织下，配合子弟兵，与日寇展开了残酷的反"扫荡"斗争。小说在激烈复杂的矛盾斗争中塑造了赵成儿、二青、赵胖墩等干部群众的英雄形象。由于"这本书里的材料，多半是作者亲身的经历……人物和故事，在相当大的程度上是依照真人真事写成的"，因此"写得很感人"（康濯语）。作品出版后，电台曾全文播讲，个别章节，如《下战斗》，在1955年被选入《文学初步读物》，由人民出版社出版；《沿河村的血迹》在1956年由通俗读物出版社印成单行本。

而真正奠定了李英儒在当代文坛地位的作品，正是他的第二部长篇小说《野火春风斗古城》。这部长篇原载《收获》1958年第6期，1958年12月由作家出版社出版单行本，1962年人民文学出版社出版了修订本。

正如小说中杨晓冬与银环在斗争阶段胜利后，奉命以伴侣身份离开省城去北平接受新的任务一样，李英儒与他的夫人张淑文也是各自谨守自己的岗位，聚少离多。如张淑文所说："北平解放后，我来到北平，和李英儒团聚。不久，他到天津陆军医院当政委，我却做了组织干事。后来，他又到总后勤部文化部宣传部做副部长，我们又搬回北京。结婚十几年，我们夫妻俩一直是在斗争生活中颠沛流离，聚的时候少，分的时候多，这回解放了，总算可以过上安居乐业的日子了。我觉得我还年轻，还是要求组织上让我去了华北军区速成中学，当时我已有了两儿两女，可我还是坚持到毕业。毕业后，分配总后勤部管理老干部档案。这时李英儒更忙了，1955年他被授予了上校军衔，获得二级独立自由勋章和三级解放勋章，他这时主管部队的文化宣传工作，还开始了小说创作。《战斗在滹沱河上》《野火春风斗古城》就是那个时期写成的，前者是1953年脱稿，后者是1958年脱稿。"

李英儒、张淑文夫妇也如杨晓冬与银环一样，相知、相爱、相守，共同奋斗。1958年的时候，张淑文因为身体不好退了下来，回家后主要就是帮助李英儒抄写《野火春风斗古城》的稿子。三十四万字，她一个字一个字地抄，也正是因此，共产党后辈与广大读者才能见到这既有伟岸的家国情怀又不失圣洁的儿女之情的《野火春风斗古城》。

可惜，这对革命夫妻平静的日子没过多久，"文化大革命"就开始了。

从张淑文的自述中我们得知了以下故事：

探监时给他带去了《资本论》和《列宁选集》。他又用牙膏皮做笔，又故意把手弄破，跟看守要紫药水，然后蘸着兑了水的药，在这些书的行距和天头地脚上写起来。

这种笔写起来很难使，一个上午才写 100 多字。后来，我去见面，事先在鞋里给他带几支圆珠笔芯，我是个老敌工，要瞒过那些看守还是没问题的。可是，我很心酸，没想到过去对付敌人的办法今天又捡起来了。就这样，李英儒在昏暗的光线下，躲过看守监视，写着芝麻大的小字，有 100 多万字。

1975 年，李英儒终于获释，恢复了自由。我的丈夫回来了，我的孩子们又有了爸爸，我们的家又像个家了。1980 年，他调入八一电影制片厂任顾问，负责电影剧本的文学创作，他又全力以赴投入工作。写本子，改本子，又创作了一些小说……

这是何等的毅力与信念，让李英儒在如此困苦的情况下依然坚守在文学道路上。虽然作家已故，但他那高大魁梧的身影仿佛并未消失。他就像杨晓冬一样依然留存在我们的记忆中，我们甚至能从他的作品中感受到他写作时的专注、顽强与力量。正如李英儒先生在《野火春风斗古城》的序中如此写道："被党派往敌占区做地下工作的同志……为了党的事业，为了革命的胜利，他们毫不计较个人得失，随时准备付出自己的一切……"

李英儒的故乡保定清苑县，曾经作为冀中抗日根据地的敌工部联络点之一，现在已成为清苑区，随着时代发展日新月异。据当地人介绍，李英儒在世时每年都要从北京回这里几趟，坚持和曾经与他一块儿战斗过的革命者及烈士后人们聚一聚，回忆过去的峥嵘岁月。

作家徐怀中眼中的李英儒

著名作家徐怀中是李英儒多年的好友，提起李英儒，徐怀中总是感慨万分，其在《英儒，能文能武的强者》中写道：

    那天我们夫妇去医院探望英儒同志，他已经无力睁开眼睛，似乎是听到了我说话的声音，表示要坐起来。这就是英儒的为人，他习惯了礼貌待人。孩子扶他起来，不能支撑，即刻又扶他躺下了。就在当天晚上，英儒离我们而去了。我说不出地难过，总想着他正是为了接待我们，耗费了他最后的一点儿气力。

    60年代初，我和英儒同在总政治部创作室，他年长一些，我们大家都很敬重他，无论做人和为文，我常常向他请教。英儒自幼读书用功，写得一笔好字。旧学文史不分家，他幼年便打下了相当厚实的文学和史学功底，考入中学便使用笔名发表诗文了。创作室几个部队作家常在英儒家里聚会，谈生活，谈写作，下棋作画。他的夫人张淑文大姐就为我们熬小米粥、烙大饼吃，她笑着说："我是你们的堡垒户。"这是抗日战争时期冀中地区使用的特定语言，他们夫妇曾一同在保定日伪统治区做地下工作。从英儒的《野火春风斗古城》等著名小说中，随处都可以窥见作者自己和他的亲人的身影。英儒能文能武，七七事变后即在八路军担任记者、编辑，主编过游击军政治部出版的《星火报》，又当过步兵团长。听他漫不经心地讲述自己亲历的战斗生活，我完全可以想象这位冀中大汉怎样拎着他的"王八盒子"，出入于枪林弹雨之中。

在已年逾九旬的老作家徐怀中眼里，李英儒这样一个浸透了文墨和经受过战火锤炼的强者，似乎条条道路都为他开放着。终于他还是选择了文学写作。他为我们留下了大量的宝贵文字，仅长篇小说就有九部，有的被译为十多种外文，交流到了世界各地。其中《女游击队长》《上一代人》两部长篇，是"文化大革命"时期，在狱中写出初稿的。他要家人探监时带了《资本论》和《列宁选集》等厚部头书，自己弄破了手，向看守要了紫药水，又用牙膏皮制成笔，蘸着紫药水写作。《资本论》的扉页、天头、地脚和行距间，密密麻麻写满了工整的蝇头小楷，出狱后稍加整理就出书了。英儒晚年爱讲一句俗话，"七十不留宿，八十不留饭"，意思是人年事高了，随时都有可能辞世而去。可是他到七十高龄，久卧病床，还痴狂一般地写作。去年夏天，当他在病床上写完长篇小说《魂断秦城》的最后一行字时，背着医生呷了口啤酒，长长舒一口气说："不写了！不写了！再也不写了！"其实，再多一行字他也写不动了。

谈到李英儒，徐怀中等几个老朋友总说："一个人，枪打得好，字写得好，文章写得好，棋下得好，可以了，还要怎么样？虽这么说，现在他永远去了，我还是为他痛感遗憾，为我们的文学事业痛感遗憾，英儒本来还可以做多少事啊！"

《野火春风斗古城》中的姐妹原型

小说《野火春风斗古城》描述的是抗日战争时期我党地下工作者在敌占区斗争和生活的故事。1943 年冬，游击队政委兼县委书记杨晓冬奉命前往日伪占领下的省城保定开展地下工作。在地下联络员金环、银环及烈士后代韩燕来兄妹、周伯伯等人帮助下，杨晓冬充分利用敌伪矛盾，营救同志、护送干部、散发传单、为外线斗争提供情报。他利用敌人进山"扫荡"、省城空虚之机，组织城郊武工队袭击了敌司令部，俘虏了伪团长关敬陶，对其教育后释放。日本顾问多田和伪保安司令高大成对此发生怀疑。他们让被捕的金环与关敬陶对质。金环不顾个人安危掩护了关敬陶，后在以头簪刺杀多田时牺牲。不久杨晓冬也因叛徒的出卖被捕，他与敌人面对面地斗智斗勇，使敌人大伤脑筋。银环在武工队和地下党的配合下将杨晓冬救出。关敬陶弃暗投明，毅然起义，日伪军遭到沉重打击。杨晓冬与银环在共同斗争中产生了爱情，后奉命以伴侣身份离开省城去北平接受新的任务。

一、"金环就义"原型人物——张静芝

小说中的金环性格刚毅、干练、泼辣、深沉，嘴上不饶人，在斗争中坚强勇敢，有坚定的革命信念。《野火春风斗古城》中"金环就义"情节的原型人物就是李英儒、张淑文夫妇的革命战友张静芝。

张淑文在《野火与春风的较量》一文中提道："有一次，一位叫张静芝的地下工作者，冒险通知我，敌人马上要来抓人，让我赶紧收拾东西出城。那时我刚十九岁，还有一个在襁褓里的女儿，多亏张静芝给我安排了一辆洋车，处理相关文件后，拎上孩子就走。不敢走大路，走青纱帐，出城就要过南关大桥，桥边有敌人把守着，心里越慌越上不了船。这时敌人冲我叫：'你过来！'我想自己可能要就义了。结果，还是在同志的帮助下逃过了一劫。"

张静芝在保定做地下工作长达六年之久，打入了日伪军的高层，最后被叛徒出卖，死在敌人的屠刀下。

张静芝的女儿张荣婕和小儿子张荣森对有关于父亲的记忆历历在目：

> 有一次，父亲被敌人请到模范监狱吃酒。结果，他们把一位被捕的地下工作者带上来，是父亲的联络员，名叫王文儒（音）。日本人就拉出了几条狼狗，说："这是一个共产党的特工，咬死他算了。"父亲在酒宴上与日本人不动声色地吃酒，而自己的战友被狼狗一口口地撕咬着，

血淋淋的场面，一直痛到了父亲的心里。曾从事过地下工作的母亲在抗战胜利以后，又多次向我们提起此事，因为她时时想念起父亲，也时时想起那种切肤之痛。

张淑文每每提起地下工作者面临的考验时，总是在泪光中透出坚定："张勃（即张静芝）是英雄，是名副其实的地下工作者，英儒说他就是根据张勃就义的情节，写就了《野火春风斗古城》中'金环就义'一节的。当时老李亲眼看到了这一幕，而且他也确认张勃也看到了他，当时，张勃还大喊'乡亲们别看了，回家吧'，那是在喊李英儒，让他回家别跟着，以免暴露身份。老李哪里舍得走呀，他一直跟着张勃，那是他情同手足的战友，那是他直线联络的同志呀！老李目睹了自己的战友就义，却不能相救，自己的心在流血。"

二、银环原型——张淑文

金环在《野火春风斗古城》中性格是倔强与泼辣的，银环作为金环的妹妹，与她性格恰好相反。银环满腔热情对待同志，一心一意为党工作。她的某些脆弱和幼稚，是由于锻炼不够，这是她前进中的缺点。这样的人在内线工作里多是领导同志不可缺少的助手，重要消息他们先知道，重要文件归他们保存，重要人物的接头会面往往是他们做向导。我们能从小说中看到银环的成长与发展。在党的继续培养教育下，她会逐渐变成勇敢坚强的革命战士。同时，在表现抗日斗争艰险曲折的主线下，我们也能从银环这一人物看到杨晓冬与银环的爱情线索。情节中的红心戒指就是最好的体现。

张淑文是李英儒的夫人，也是一位曾经战斗在古城保定的老地下工作者，她被圈里人称为"银环"。

李英儒在阜平参与地下工作时，张淑文听从组织安排到了白洋淀。她在抗日临时中学学习，那里有个前哨剧社，主要工作是演剧、跳舞、唱歌，把农民都吸引过来看节目，向他们宣传抗日思想。如张淑文在《"银环"自述》里所说："我演过《小放牛》《放下你的鞭子》等剧，老乡们都很爱看。我们白天躲在地洞里，老乡们给我们打掩护，做玉米饼子，到晚上出来工作。那时是很艰苦的，地洞里阴暗潮湿，见不到一点儿阳光，可同志们仍很乐观，大家在里面有说有笑，没有一个叫苦叫累的，晚上出来工作，个个都精神饱满。"

日本投降后，他们又回到保定，直属晋察冀军区领导。不久，平汉线工作委员会成立，他们管北平、保定、石家庄等地区的敌伪上层工作，后又组织新二军工作委员会，李英儒任主任。这时的地下工作更加难做，张淑文在《"银环"自述》提道：

> 国民党特务到处都是，别看他们打鬼子不卖力气，可打起共产党来却非常积极。我们牺牲了很多人，那时往往是一人暴露就会牵连许多人。国民党的刑罚十分残酷，惨无人道。有的我们正常人连想都想不出来。男同志被捕了，敌人就用烧红的铁丝往小便里扎，女同志被捕，那就更不用说啦。但大多数共产党人都表现得英勇顽强，他们都有宁可站着死、绝不跪着生的精神，决不向敌人吐露半个字。在这样的严峻形势之下，我们的工作还是取得了很大的成绩。伪治安军四个师被蒋介石改编为新二军，归傅作义管，其首领刘化南被我们拉了过来。所以，在我军包围北平城时，他就主动与我们联系，要拉出来率先起义。1947年，我们还策动了定兴敌人的一个警卫连起义。我们终于迎来了保定的解放。李英儒这期间先后参加了攻打武强城、解放保定等三十多次大小战役、战斗。在战斗中，他作战勇敢，指挥果断，带领部队圆满完成了各项战斗任务。后来，他又随部队包围攻打北平，我留在保定照顾安排烈士家属们。

李英儒正是有了张淑文这样的革命同志兼爱人陪在身边，我们才看到了这样一个鲜活生动的银环。

题材的独特性和人物的典型性

正如军旅艺术家严寄洲所说："河北地方特色的小说人物，李英儒丰富的地下战斗生活，我本人的抗日战斗经历，全体演职人员为艺术奉献的职业追求，都是那部经典常演不衰的'法宝'……"

这部作品的巨大成功，首先在于题材的特殊性。《野火春风斗古城》所描绘的是1943年前后冀中日伪军占领下的省城保定的地下斗争生活，是在敌我力量极为悬殊的特殊环境和条件下的对敌斗争，斗争形势异常严峻、残酷，斗争环境异常险恶复杂，这就决定了这场斗争的特殊性。

作家在自身丰富的实际斗争生活经历的基础上，通过杨晓冬、金环护送首长过封锁线、智斗蓝毛、捉放关敬陶、金环被捕就义、杨晓冬狱中斗争及被地下党营救出狱等一系列惊险曲折、跌宕起伏而引人入胜的情节，艺术地再现了我地下工作人员在隐蔽战线上所进行的惊心动魄的斗争，显示了这条战线在削弱敌人、瓦解敌人，配合外线武装斗争方面所起的特殊而重要的作用，使我们对抗日战争有了更深刻、更全面的了解。这是李英儒在题材方面对中国当代文学的独特贡献。

其次，作品相当成功地塑造了以杨晓冬为代表的一批地下工作者的形象，表现了他们大义凛然、视死如归、"手中无寸铁，腹内有雄兵"的英雄气概。杨晓冬是作品的核心人物，他原是贫苦农家出身的青年学生，时代熔炉锻炼了他，进入省城做地下工作时他已是我党一名优秀的地方抗日武装和基层政权的领导人。他是这场地下斗争的领导者、组织者。作者把他放在种种艰难曲折的斗争中来展现他思想性格的多个侧面。他既有高度的政治觉悟、政策水平、组织能力,也有一个成熟战士的机智、沉着和果敢;既有面对敌人的威逼利诱而大义凛然、视死如归的英雄品格,也有深厚的母子之情、真挚的男女之爱及对同志细致入微的关怀。正因如此,这一人物才显得真实可信。作者虽然给了他最多的笔墨,但"我们可没有这么一种感觉,是杨晓冬个人在那里逞英雄"(叶圣陶:《读〈野火春风斗古城〉》)。

作品中的金环,也是一个光彩照人的形象。她是在"鬼子兵陷落城垣的那一年",带着妹妹银环"讨饭到千里堤"的,她宁可住五道庙讨百家饭,也不肯给地主做小。她后来嫁给一个长工,婚后不久便鼓动丈夫参军打鬼子。爱人牺牲后,她便带着孩子重回省城,移居郊区,按党的指示,秘密从事地下交通工作,并把妹妹银环安插在省城做内线工作。她经常巧妙出入于日伪炮楼、岗哨之间,护送干部、传递情报,成为我党一名非常出色的地下交通员。作品通过一系列细节,既显示了她热爱党和人民的思想觉悟,更显示了她机智、勇敢、泼辣、刚强的性格特点。后来,由于一个小小的疏忽被捕,她巧妙利用敌人之间的矛盾,几句话便置汉奸李歪鼻于死地,又全力掩护了我地下党争取的对象关敬陶。她的遗书充分表达了她热爱生命、热爱自由、热爱生活,但更爱党和她带领人民所从事的抗日救亡事业的伟大情怀。

其他像善良、热情、无私而略显软弱的交通员,金环的胞妹银环,革命的母亲杨老太太,鲁莽大胆、血气方刚的韩燕来,稚气活泼而又机灵心细的小燕,饱经风霜、略带世故而又热诚善良的周伯伯等人物,也都被塑造得较为成功,给读者留下了深刻的印象。另外,小说中朴实、生动、富于浓厚地方色彩和民族韵味的语言,也是这部长篇成功的重要因素。

从文学原著到影视改编

《野火春风斗古城》在 1958 年一经出版便轰动一时。1959 年，李英儒与总后勤部政治部宣传部的李天合作，将小说改编成电影文学剧本，北京电影制片厂获悉后，马上将剧本刊发在该厂创作的期刊上，准备拍成影片。与此同时，八一厂的导演严寄洲也看上了这部小说。当小说在《北京晚报》上连载时，他每一期都不错过。小说出版后他马上把书从头到尾又看了一遍。严寄洲在抗战时期曾参加过地下工作，对书中的人和事有着切身体会，故而萌生了把它拍成电影的创作冲动。1961 年，周恩来总理在全国文艺座谈会和故事片创作会上发表讲话，激发了电影工作者的创作探索热潮，八一厂正式决定改编并拍摄《野火春风斗古城》。由于李英儒是部队作家，所以，经解放军总政治部协调，北影同意把《野火春风斗古城》交由八一厂拍摄。八一厂指派严寄洲牵头编导该片，电影最终于 1963 年上映。

关于严寄洲与《野火春风斗古城》之间的故事，他本人回忆道："1963 年，那时正在流行一本书《野火春风斗古城》。我借书看了以后很感动。因为我本人在上海做过地下工作，在前方打过日本鬼子，在保定的敌后武工队还战斗过一段时间。我要感谢那段日子，如果没有战争经历，我就无法如此贴切地表现李英儒的小说，也无法贴切地表现那场发生在保定一带的抗日战争的独特之处。"

与李英儒共同改编电影剧本的经历，严寄洲也有无限的敬意："李英儒带我走过他在保定战斗过的每一个地方，讲战争中的故事。那里的人都认识他，也很尊敬他，但老李很谦虚，后来我们选了保定的莲池和几处地方取了部分外景。"

"李英儒的这部小说，用河北特色的语言，用自己亲身的战斗经历，唤醒了我记忆深处的东西，我很快地以银环的成长为主线，把洋洋洒洒几十万字的小说浓缩到了九十分钟的胶片上。"就这样，严寄洲作为电影编剧及导演把这一红色经典以影像呈现在世人面前。很快，电影中杨晓冬、金环、银环等一系列英雄的地下革命工作角色俘获了广大人民群众的心。

优秀的文学经典永不会过时，后人的继承与发扬也会日见日新。除 1963 年被改编成电影上映外，《野火春风斗古城》还多次被改编成电视剧出现在大众视野中。

李小龙作为李英儒的女儿，是 1995 年版二十集电视连续剧《野火春风斗古城》的导演，她对那场自己父辈们所亲历的战争有着自己的诠释和理解："1995 年，我重新对《野火春风斗古城》进行了电视剧改编。说动因，最主要的就是父亲的战斗精神鼓舞着我，那场民族战争中的爱国精神激励着我。父亲的身影在杨晓冬身上闪耀，母亲与银环融在一起。虽然我的父母亲从未承认过自己就是小说的主人公，但是在这个圈子里，人们早就习惯于这样称呼我的父母亲了。"

"小说中杨母的原型就是我奶奶，这一点我父亲是认可的。他回忆说，我的奶奶是在为儿子提心吊胆中成长起来的，为了儿子，为了家园，她开始掩护地下工作者，开始了地下工作，这一点与小说中的杨母是一样的。而父亲对奶奶一直有一种感激和愧疚。所以父亲以奶奶为模本把一位有血有肉的抗日老妈妈写成了。"李小龙谈起自己的奶奶时眼含泪花，"家人的奉献和真情，激励着我创作这部电视剧，其主旨就是反映那场民族战争，以及华北地区人民的牺牲、老一辈革命者的那种舍生忘死的精神、千万万老百姓的保护和支持。很多人打电话要求和我谈话，很多老革命、抗日老英雄看了电视剧后再次热泪盈眶……"

《野火春风斗古城》展现出地下斗争中我党与劳动人民的智慧，

他们经历着生死考验，以鲜血为我等后辈开辟了光明之路。如今，再来到古城保定，见到的已是一派繁华的景象。站在那段残存的古城墙下，满眼新时代的气息，正是欣欣向荣的景象，哪里还能寻到那场战火的烟尘？然而，无数先烈英勇抗日的传奇故事在这里传颂，中华民族不折不挠的民族生命力在这里植根。所以，在野火肆虐之后，当春风传送时，到处又是一片春天的景象。

让年轻的英雄青春不朽

——雪克与《战斗的青春》

几个年轻的女战士英勇地进行抗日斗争，不幸被抓进敌营，遇害了。因为小说描写得太过感人，在全国范围内引起热烈反响，很多读者强烈要求"不能让这些女英雄牺牲"。所以再版时，小说的结尾变成了游击队冲入敌营，救出这些女战友。这部小说就是雪克创作的长篇小说《战斗的青春》。

小说《战斗的青春》在"文革"开始前就发行了九十多万册。此后，这部小说被改编成越剧现代剧、连环画和电视连续剧，继续以不同的文艺形式讲述着抗日战争时期冀中平原可歌可泣的故事，讲述着那些年轻人从事的伟大事业和他们激烈的情感斗争。因为"战斗的青春"非常好地概括了故事内容，所以，这部书被改编成其他文艺形式时大多沿用了这个标题，没有更改。

雪克靠努力自学成为一名作家

小说《战斗的青春》初版于 1958 年 9 月，这是一部反映冀中人民抗日斗争生活的作品，作者雪克是河北籍作家。因为现今还有一位教授也叫雪克，近几年名气也很大，为了避免年轻读者把他俩弄混，在这里有必要先介绍一下这位作家雪克。

雪克（1919—1987），原名孙洞庭，又名孙振，雪克是他的笔名。他是河北省沧州市献县人，幼年在本村读过三年私塾，十四岁辍学，先后到吉林桦皮厂、交河县印刷刻字局做学徒。七七事变后，他回家乡投身革命。1939年加入中国共产党，历任献县七区青救会主任、献县青救会文教部部长、献县公安局情报干事、中共献县县委秘书、中共冀中八地委宣传部干事、党校支委，以及《晋察冀日报》《人民日报》记者。全国解放后，他历任国务院文委党委办公室主任兼人事处处长、中国文联办公室主任、中央音乐学院院长助理、天津音乐学院党委书记、天津市文联党组副书记、天津市社会科学院文学研究所所长等职。雪克于1958年开始发表文学作品，1962年加入中国作家协会，主要作品有长篇小说《战斗的青春》《无住地带》等。

1979年，在全国第四次文代会上，《战斗的青春》被列为新中国成立以来优秀长篇小说之一。很多人都困惑，一个只上过三年私塾的人有什么本领能写出一部如此成功的小说呢？还有，雪克已经进城当了领导，衣食无忧，为什么又要吃苦受累写这样一本大部头作品呢？他的文学经历对我们后来的写作者有什么借鉴意义呢？作家雪克生前也有人当面问过他类似的问题。其实，雪克是靠不懈努力学习成为一名记者、一位作家的。印刷刻字局当学徒给他打下了一定的文字功底，早年从事宣传工作又使他的写作能力得到了锻炼，而丰富的战斗生活又给他提供了宝贵的写作素材。

雪克说："我的第一部长篇小说《战斗的青春》出版后，许多朋友问我：'你怎么想起写小说来了？'这个问题，问得有意思。说真的，在抗战时期，我做过青年工作、公安工作，从来没有想到过要写什么小说。入城后不久，我在国务院文委和二办工作，事务繁多，忙得不可开交，也想不到这上头去。然而，在欢庆革命胜利的气氛中，在紧张的工作之余，我总会时时想念共同生活、共同战斗过的战友，特别是那些已经英勇牺牲了的同志。他们为人民献身的崇高精神、无私无畏的高贵品质、惊天动地的战斗业绩、神奇莫测的战斗故事，使我刻骨铭心，永远难忘。他们的音容笑貌也总是浮现在我的眼前，使我激动，使我感奋，并且渐渐产生了要把他们的崇高精神和传奇故事摹写出来、流传下去的愿望。旁听了全国第二次文代大会，所见所闻更加激发了我要把英雄和烈士们活生生的形象和他们的惨烈悲壮的斗争故事形诸笔墨、留在人间的创作冲动。我想，应当让广大人民群众特别是青年一代了解他们，敬爱他们，纪念他们，并且把他们作为自己的榜样，向他们学习。于是，从 1954 年开始，我断断续续地酝酿和构思，并利用业余时间一点一滴地写起小说来。到 1958 年，终于完成了《战斗的青春》的初稿。"

可以说，是对战友的真挚情感引起了雪克想要写作的激情，而参加文代会等活动，受到文艺工作者们的熏陶，更激发了他写作这部书的力量。对于我们年轻一辈的写作者来讲，多听多看优秀的文艺作品，多接触一些有成就有正能量的作家艺术家，是会对自己成长大有裨益的。

书中原型多取材于家乡抗日英烈

作家雪克的这部长篇小说《战斗的青春》不是凭空杜撰的。他是把抗日战争中家乡献县无数英雄人物可歌可泣的事迹用艺术的手法记录了下来。他书中的很多人物都是有真实原型的。

比如，著名的回民支队司令员马本斋的母亲白文冠。白文冠是献县辛庄一位正气凛然的烈士。她不幸被捕后，痛斥敌伪，坚强不屈，绝食而死，成为中国妇女的典范。

比如，献县后南旺村的小学教师、共产党员蔡芝朋。后南旺村小学靠近敌区。1940 年，九一八事变纪念日那天，蔡芝朋同志正在墙上写"打倒日本帝国主义"的大标语，"义"字还有两笔未写完，日寇已悄悄逼近他身边。在敌人的刺刀下，他不慌不忙将大笔饱蘸白灰浆，写完了"义"字的最后两笔，还打上了一个刚劲的叹号，才昂然而去。在敌人极端残忍的折磨下，他痛斥敌人，宁死不屈，英勇就义。

比如，孔庄的共产党员许景春等三位女干部。这三位女干部在战斗中不幸被捕。敌人诱降不成，便妄图以三人的生命与我方换取几千斤小米。但三位女共产党员甘愿被活埋而死，也坚持不许给敌人一粒米。

比如，七区游击队员朱洪如。朱洪如为掩护同志脱险，只身阻击数百敌人，直到战死在张柳西洼。

比如，高庄村长、张柳村妇委会主任。他们遭到敌人活埋。敌人埋一锹问一句，刺一刀问一句，追问谁是党员干部。他们视死如归，直到生命停止，没吐露一个字。

…………

1942 年 5 月的反"扫荡"中，冀中军区警卫部队一个连指战员为保卫领导机关全部战死在滹沱河边。第八军分区司令部的数十名干部战士，全部战死在古洋河边。

献县为国捐躯的革命烈士，是数也数不清的。当地涌现出了众多传奇式的英雄豪杰，为祖国立下丰功伟绩。

作家雪克这部《战斗的青春》真实地记录了献县人民在中国共产党的领导下，在抗日战争中英勇奋战、前赴后继、流血牺牲的事迹。读者从《战斗的青春》中的许凤、朱大江、李铁、秀芬、小曼等人的身上，可以看到这些英雄烈士的风范。

可以说，雪克所写的就是献县历史的一页。这些烈士不仅永远活在冀中人民的心中，而且永远活在雪克的小说里，受到人民的景仰和纪念。

真实而艺术地再现冀中抗日斗争

作家雪克的长篇小说《战斗的青春》出版后，引起了文艺界的热烈讨论，大多数意见认为作品真实艺术再现了冀中军民那段可歌可泣的抗日斗争。

《战斗的青春》这部小说从1942年日寇发动残酷的"五一大扫荡"写起。在日本侵略者灭绝人性的"扫荡"中，滹沱河边上枣园区的地方政权和抗日武装，遭到了毁灭性的破坏。新任区委书记许凤、游击队长李铁、妇女干部秀芬等，在极端困难的形势下，紧密依靠群众，在县委的支持与领导下，与敌人展开了艰难、曲折而复杂的斗争。他们一方面与日伪军斗智斗勇，一方面排除以县委副书记潘林为代表的右倾路线的干扰，同时战胜了潜伏在游击队内部的特务分子赵青及叛徒胡文玉的疯狂破坏。他们历尽艰难，终于打开了抗日斗争的新局面，抗日力量不断壮大，最终全歼了盘踞在枣园区的敌人。

这部小说的成功，首先在于它相当真实地描绘了冀中军民抗日斗争的残酷性、艰巨性和复杂性。在日寇发动的惨无人道的"五一大扫荡"中，枣园区委领导人大多牺牲，区游击队也被打垮，"扫荡"过后全区一片狼藉，干部群众群龙无首，惶惶然无所归依，抗日斗争环境急剧恶化。区游击队虽然在许凤等人的努力下重新组建起来，但面临的局面更加错综复杂。在外部，"扫荡"过后，敌人在本地区修炮楼、建据点、通公路、建立伪政权，使游击队活动更加困难。尤其是日军头目宫本，是一个"中国通"，异常狡猾，还有汉奸们为其出谋划策。游击队本来在人数、武器装备等方面就与敌人相差悬殊，碰到这么个凶险的日寇，对敌斗争就更加艰难了。在内部，由于斗争环境的严酷，中共党内两条路线斗争加剧，以县委副书记潘林为代表的右倾势力，一味强调合法存在，不要"刺激"敌人，对游击队活动形成掣肘；尤其是潜伏在游击队内部的奸细赵青及叛变失节分子胡文玉的疯狂破坏，更使斗争形势复杂化。但这支抗日武装，在以县委书记周明为代表的上级党委的领导下，在广大人民群众强有力的支持下，不断挫败来自内外两方面敌人的阴谋，他们以伏击战、地道战、化装奇袭、打入敌人内部等机动灵活的战术，不断巧妙地打击敌人。抗日力量在斗争中不断成长壮大，直至打开枣园据点，全歼了敌人。

《战斗的青春》这部小说故事情节紧张惊险、曲折复杂，具有浓厚的传奇色彩，真实而动人地反映了冀中军民艰苦卓绝、丰富多彩的抗日斗争生活。这是人们喜爱这部小说的一个重要原因。

这部小说还成功地塑造了一系列英雄人物的形象。他们的青春在民族战争的烈火中经受了血与火的考验，焕发出了更加耀眼的光彩。其中许凤的形象塑造得最为成功。许凤是小说的主要人物之一，枣园区游击队在艰苦斗争中成长壮大的历史，也是许凤思想性格的成长史。日军"扫荡"开始后，在区干部伤亡惨重、区游击队受重创，一时与上级又失去联系的情况下，眼看存留下来的为数极少的游击队员要自行走散，她陷入了深刻的矛盾中："自己是一个姑娘，能领导游击队吗？可是如果不管，任凭人们走散，这不是明看着自己的队伍瓦解吗？"许凤凭着一个年轻的共产党员的高度责任感，勇敢地挑起了重建和领导游击队的重担。她以战斗的行动告诉党员和群众："区委没有垮，它在领导斗争！"

从此，这个年轻的姑娘成了枣园区抗日力量的主要组织者和游击队的灵魂。然而她毕竟年轻，深感自己"懂得太少"，尤其是缺乏武装斗争的经验，而她面对的对敌斗争形势又是如此严峻复杂：县委副书记潘林右倾主义政策干扰，潜伏下来的特务、游击队指导员赵青的破坏，许凤前男友、原区委书记胡文玉的叛变投敌，日伪军及汉奸势力的空前嚣张等。这使得她和她所领导的游击队的对敌斗争变得愈加艰难曲折。许凤也是在这样繁复错综的斗争中不断变得成熟起来的。她以惊人的坚毅、果敢、冷静、智慧，度过了一个个难关，取得了一个个胜利。特别是她被捕后，又饱受了更为严峻的考验。面对日寇的刑逼利诱，她大义凛然，宁死不屈。她爱恨分明，痛骂民族败类赵青，怒斥卑劣无耻、叛变投敌的胡文玉；而对一同被捕的战友秀芬和小曼则关怀备至，鼓励她们"要争取活着出去"。小说还突出写了她和群众的鱼水关系，这是她智慧和力量的源泉。同时，小说还用较多篇幅写了她和胡文玉、李铁的爱情，写了她经历了感情上的痛苦和矛盾，最终在战斗中找到了爱情的归宿。这就使得这个英雄形象既高大而又有血有肉，可敬、可亲、可信。

李铁是小说中另一个重要人物。他原是县大队手枪队成员，"五一大扫荡"后被派往枣园区任游击队长。他对党忠诚、作战勇敢、足智多谋，有丰富的武装斗争经验，同时为人直率坦荡。他与许凤团结一心，共同应对各种危险复杂的局面。他带领游击队伏击敌人、智取据点、虎穴锄奸、解救群众，为打开枣园区对敌斗争的新局面立下了汗马功劳。在许凤与胡文玉决裂后，李铁成为许凤的爱人和战友。在许凤被捕后，他率领新编的第七支队和区游击队，一鼓作气，彻底捣毁了枣园据点，全歼了敌人。

小说中的其他人物，像县委书记周明及英雄人物秀芬、江丽、小曼、窦洛殿等，也都给人留下了较深的印象；几个反面人物，像奸猾狡诈的宫本、凶残可怖的渡边及奸细赵青、叛徒胡文玉，也都刻画得较为出色。

当然，文学界对《战斗的青春》的批评意见也是比较中肯的，认为这部小说还存在着不足，如对党内两条路线斗争的描写流于表面，缺乏说服力；情节结构上缺乏更多的起伏变化，叙述方式也较为单一；另外，对叛徒胡文玉的阴暗心理挖掘不深、暴露不充分等。

这些缺点虽经作者多次修改，比初版时有较大改进，但仍不同程度地存在着。

小说出版前后的坎坷经历

说起《战斗的青春》这部书的出版，还有一些鲜为人知的故事，对它的评价更是像坐着过山车一样忽上忽下。

1958 年夏天，上海新文艺出版社一编室主任刘金同志突然咳血，医生建议他到江湾疗养院休养。临走时，有关同志告诉他，有部长篇小说叫《凤姐》，基础不错，但因作者是新手，需要做大量的编辑工作。刘金听后，就把稿子带走，自告奋勇当责任编辑。刘金一接触作品，就被小说生动的艺术形象和惊险曲折的故事情节所吸引，他一边审读，一边修改，进行文字加工，把自己的休养任务也忘了，弄得疗养院有关同志向他提意见。刘金废寝忘食、日夜加班，花十多天时间把三十多万字的小说编辑好了。因小说中人物许凤、李芬、小曼及李铁等英雄人物都青春年少，所以刘金建议更名为《战斗的青春》，作者雪克欣然同意。刘金还建议出版社立即发排，先出普及本，大量发行，出版社也采纳了这一建议。

小说出版后受到读者热烈欢迎，短短两三个月，十二万册销售一空。但同时也有一些不同的意见出现了，主要是叛徒胡文玉形象的塑造及许凤同他关系的处理，有人说它"至少有政治错误"。

面对这种形势，责任编辑刘金同志据理力争，撰写文章，多方奔走。他说这部小说粗疏之处是有的，但他仍然认为，这些统统不过是细枝末节的问题，而不构成什么"思想原则的问题"，整部小说是应当被充分肯定的。正是在他的努力下，在上海市委宣传部的支持下，《战斗的青春》才躲过一劫。

反复修改的人物命运和历史沉浮

《战斗的青春》这部小说及相关人员的遭遇，与书中对人物的描写有很大关系。

小说在写活了几个极坚强、极富有个性的英雄人物的同时，又成功地刻画了一个隐藏在革命队伍里面的内奸和一个叛徒的形象。尤其是叛徒胡文玉的形象，责任编辑刘金认为写得好，别具一格，完全脱出了公式化、脸谱化的窠臼。刘金认为，胡文玉在大"扫荡"的生死关头动摇变节，后来又公开投敌。而当日军据点即将被游击队攻下之时，胡文玉又想打死日军大队长渡边，以求得人民的宽大。结果，没有打死渡边，自己反被渡边打死了。刘金觉得这样写是入情入理的，不存在美化叛徒的问题，也绝不会引起读者对叛徒的同情和原谅，因此压根儿没有想要去改动它。

让作者雪克和责任编辑刘金没想到的是，《战斗的青春》出版后不久，就有人说这本书有比较严重的"问题"。有的说，英雄人物许凤不该和叛徒胡文玉相爱；有的说，许凤被捕后，胡文玉去诱降，许凤听了胡文玉痛哭流涕的表白以后，"心如刀刺，热血沸腾"，是感情上动摇了，说许凤在狱中对秀芬说"活着是多么好啊"，是一种"活命哲学"，却根本不顾上下文许凤说得明明白白：活着是为了战斗。更严重的说法是，小说美化了叛徒，宣扬了叛徒也会回心转意的"叛徒哲学"……

对此，刘金等人认为，许凤和胡文玉相恋时，胡文玉是区委书记，与许凤一起战斗，还没有变节，他成为叛徒后许凤与他决裂并对他进行了严厉斥责。刘金说："我认为这样写胡文玉是充分现实主义的。胡文玉向许凤痛哭流涕，表白爱情，目的是要软化许凤、诱降许凤。这一点，作者是清楚的，读者也是不难看透的。因此，说'作者的意图是说明叛徒胡文玉……对许凤的爱是赤诚的'，说作者'在给叛徒脸上搽粉'，那是完全的误解和曲解。至于胡文玉在日寇即将败亡之时，想打死渡边以自赎，求得人民的宽大，这是一个濒于灭顶的人想捞救命的稻草，而不是什么回心转意。这样写，不会使读者对叛徒产生同情和谅解，也是无疑的。"

尽管如此，1960年2月，雪克还是按照出版社所提意见，将《战斗的青春》修改了一遍，同年6月印行新一版。新一版改动了一个重要情节，就是小说的结尾。初版中，枣园据点打开时，许凤、秀芬、小曼三人越狱未成，被敌人杀害了。许多读者看完小说后写信给作者，要求"让三姐妹活下来，和我们一起建设社会主义"。雪克不忍违背广大读者良好的愿望，终于让三姐妹在千钧一发之际，被冲进据点的游击队战士从枪口下抢救出来了。

新一版发行后，又有读者给作者雪克写信，说："本来我读到三姐妹牺牲时非常激动，改成现在这样，反而不感到激动了。"这样的反映多了，雪克同志又犹豫起来。到印新二版时，又把结尾改回到初版的样子去了。

如今，小说《战斗的青春》已成为红色经典，累计发行量超过两百万册。1979年，在全国第四次文代会上，该书被列为新中国成立以来优秀长篇小说之一。以这部小说为蓝本改编的文艺作品有很多，比如1962年改编的越剧现代剧、2009年改编的电视剧、2009年改编的连环画等。由小说改编的电视连续剧《战斗的青春》被中宣部特别推荐为庆祝新中国成立六十周年重点电视剧规划（五十部）之一，以及国家新闻出版广电总局首推的十部国庆六十周年献礼电视剧。

之后，据《战斗的青春》改编的一些文艺作品中，英雄人物许凤等人并没有死，而叛徒胡文玉不是在诛杀日寇时反被日寇所杀，而是被英勇的游击队长李铁处死的。尽管这些剧情已经离真实的原型故事很远了，但那些年轻的英雄形象还是留在了冀中烽烟四起的战斗岁月里，留在了读者们的美好愿望里。《战斗的青春》，让年轻英雄们的青春得以不朽，也让自身在中国当代文学史上赢得了一席之地。

一位虎胆英雄谱写的热血壮歌

——冯志与《敌后武工队》

他们是冀中平原的传奇。他们头戴白毛巾，带领人民破线、保粮、打炮楼，是老百姓的守护神，更是对付敌人的"袖中利剑、怀中匕首"，他们就是敌后武工队。六十多年前，这部讲述抗日战争时期武工队战斗经历的著作——《敌后武工队》甫一出版便在全国引起轰动，成为一部红色经典之作。魏强、杨子曾、刘太生、贾正、汪霞的名字也逐渐从书上走入连环画、评书、话剧乃至影视舞台，成为许多人心中的偶像。

这部著作的作者冯志，同样是位传奇人物，他就是书中机智勇敢、年轻有为的主人公魏强的原型。曾任武工队第一小队队长的他，带领武工队的队员们杀鬼子、锄汉奸、惩恶霸，以自己的切身经历为蓝本创作了这部长篇小说《敌后武工队》，为我们展现了一部波澜壮阔的敌后抗战史。

"如果说是我写的，倒不如说是我记录下来的"

那是一个战火纷飞的年代，冯志在小说的开头写道："1942年5月1日，冀中……这块拥有八百万人口的抗日民主根据地，突然遭到了一阵地动山摇的大风暴：敌酋冈村宁次指挥七八万精锐部队，从四面八方来了个铁壁合围，轮番大'扫荡'。这就是冀中有名的'五一突变'……"

在这场"五一突变"中，侵华日军纠集日伪军五万余人，在空军的配合下，出动坦克、装甲车几百辆，由其华北驻屯军司令冈村宁次亲自指挥，对冀中抗日根据地发动了疯狂的"拉网"式的大"扫荡"，实行野蛮的"三光"（烧光、杀光、抢光）政策。之后，以保定为中心的冀中地区"碉堡林立、沟墙如网"，成了日伪所说的"确保治安区"。在这里，敌人建立了伪政权、"维持会"、"防共团"，还有遍布各村的情报联络员。这里成了敌人的天下，鬼子、伪军、汉奸、特务们气焰嚣张地"胡乱窜"。正是在这样的残酷环境中，在大部队无法开展活动的"敌后的敌后"，武工队诞生了。其全称为"武装工作队"，因其活动区域主要在敌后，又称"敌后武工队"。

武工队的任务主要分为三部分，分别是宣传战、打击与改造伪政权、建立秘密关系据点。在日占区，毫无疑问中国人生活得极其痛苦，在这样的情况之下，信心就显得非常重要。武工队就起到这样的作用，向敌占区的中国人传递胜利的信心。

冯志的小儿子、河北省知名导演冯刚，说起当时武工队队员的组成，他颇为自豪："能参加武工队的都是部队里的骨干，首先必须是班以上干部，第二必须是共产党员，还得有作战经验。作战范围在保定外围，包括清苑、蠡县、高阳、博野、徐水等地。武器装备也很精良，大队总兵力在八十人以上，一个小队二十多人，配备一挺轻机枪、一个掷弹筒、四支冲锋枪、十几支马步枪，外加每人一支驳壳枪。所以说，这支队伍不同于一般的抗日武装组织或游击队，是一支精锐部队。因为环境恶劣，他们的工作开展起来十分艰难。父亲曾说过，在这种地区执行党的政策，必须做到一步一个脚印，丝毫不能含糊。不然，不仅自己完不成任务，给党造成难以挽回的损失，还很有可能会被敌人吃掉。"

当时的冯志就在冀中第九军分区工作。当得知部队要组建一支精悍的武工队深入敌后时，他积极报名要求参加，于同年8月被选拔任命为武工队第一小队队长。"《敌后武工队》如果说是我写的，倒不如说是我记录下来的更恰当。"在书的前言中，冯志这样说。

"在那尖锐复杂的对敌斗争中，冯志经受了锻炼和考验……"冯志的爱人苑莎在《忆冯志同志》的文章中写道："他常说：在敌后武工队的日日夜夜，留下的印象是难忘的，异常残酷而又充满胜利信心的战斗生活，杀敌英雄们的非凡业绩，使我深深地感到党的伟大，人民的伟大，毛主席的人民战争思想的伟大。"

正是参与了这场"残酷而又充满胜利信心"的战斗，冯志笔下的故事才那么震撼人心，人物才那么鲜活生动。小说以武工队的活动为主线，写了他们在冀中人民群众配合下，在极其险恶的环境中与日伪军及汉奸特务斗智斗勇的战斗历程。虽然这支队伍人数少，但由于所有队员个个"都是九分区部队的金疙瘩，富有战斗经验的班排干部"，所以他们特别能战斗。小说正面描写的战斗大大小小有三十多次，他们在敌我力量对比极其悬殊的情况下，在敌人控制非常严密的地区伏击日军、巧拿炮楼、智锄汉奸、化装突围、策反伪军、解救群众，常能逢凶化吉、出奇制胜。经过三年多艰苦卓绝的斗争，终于迎来了抗日战争的胜利。

身经百战的冯志和小说主人公魏强

抗日战争时期，武工队队员们深入敌后，在日本人占领的地区，勇敢无畏，完成了一个又一个看似不可能完成的任务。奇袭南关火车站、火烧梁家桥、入虎穴活捉哈巴狗、智擒松田和刘魁胜……书中这些经典的片段，脍炙人口，令人称奇。而以魏强等为代表的抗日英雄们的形象更深入人心。

古往今来，很多作家首部成名之作，往往是写自己亲身经历的事情。冯志就是其中之一，《敌后武工队》中英勇善战的武工队小队长魏强，就是他本人。在小说中，冀中军区九分区派魏强、贾正参加敌后武工队，杀回冀中。他们分析敌情，认为"三光"地区的哈巴狗、侯扒皮、刘魁胜三个汉奸，是保定宪兵队队长松田的心腹，必须首先打击他们。于是他们开展了一系列行动，上演了一段段精彩感人的故事。魏强是武工队小队长，尽管职位不高，但他一心为党为民，积极组织并充分依靠当地群众，带领武工队队员们拔炮楼、打车站、摧毁敌人的运输线，杀日寇，锄汉奸，惩恶霸，机动灵活地运用各种方式打击瓦解敌军，被老百姓誉为"敌后神八路"。

魏强有勇有谋，指挥有方。苑莎曾说，"魏强"取自"为了抗日武装强大"之意。魏强在几次伏击敌人的斗争中，显示出他的智慧和才能；在策反梁邦、田光等事情中，表现了他的政策水平；在奇袭南关火车站、巧夺黄庄、离间敌伪、生擒松田和刘魁胜等一系列的斗争中，又体现了他的勇敢坚强。他的言行充分显示了一个共产党员和人民战士的崇高品质，是一个比较成功的艺术形象。在小说中，哈巴狗是个人人痛恨的汉奸，武工队员对他深恶痛绝，在活捉汉奸哈巴狗的斗争中，魏强率领武工队队员进行埋伏，巧妙地活捉了他。但趁人们欢庆之时，"哈巴狗打着滚钻进大腿深的麦地里逃走了"。哈巴狗逃回保定，通过老婆和大汉奸刘魁胜的关系，竟受到了保定宪兵队队长松田赏识，还当上了夜袭队员。这时，魏强他们利用松田对哈巴狗的怀疑，制造矛盾，结果，哈巴狗这个死心塌地的汉奸被松田一枪毙命。

魏强就是冯志的化身，当时冯志是武工队第一小队队长，他带领队员们同日伪军进行了复杂艰苦的斗争。正如冯志在书中前言所说："书中的人物，都是我最熟悉的人物，有的是我的上级，有的是我的战友，有的是我的'堡垒'户；书中的事件，又多是我亲自参加的……"战斗的岁月，火热的生活，既成为冯志战斗生涯生动的写照，又成为他创作的动力源泉。这也许就是他的作品富有传奇性的生活气息和浓郁的地方特色的原因吧。

战斗是残酷的，冯志也为此付出了血的代价，曾三次受伤。他的二儿子冯援曾说："战斗生涯也给父亲留下了许多'纪念'，他的左锁骨曾在白刃战中被刺刀挑断，左手食指被扎残，头部、胸部也都曾中过弹。但父亲都一次次挺了过来，并带领武工队队员们拔炮楼、杀鬼子、锄汉奸，这些对敌斗争的事件后来都成为他小说的主要章节。"因屡立战功，冯志曾荣获冀中军区颁发的"五一"一等奖章。

这其中还有一段神奇的经历，冯志最疼爱的小儿子冯刚曾讲过，有一次，父亲从军区开完会，回来的路上，正好碰上日本鬼子，机智的他一闪身，钻进了路边的一堆麦秸垛里。鬼子怎能轻易放弃？走过来用刺刀一点儿一点儿地挑起那些麦秸。躲在里面的冯志，听着鬼子的脚步近了，就抬起了手中的驳壳枪，感觉鬼子就近在眼前，果断地扣动了扳机。戏剧性的是，这一枪竟然没有响，冯志的心提到了嗓子眼。可是，他听着过了一会儿，鬼子的脚步竟然走远了。他从麦秸垛里出来的时候，才发现原来是枪被麦秸秆卡住了，从而奇迹般地逃过了这一劫。

更为神奇的是，在冯志任小队长期间，武工队队员没有一个牺牲的，在当时残酷的形势下，"这可以说是一个奇迹"。

作品时隔十四年后问世

冯志的一生跌宕起伏，充满传奇。1944年，冀中分区敌后武工队圆满完成了它的历史使命，冯志被调到冀中三纵队前线剧社工作。曾经战功赫赫的冯志把这里当作自己战斗的新"阵地"，放下手中的枪，拿起了笔，深入到部队，搜集鲜活的素材，写成一篇篇稿件宣传我军事迹和精神。但《敌后武工队》的出版发行却是在1958年。

刚刚经历了惊心动魄的敌后武工队生涯，为什么不在当年完成创作呢？对此，冯志在书中前言中提道："十三年前的那年冬天，也正是日本鬼子刚刚投降三个多月，在集宁驻防时，我就想抓起笔来，将武装工作队在敌占区和敌人酷斗、鏖战的一大段生活写一写。党组织给了我力量，鼓励我写下去，同志们也以最大的关怀要我去写。但是，由于当时的文化、政治水平很低，而主要的是蒋介石又点起了内战大火，所以想写的念头，不得不暂时放下，去参加解放战争。"

冯志是在部队的大熔炉中成长起来的。1923年7月，他出生于河北静海（今天津静海区）一个普通的农民家庭。他自幼父母双亡，家境贫寒，只读过四年小学。七七事变爆发后，年仅十四岁的冯志参加了八路军。他被分配在冀中九分区，在政治部首长伍辉文身边当警卫员。当时的冯志个子还没有一杆枪高，但却是一个机灵鬼，伍辉文经常给他讲红军长征的故事，讲革命的道理。十五岁，他就加入了中国共产党。

在伍辉文的帮助下，冯志开始主动读书学文化，并在其指导下写心得，写日记。他永远记得伍辉文的教导："咱们八路军就是个大学校，要一边打仗，一边学习，只要肯钻研、肯用心，就能做到文武双全。"

冯志怎么也没想到自己一个小学四年级文化水平的人能够拿起笔杆子。他记得自己刚开始写的日记就像流水账，每天都是起床、上操、开饭、工作，最后熄灯睡觉。伍辉文看了，教导他："日记要写工作、生活、学习中有感受的事。比如，我们打了胜仗，缴获了许多武器，你怎么想？日寇飞机轰炸村庄，群众受了损失，你又怎么想？把这些感想写下来，有趣的事还可以写成快板、唱词。这样坚持下去，日后翻出来，能看到自己成长的脚印、思想的变化，很有意思。"

冯志记在心里，更落实到行动中，写作水平逐步提高。后来，他开始做机关墙报，伍辉文都一字一句、手把手地教他。那时的冯志就暗下决心："一定要像首长那样努力学习，既要学会拿枪打敌人，也要学会拿笔写文章。"

1944 年，冯志被调到冀中三纵队前线剧社，放下手中的枪，正式开始"拿笔写文章"。刚开始，他精心雕琢的稿件经常被退回来。但作为一名曾驰骋战场的战士，他没有灰心，坚持写下去。终于，报社编辑关注到了他写的《英雄连长王志杰》，特意找到他一起讨论，前后修改了四遍，这篇特写最终登在了《前线报》上。

功夫不负有心人，在编辑的指导下，不久，他又相继写了报告文学《神枪手谢大水》、通讯《团结模范高永来》，还有小剧本、诗歌、歌词、快板等。日本投降后，国民党发动内战，他和战友合写了一首歌《反对蒋介石的鬼名堂》，很快就在部队流传开来。解放战争开始后，他又创作了一首四声部大合唱《保卫解放区》。他还和战友共同创作了《打骑兵之歌》："敌人骑兵不可怕，沉着隐蔽来打它……"战士们唱着这首歌，冲锋陷阵，打垮了国民党的精锐骑兵。

而在那段日子里，冯志的心一直被当时的那段战火岁月所激励，一直被战友们的故事所感动，这也成为他要写这部著作的动力："我所以要写《敌后武工队》这部小说，是因为这部小说里的人物和故事，日日夜夜地冲激着我的心；我的心被冲激得时时翻滚，刻刻沸腾。我总觉得如不写出来，在战友们面前似乎欠点儿什么，在祖国面前仿佛还有什么责任没尽到，因此，心里时常内疚，不得平静！"

在此期间，一直让冯志不能平静的《敌后武工队》也初露端倪。如护送干部过铁路，成了《护送》；惩办汉奸侯扒皮，成了《打集》；攻克保定南关火车站，成了《化装》。经过修改，这些材料后来都成了长篇小说《敌后武工队》的重要章节。

1947 年冬，冯志进入华北联合大学中文系学习深造，毕业后于1949 年调任新华社河北分社记者。新中国成立后，冯志于 1951 年调到河北人民广播电台工作，历任编辑、记者、科长、文艺部副主任等职。工作之余，《敌后武工队》的创作征程正式开启。

妻子苑莎回忆中曾说，当时他们在保定，只有一间房。为了专心写作，他们把这一间房用砖隔起来，分成里外两小间。冯志把里间当成书房，一心一意写他的小说。那时的冯志工作很忙，晚上经常需要采访或开会，"但不管多晚回来，他都给自己定了条铁纪律：天天动笔。有时写到激动处，笔舍不得搁下，常常通宵达旦，第二天还得照常上班。"冯志是被心中的意念鼓舞着，坚持着。所以在有人给他泼冷水，说他"别受这个罪了，工作这么忙，何必自讨苦吃？"时，他异常坚定地说："不能搁笔，这不是我个人的事。写不出来对不起那些杀敌立功的战友，对不起坚贞不屈的人民！"

忙碌了一天的工作后，夜深了，爱人和孩子们都睡了，他还在奋笔疾书。"睡着睡着，他有时会猛地坐起来，抓过纸笔记下点儿什么。或者披上衣服出屋，良久不归。有一次我出去找他，原来他正坐在房上观察月亮，说是想看看新月是什么样的。"苑莎曾这样讲述冯志的创作故事。而印象最深的则是有一天深夜，冯志写到小说中刘太生壮烈牺牲的情景，竟失声痛哭起来，见妻儿都被惊醒了，他解释说："这样的好同志死了，什么时候想起来都难过。"

五年的坚持，五年的努力，终收获硕果。三十余万字的《敌后武工队》初稿在 1956 年完成。后经广泛征求意见，冯志几经打磨，把初稿先改成了五十余万字的修改稿，最后又精缩到三十七万字。这次修改历时两年，1958 年，由解放军文艺出版社出版的长篇小说《敌后武工队》终于问世，并迅速在文坛掀起了一阵红色旋风。

书写完了，冯志却积劳成疾，不久就病倒了，但他仍然坚持写作，后来又相继创作了《前线文工队》《地下游击队》《成长曲》三部长篇小说的初稿，但遗憾的是还未来得及修改和出版，就在"文革"中遗失了一部分。1968 年 11 月，冯志不幸逝世，年仅四十五岁。1980 年 1 月，组织为其平反，恢复了名誉。

小说中的英雄群像和原型人物

除了魏强，小说还塑造了刘太生、贾正、杨子曾等英雄形象。而他们在现实生活中也都有原型。

冯志曾在文章《我写的〈敌后武工队〉里的人物和故事》中写道：书中的人物，"都是我最熟悉的人物"，"作战勇敢、粗中有细的贾正，他的真名叫贾正喜，缺少两个门牙倒是真的。那是他在一次战斗中，和敌人拼刺刀时被磕掉了的。他是徐水县人，解放战争期间，他因病复员了"。

而贾正喜老人如今还健在。他 1939 年参加革命，先是在冀中军区十八团当战士，后来入了党，当了排长。1942 年，九分区成立敌后武工队，贾正喜被选中参加，后来当了副分队长、分队长。与冯志是同甘共苦的战友，共同参加了武工队的三十多次独立战斗，见证了武工队的发展历史。他曾提到他的门牙是在打博野邓庄儿的战斗中被手榴弹炸掉的。那是 1941 年的夏天。那次战斗中，敌人占据有利地形，在上边，而他们在下边，要架起梯子爬上去，但不幸的是，梯子从中间折了，战士们都摔了下来。这时敌人从上边扔手榴弹，有一个手榴弹落在地上半天也不响，贾正喜就去看。一看坏了，正冒火呢！他赶紧躲，手榴弹"轰"的一声炸了，他的门牙就没有了。在长期艰苦激烈的战斗中，贾正喜身体多处负伤，特别是头部重伤，他已不能继续作战。

1946年部队精简整编时，组织上安排他退役，转到地方政府工作，但他觉得自己文化低，干不了事还耽误事，就主动要求复员回家了。回乡之后，贾正喜先后担任过村民兵连连长、治保主任、村支书，领导群众开展土改斗争。新中国成立后，他又长期担任村支书、大队长、公社党委委员，带领群众跟党走，搞互助组、合作社、人民公社。此外，他还不忘对后人进行革命传统教育，经常受邀到一些机关、厂矿、部队、学校作报告，讲述那段惊心动魄的历史和出生入死的战斗往事……

队长杨子曾，真名叫杨寿增，当时他是武工队的队长兼政治委员，其形象和性格与书中没有什么两样。不过，他肺里并没有一颗子弹。

沉默寡言、遇事静思、战斗起来赛猛虎，说话脸红像姑娘的赵庆田，真名叫周庆田；遇事好打听，号称"访员"的辛凤鸣，真名叫辛宝连。这两位同志在解放战争刚开始，都在晋察冀军区野战八旅三十七团担任了指导员，以后都牺牲了。

而冯志比较喜欢的刘太生则是集中了几个相似性格的队员身上的优点。"他那五大三粗的形象，勇敢而稍有马虎的劲头取之于魏福生同志；他那身陷重围、毫无惧色的胆魄，取之于魏树槐同志；他那敢于正视自己的错误，勇于改正的老诚态度，取之于边耀祖同志。"

"为什么我能把刘太生写成这样，是我在战争的年代里，特别是抗日战争时期，见过很多像刘太生这样的孤胆战士。"冯志说。刘太生刚随武工队来到敌后，便知道了母亲被敌人杀害的消息，这个不论行军、打仗多苦多累都整天乐呵呵的硬汉，"眼泪像断线珠子一般，哗哗地朝下流"。但是，"他知道不早一天把鬼子赶出中国去，不知有多少母亲还会死在敌人的手下"。因此，他在对敌作战中格外的勇敢、顽强。

小说第六章写刘太生单独外出执行任务返回途中，遇上了大队的敌人。他在给敌人造成大量伤亡后，与路上和他巧遇的何殿福一起被敌人包围在一口安装着八卦水车的水井上。"他俩占的这块五六平方米大的地点，好像出了活佛的圣地，四周围炮楼、据点的敌人都先后跑出，往这里朝拜。敌人越来越多，手枪、步枪、机关枪，密密匝匝地围了个转遭转"，但"刘太生蹦蹦跳跳，东打西射，全无一点儿惧怕劲头"。这使得亲眼看到他战斗风采的何殿福对他"打心眼里起敬，他觉得这个八路军不是普通人，就像浑身都是胆、大战长坂坡的赵子龙"。最后，在何殿福的带领下，他从井里走秘密地道安全脱险。小说通过对刘太生多次与敌人的战斗及生活场景的描写，展示了他机智、勇敢、顽强的战斗风采和朴实、诚恳、有理想的优秀品质。最后在与敌人夜袭队的遭遇战中，由于子弹"哑了火"，刘太生被三个敌人同时按住，他毫不犹豫地拉响了身上的手榴弹，与敌人同归于尽。

既然在冯志当武工队小队长期间，没有队员牺牲，那么为什么在书中刘太生牺牲了呢？冯志提道："我大概是太爱他了！当时写这一节（刘太生牺牲），并没想到他会死，也不想让他死。""情势的发展，敌人的逼近，他又是那样的热爱集体，一心想阻挡住敌人，保护战斗的完全胜利，在打枪哑火、弹投不出的一刹那，为了背后的同志们的安全，他猛拽手榴弹弦，和敌人同归于尽了，这样壮烈的牺牲，并不是我的目的，我的目的是塑造这样一个武工队队员的英雄形象，是让读者对武工队更加热爱、赞扬、钦敬，对敌人更加鄙视和仇恨。"

书中的赵河套大伯，也是冯志喜欢的人物之一。"这样的大伯，当时在冀中到处都能见到。特别是遇到紧急关头时，他真的挺身而出，像保护自己的儿女那样保护八路军和抗日工作人员。"书中塑造的赵河套大伯就是将无数个耿直、倔强、坚持热爱共产党、誓死支持八路军、相信抗日战争能获胜的有共性的大伯，集中在一个人身上塑造的。全面抗战爆发时，赵河套恨自己年迈不能亲上前线为国效劳，甚至想把十四岁的儿子送去参军。无奈儿子太小，人家不要。好不容易等到1941年，他便毫不犹豫地把刚满十八岁的儿子送到队伍上。他不仅带头交公粮，而且与抗日干部、武工队员亲如一家。他与老伴儿一起为游击队站岗放哨，爱护子弟兵如同父母，最后他为掩护武工队队员惨遭敌人杀害。他那强烈的爱国心、鲜明的爱和憎、朴实而又倔强的性格，令人起敬，难以忘怀。

小说中的这些人物，构成了一个英雄的群体，并用他们的具体行动，谱写了一曲中国人民英勇抗日的爱国主义乐章，这乐章响彻中国大地，激励着中国人民的斗争，这正是这部小说的艺术魅力之所在。

在小说《敌后武工队》中，有两个反面人物让广大读者印象深刻，即两个汉奸——哈巴狗和刘魁胜。这两个汉奸协助日本侵略者烧杀抢掠，无恶不作。这两个人是真实存在的，哈巴狗真实姓名叫丁化成，夜袭队队长刘魁胜真实姓名叫张万胜，这两个人都是铁杆汉奸。

《敌后武工队》历久弥新的经典意义

1958年，长篇小说《敌后武工队》甫一出版，便在全国引起轰动。在抗日战争时期，有个地方的八路军神出鬼没，让日寇闻风丧胆，他们就是冀中平原的敌后武工队。他们一时家喻户晓，妇孺皆知。而书中塑造的魏强、杨子曾、刘太生、贾正、汪霞也成为人们津津乐道的英雄人物。

后来《敌后武工队》还被翻译成英、法、日、朝鲜、哈萨克等多种文字出版。1959 年，它被杨田荣改编为同名评书，6 月 28 日起在鞍山人民广播电台播讲，1963 年再次播出；此外，它还被袁阔成等改编为同名评书播讲，风靡全国；1960 年，它被陈庚、曹惠改编为五幕八场话剧上演；1973 年，它被天津人民美术出版社改编为同名连环画出版发行；1995 年，它被长春电影制片厂改编摄制成同名故事片，在全国公映；它于 1988 年、1999 年、2005 年，分别三次被改编摄制成八集、二十集、二十六集同名电视连续剧，播出后风靡神州，进一步扩大了小说原著的影响力。

《敌后武工队》的连环画是由上海画家李天心老师历时四年（1960—1963）创作完成，是中国连环画宝库里永久的经典之一，受到全国读者的喜爱，成为那个年代少年儿童最难忘的记忆。《敌后武工队》成为"长征画家"沈尧伊插图的一部力作，被用在外文出版社英文版，受到国内外读者的赞赏。

《敌后武工队》这一部红色经典小说，穿越历史的尘埃，如今仍历久弥新，今天以及将来必将继续激励中国人民在发展的征程中勇往直前，奋勇前进。它热情地讴歌了中国人民的伟大斗争精神、强烈的爱国主义精神，赞美了中国军民在顽敌面前百折不挠、刚毅不屈的高贵品质，表现了中国人民必胜的坚定意志和信心。

《敌后武工队》作品突出描写了八路军武工队在与强敌斗争中表现出的机智灵活和随机应变的战略战术。这支小小的武工队要深入到敌人控制最为严密的保定及周围地区开展武装斗争，虽然队员们个个特别能战斗，并且有区县干部的配合，有何殿福、河套大伯那些群众的支持，还有被称为"小延安"的西庄那样的秘密根据地，但他们面对的是超出自己几十倍、几百倍的日伪军及汉奸特务。残酷的斗争形势和险恶的斗争环境，决定了他们的斗争方式和手段非同寻常，他们必须要审时度势、机动灵活、随机应变，打要干净利落，走要神速诡谲。他们常常昼伏夜出，利用夜色、地道、青纱帐，神出鬼没地打击敌人；白天则多用化装，真真假假同敌人周旋；也常利用矛盾分化敌人、打击敌人。冯志就是在这样生活真实的基础上，结合自己的亲身经历，演化出一系列带有传奇色彩的对敌斗争故事。如刘太生只身战群寇并绝处逢生；武工队被敌重兵围在小庄，靠化装实现突围；在梁家桥，真死人假出殡，利用路祭巧歼日军；为营救被捕的干部刘文彬、汪霞，武工队队员扮成鬼子兵劫走刑车等。作品正是通过这些被艺术化了的传奇人物和曲折生动的故事，来反映那段令人难忘的战斗生活。

这部小说的情节是很曲折的，故事从武工队炮轰中闾镇侯扒皮开始，接着写独胆英雄刘太生智斗松田，贾正智杀侯扒皮，武工队奇袭南关火车站、巧夺黄庄、火烧梁家桥，直到魏强等智擒松田、刘魁胜为止，起伏跌宕，很有传奇小说的色彩，故事性极强，这也是这部小说的魅力之所在。

长期以来，专业人士对小说《敌后武工队》的评价甚高。北京大学教授、博士生导师洪子诚认为："作品故事性强，并且有吸引力；语言通俗，群众化，读者面更广。"学者张树坡盛赞："《敌后武工队》是一部有着较高真实性的现实主义优秀作品，它通过对一支武装工作队在'敌后的敌后'一面坚持武装斗争，一面开展抗日工作的事迹的描写，反映了它所写的那个特定时代和地区的抗日斗争形势的内在实质和发展趋势。这部小说达到了思想性和艺术性的统一、真实性和传奇性的统一。"

可以毫不夸张地说，中国当代红色经典文学的重要特征和美学价值，在《敌后武工队》这部作品中，都有着极为充分和集中的呈现。比如革命英雄主义精神、现实主义传统、雅俗共赏的表现形式、惊险曲折的故事情节、栩栩如生的人物形象，等等，可以说是成熟的典范。而这一切聚合起来所形成的传奇性特征，所依靠的因素不是别的，不是像一切旧时代的通俗作家们靠个人的奇思妙想、靠凭空编造，而是恰恰相反，它是完全来源于作品所描写的那个现实生活环境。这充分说明，红色经典小说的传奇性是与它的真实性辩证统一在一起的，这就是这部作品现实主义特色最突出的表现，也是一切优秀革命题材文学所具有的最为宝贵而恒久的精神品质。

新评书演义抗日传奇故事

——刘流与《烈火金钢》

八路军排长从血泊中站起来，刀劈好几个鬼子，惊心动魄；乔装打扮进城，侦察员肖飞买药，离奇曲折……20世纪的新中国，田间地头、厂矿学校的很多大喇叭里都在反复播放着这些评书故事，很多人是听着这些故事长大的，这些故事就源于河北籍作家刘流的长篇小说《烈火金钢》。这部小说同时也是一部章回体的新评书，由著名表演艺术家袁阔成等人播讲过，在很多电台里播放过，在20世纪下半叶的中国大地上，几乎达到了家喻户晓的程度。

战火中成长起来的作家刘流

在冀中抗日根据地，有两位同志叫刘流，曾有不少人把他俩弄混。他俩一位是从上海来的，另一位是河北省沧州人，著名小说《烈火金钢》的作者。

作家刘流，原名刘其庚，河北省沧州市河间县念祖村人。他少时热爱民间艺术，读过三年私塾，后在烟台上过一年中学。九一八事变后，他赴东北参加了抗日义勇军。他1937年参加革命，1938年加入中国共产党，曾担任晋察冀军区第五支队侦察科长、军区司令部参谋等职务，还当过晋察冀军政学校的区队长、军区政治部的军事教官、军区白求恩学校的军事教员和政治教员、大队长等。后来，他到晋察冀边区抗敌剧社任职，曾参加京剧《史可法》《苏州城》《李自成》的改编工作，并饰演剧中的主要人物。新中国成立后他到保定工作，先后担任市文学艺术界联合会的秘书和创作部部长、保定市文化馆主任、中共河北省委宣传部文艺处干事等职。他曾任《戏剧战线》编辑部主任，从事文艺创作工作，写过叙事诗、短篇小说、鼓词和独幕话剧。1958年，他出版了长篇小说《烈火金钢》，受到读者的欢迎和好评，仅在20世纪发行量就达二百六十余万册，先后被改编成长篇评书、电影、电视连续剧；1964年，又写出长篇小说《红芽》第一部，也受到好评。

刘流虽然早早辍学，但他爱好文学，在儿童时代，就经常看野台戏、听大棚书，看了听了以后，还常常学习、模仿。他在背草筐子、撸锄把子的同时，养成了看书的习惯，又念了几本旧书，认识了一些常用字。他所看的都是在农村中流传很广的戏本、唱本、鼓词、章回小说、评书之类。这对他以后的创作形式产生了深刻影响。后来，刘流长期在革命队伍里，一直受着党的政治、文化教育，写作能力与日俱增，写作素材日益丰厚。

读者通过小说中对八路军正规军及日本军技战术的熟练演绎，对史更新、丁尚武拼刺刀技术的细腻分析，以及对部队战斗部署、地形利用的顺畅描写等可以看出，书中显然融进了刘流对多年战斗生活的亲身体验；对肖飞这个"飞行侦察员"全面的个人战斗技能、机警敏捷的神奇身手的传神刻画，对他智勇双全深入虎穴大获全胜的夸张描写，虽然有着文学的虚构，但也同样透出刘流对多年从事的侦察工作的体验与熟悉。史更新、丁尚武、肖飞这三个足智多谋、英勇善战的八路军战士形象，其性格、气质不同程度地在刘流身上有所反映。

故事主要取材于冀中抗战斗争

多年的战斗生活，作家刘流与广大革命指战员结下了深厚的友谊，一些抗日英雄的形象和事迹总在他的脑海中游来游去，他感到非写不行。

1943年晋察冀边区第二届群英会，直接点燃了刘流创作长篇小说《烈火金钢》的欲望。当时刘流就以英雄们的事迹为素材写了一部多幕剧，让英雄们自己来演，获得了成功。通过这次舞台艺术实践，刘流萌生了一个愿望：他要用长篇小说的形式展现中国人民在伟大抗战中的英勇斗争。但由于当时战事紧张，他也顾不上进行写作。

抗战胜利后，刘流回了趟老家河间，那里是重要的冀中抗日战场。刘流在当地收集了大量素材，丰富了后来的艺术创作材料。

新中国成立后，刘流调到保定市文化宫工作，之后又调到河北省文联。在和平的环境里，刘流有了创作的基本条件。这时，战火纷飞中的那些英雄们的形象又开始在刘流的脑海中涌现，再次激发了刘流的创作冲动，他急切地要把自己所亲身经历的那场艰苦卓绝的抗战以艺术的形式再现出来，"我要通过这部书让后人知道，曾经有过那样一场残酷的战争，有那样英雄的人民，那样伟大的党"。于是，刘流开始了《烈火金钢》创作的准备工作。

新中国成立之初，物质条件还十分艰苦，刘流白天忙工作，晚上回来就在灯下写作，买不起稿纸，他就用黄草纸写，《烈火金钢》的初稿就是写在四个厚厚的黄草纸本子上。后来，组织上支持刘流的创作，特地批了他一年的创作假，使《烈火金钢》得以最后完稿。1958，中国青年出版社出版了这部作品。

这部书出版后，有人问刘流："参加群英大会的英雄们来自晋察冀边区各个地区，他们的英雄功绩很难分高低，都是那样可歌可泣。那么，你为什么单单要写冀中区这一部分呢？"刘流回答："原因之一，冀中是我生长的故乡，风土人情我都比较熟悉，因而对这一部分英雄的生活觉得格外亲切。但更重要的原因是，冀中这块抗日根据地，在政治、军事、经济各方面都非常重要，对敌斗争也特别残酷，尤其在'五一反扫荡'之后，斗争更加尖锐复杂，我以为这种环境具有典型意义，所以更加强烈地冲激着我。"但刘流也承认，他所了解的冀中地区的英雄事迹有很多重要的材料没有用上，反而把其他地区的英雄材料吸收了一些进来，甚至连东北义勇军的战斗生活材料也吸收了一点儿。当然，冀中的还是主要的、基本的、起决定作用的，所吸收的外地的材料很少，并且是和冀中的情况相近的。

刘流的儿子刘美华说，《烈火金钢》这部小说中所描写的滹沱河就流经父亲的家乡河间。抗战胜利后刘流的那次返乡，更使他对当时那里的八路军时刻在人民群众的支持爱护下坚持抗战，八路军与冀中百姓生死相依、水乳交融的战斗生活有了更加透彻的了解。如果说《烈火金钢》的环境背景就是刘流的家乡河间平原的话，一点儿也不为过。1942 年夏天，念祖村军民奋勇抗战的史实也正是书中的原型故事。在念祖村西面的高地上，至今还矗立着纪念那次激战中牺牲的八路军战士的墓碑，碑上刻着"英灵照万古——一九四二年农历六月二十八日八路军任河大支队七十二烈士"字样。而 1942 年的"五一反扫荡"是整个抗战中冀中根据地形势最艰难、最惨烈的一个时期，那些在残酷斗争"烈火中锤炼出来的'金'与'钢'"一直强烈地震撼着刘流，让他不写出来便无法释怀！

传奇故事彰显革命英雄主义

《烈火金钢》以章回体评书形式写成，全书共三十回。小说截取的正是冀中军民全面抗战中最为艰苦的年代。从 1942 年 5 月 1 日开始，日寇对冀中军民进行了惨无人道的大"扫荡"，以烧光、抢光、杀光为政策，采取"铁壁合围""梳篦式清剿""反复拉网"的战术，妄图使冀中军民屈服。而冀中军民在共产党领导下，以惊天地、泣鬼神的英雄气概与日寇展开了殊死较量。小说就是在这样的背景下，以恢宏的气势、高亢的调子，大气磅礴地展示了那金戈铁马、烽火烈焰、喋血苦斗的时代和在那样时代里百炼成钢的冀中军民。由于作者描写的是自己亲身经历过的斗争生活，又熟练地运用了评书艺术的语言和表现方法，这使得小说所描绘的生活和人物，既具有浪漫传奇色彩，又不失真实，为我国现代小说的民族化、大众化进行了大胆而有益的尝试。

小说的艺术魅力，首先是作者在残酷而复杂的对敌斗争中，塑造了一批具有传奇色彩的抗日英雄形象。

"五一反扫荡"，是冀中抗战最艰苦的时期。随着主力部队的转移、斗争方式的转变，战局形成了敌人暂时强大之势。作者没有回避敌人的强大和凶残，也没有回避在这种形势下冀中各阶层的分化，如何大拿、解老传由以前脚踩两只船转为完全倒向敌人怀抱，抗日干部刘铁军由于贪生怕死而叛变投敌，何志武、高凤岐之流则认贼为父，死心塌地充当日寇的鹰犬。正是这些败类的存在，使斗争环境更加严酷和复杂。小说中的主要人物，也正是在这样"非寻常"的环境条件下出现。

"炼成金钢"的史更新是小说中最先出场的孤胆英雄。冀中军区八路军一个主力兵团在向外线转移时，被两千多日军包围在桥头镇，包围与反包围的战斗打得异常惨烈。为掩护主力部队转移，排长史更新身负重伤。在日伪军的重重围困与搜捕中，他以大无畏的英雄气概，从血泊中站立起来，"白手夺枪"，消灭了一个特务、四个日本鬼子，打伤日军猪头小队长，令敌人胆战心惊，魂飞魄散，竟以为在桥头镇隐藏着冀中军区司令员吕正操的警卫队，不惜调来重兵，"一个日军联队，一个伪警备大队，伪治安军一个营两个骑兵中队、两个摩托小队，配备了重机关枪、轻迫击炮、放毒瓦斯的化学兵，还有两辆小型坦克车"，妄图一举消灭警卫队并活捉吕正操。史更新却借着夜色打击敌人，把慌乱不堪的敌人搅得乱成一锅粥之后，审时度势，"单枪打开千军阵，独身冲破重兵围"。作品就是在敌我力量极端悬殊、战斗异常残酷、凶险的条件下，展现了史更新大智大勇的英雄形象。

侦察员肖飞，也是读者非常喜欢的人物。他足智多谋、有胆有识，经常出没于敌人的据点和占据的城镇进行侦察、传递情报，常能绝处逢生、化险为夷，一次又一次地完成了上级交给的任务。小说通过他活捉汉奸解二虎、摸入敌营解救被抓妇女、进城买药大闹县城等一系列险象环生的情节，塑造了这个富有传奇色彩的英雄，给读者留下了极其深刻的印象。

此外，像性情耿直、富有战斗经验、以大刀显威力的骑兵班长丁尚武，大胆机灵、指挥有方的女区长金月波，清高但有民族气节的村民何世清，立场坚定、为保护村民而英勇就义的村支书孙定邦等，都是在残酷的斗争中，在生与死的考验下，成为"英雄好汉"，"亚赛过金刚一般，耸立在这鲜血冲洗过的古老山河上，坚强无比，永远放光"！

《烈火金钢》风靡，评书形式立功

《烈火金钢》在艺术上的另一突出特点是，熟练地运用了传统评书艺术的表现手法来塑造人物，表现现代化条件下的战争生活。这是作者大胆而成功的尝试。评书作为中国老百姓熟悉、喜欢的艺术形式，旧时多以历史和武侠故事为题材，特别讲究故事的连贯性、传奇性、戏剧性和语言的通俗性、生动性及口语化。

另外，说书人在讲故事时，随时夹叙夹评，与听众交流感情，并形成了一套习惯用语。作者充分发挥了评书艺术的这些优点，从塑造人物和展现反"扫荡"生活为出发点，从冀中军民那场"震山河，荡人心，惊天地，泣鬼神"的波澜壮阔的斗争中，提炼出了一系列或惊心动魄、扣人心弦，或惊险曲折、引人入胜的故事情节，如"白手夺枪排长奋勇，仰面喷血鬼子丧魂""捉二虎楞秋除奸，救妇女肖飞献智""一群鬼子入罗网，三路民兵战沙滩""飞行员大闹县城，鬼子兵火烧村庄""毁公路老百姓暴风卷土，歼敌人八路军猛虎出山"，等等，这些起伏跌宕的故事情节，既为塑造人物提供了广阔的艺术空间，又以其传奇性、戏剧性强烈地吸引了读者。同时，作者在叙述故事、描绘战斗场面的时候，常常用夹叙夹评的方式向读者介绍斗争形势、敌我力量的对比，讲述党的政策，介绍有关的军事知识和战术等，不但丰富了读者的知识，而且使读者对人物和故事的前因后果有更清楚的了解。对人物间的复杂关系和复杂的心理活动，作者也常常在情节的紧张变化中加以交代说明，这与完全靠人物活动来展示或烘托暗示及大段心理描写相比，更显得干脆利落，并不给人以突兀、累赘之感。这些都大大增强了作品的艺术表现力。

为什么刘流要用评书的形式展现这些故事呢？要知道，当时不少文艺界人士认为，评书难登大雅之堂，入不了文学史。刘流并不计较这些，他说，一方面是因为他写这部书时正在保定市文化宫工作，当时他看到许多评书演员以没有新评书可说为苦，便觉得自己有责任为他们做一些这方面的创作；另一方面，他非常熟悉和喜爱中国古典小说，用传统的"说书"形式来反映现代内容是创新，他本人也熟悉并得心应手，何况战争题材也比较适合中国古典章回小说悬念性强、便于说唱这一艺术表现形式。为了运用好这一形式，刘流在写作过程中经常把评书演员请到家里，一段一段地读给他们听，征求他们的意见，然后反复修改。

传奇的故事，群众喜闻乐见的评书表现形式，让《烈火金钢》问世后大受读者欢迎，在 20 世纪五六十年代，《烈火金钢》就印了上百万册。小说出版后又在电台里连播，"……不论大街小巷，或是穷乡僻壤，凡是有收音机或大喇叭的地方，平头百姓都尖着耳朵听'肖飞买药'"。中国青年出版社的黄伊是《烈火金钢》1958 年出版时的责任编辑，他生前在《我所知道的〈烈火金钢〉》中这样回忆该书出版后在群众中产生的热烈反响：

> 在上世纪国人识字程度不高的情况下，《烈火金钢》的故事能够迅速风靡全国，受到群众喜爱，评书的广泛传播功不可没。事实证明，这一艺术形式也正是《烈火金钢》的艺术成果取得空前成功的一个重要因素。刘流采用现实主义与浪漫主义相结合的创作手法，特别注意故事情节的传奇性，书中有些情节虽令人感觉夸张，但却从本质上揭示了抗日英雄的英勇与机智，可谓奇而不失其真，很好地加强了故事的惊险性和曲折性，收到了生动感人的艺术效果。而这一切，也淋漓尽致地表达了刘流作为一个优秀的小说家，对生活素材进行夸张、虚构、剪裁、提炼等的权利。

《烈火金钢》第二部未及写完

《烈火金钢》出版后取得巨大成功。1959 年，刘流开始在河北艺术学院任教，讲授文艺理论和小说创作，同时担任《戏剧战线》主编。这时，很多读者对《烈火金钢》提了不少建议和意见，于是，他准备着手进一步修改并进行第二部的创作。

多年来，很多读者一直热切地向刘流询问《烈火金钢》第二部的写作，盼望他赶快重新拿起笔来。"文革"末期，病重的刘流也按捺不住自己的创作热望，拟订了1976年至1980年的创作计划。

刘流计划，小说第二部的故事和人物还要进一步展开，特别对史更新，他是想作为贯穿全书主线人物来写的，要把史更新塑造成一个经过千锤百炼的金钢式的英雄，在残酷的对敌斗争中，史更新还要经受监狱斗争和骨肉亲情及爱情的考验，直到最后指挥部队参加全面大反攻。其他如田耕、丁尚武、肖飞、齐英、孙定邦、金月波、林丽、孙大娘等英雄和群众，以及解老转、何大拿、叛徒刘铁军等反面人物也都将随着故事情节的展开，循着各自的性格本质特点被塑造得更加完整丰满。

还有就是，《烈火金钢》初版本中，原本有对丁尚武与林丽、肖飞与志茹的爱情描写，虽然篇幅不多，但显然更为贴近生活，更为真实，也使得作品更加丰满。但之后的再版本中，这些情节基本被删除掉了，不能不说是一个莫大的遗憾。

尽管刘流夜以继日地工作，想要完成《烈火金钢》第二部，想要写完自传体小说《红芽》，奈何多年的苦难摧毁了作家的身体，他于1977年春节前夕病逝。壮志未酬，令人扼腕叹息。

令人欣慰的是，党的十一届三中全会后，《烈火金钢》终于得以再版。多年来，这部书几经重印，到20世纪末累计发行量达到了二百六十万册，仅次于同时期的《红岩》。广播电视中重播了评书《烈火金钢》，这部书还被改编成了电影、电视剧，继续向人们讲述着冀中人民传奇的抗日故事。

群星闪耀的抗日影片《烈火金钢》

抗日战争的胜利，是中国近代以来抗击外敌入侵第一次取得完全胜利的民族解放战争，这样伟大的胜利值得文艺界以各种形式去表现和歌颂。新中国成立后，抗日题材的影片相继投入拍摄，出品于 20 世纪 50 年代的《平原游击队》《铁道游击队》等片反响较大，进入 60 年代，拍摄了《小兵张嘎》《地雷战》《地道战》等抗日影片，如今这些影片都成为新中国成立以来革命题材的经典之作，成为几代观众的回忆！

改革开放之后，由已故第五代导演中的杰出代表何群创作的影片《烈火金钢》，大有后来者居上之势。相比较于五六十年代的优秀抗日影片来说，在整个的 80 年代似乎这类题材的作品相对很少，即使有《一个和八个》《战争子午线》几部比较有影响力的抗日影片，却也无法复制五六十年代抗日题材电影的辉煌。尽管有《血战台儿庄》这样的佳作，但相关游击战争的抗日影片是很少的，直到 1991 年《烈火金钢》的上映，才使观众感到一种久违的优秀抗日影片的回归。

电影《烈火金钢》由珠江电影制片厂摄制，根据同名长篇小说改编，由何群执导。该片的故事发生在抗日战争时期的冀中平原上，在中国共产党的领导下，一群有勇有谋、意志坚定的游击队员与敌人展开了可歌可泣的英勇斗争，并最终取得了全面的胜利。

这部影片最大的看点就是一群实力派艺术家塑造了一群鲜活的人物形象，像申军谊、宋春丽、李强、赵小锐、葛优、梁天、剧雪等，这几位演员在 20 世纪 90 年代初正值演艺事业如日中天的时候，每一位都片约不断，而何群将他们会聚在一部电影里，必将成为经典。在人物塑造上，申军谊饰演史更新当是最佳人选，铁血硬汉英武勇猛；宋春丽饰演我党的特派书记金月波，临危不惧大义凛然的气魄与江姐有几分相似；李强饰演的八路军侦察员肖飞无人超越，机敏灵活、胆识过人；赵小锐饰演的丁尚武有血有肉、疾恶如仇；葛优的刁世贵很有喜感，把一身旧军阀习气的伪军队长弃暗投明的过程演绎得真实感人；梁天饰演的何志武，纯粹一个标准的汉奸形象;剧雪的小凤性格懦弱、委曲求全,但最终没有逃脱日本人的魔爪。除了这几位出色的演绎,另外还有舒耀暄饰演的毛利太君、徐东方饰演的孙定邦、刚晓光饰演的何大拿、封顺饰演的解老转等几位配角的精彩演绎。除了人物形象的饱满外,本片在服装、化妆、场景设置上都高度还原了战争的残酷和血腥。

《烈火金钢》分为《孤胆英雄》和《神奇英雄》上下两部,片长一百七十分钟,小说中的主要人物基本上都呈现了,故事内容上也保持了原著的灵魂,在改编上是比较成功的。可以说,这部影片既保留和传承了五六十年代抗日影片的艺术精髓,又在原基础上增加了适合现代人口味的一些情节。比如肖飞买药的传奇经历、葛优和梁天带有与生俱来的喜剧元素,都为影片增色不少。本来原著小说的文学风格就是评书的形式,现实主义与浪漫主义相结合的手法既揭露了日本侵略者的凶残暴戾,又讴歌了我军民大无畏的乐观主义革命精神。

1991年,中国广播电影电视部优秀影片评选,《烈火金钢》获得优秀故事片奖。《烈火金钢》的成功引来了一批跟风之作,仅1995年就出品了《敌后武工队》《飞虎队》等抗日影片,拍摄套路沿用了《烈火金钢》的模式,集结了一大批具有实力的演员加盟,但其艺术价值远达不到《烈火金钢》的高度。

何群曾在一篇《烈火金钢》导演漫谈的文章中,透露出对影片拍摄所抱有的严肃而负责的创作态度:

刚接受拍摄《烈火金钢》的任务时,有人说,这是一个好题材,你可不能把它拍砸了。也有人说,你就轻松点儿,别太较真儿了,免得片子生硬做作。这些说法我都考虑过。我认为认真与松弛(确切地说应该是自如)这两者并不矛盾。创作态度必须认真,从总体的把握和影片基调的确立到一些主要情节的构想和画面的设计，都必须胸有成竹。只有这样，才能在具体拍摄过程中，有一种松弛自如的竞技状态。

由于小说《烈火金钢》很早就广为流传，并且是家喻户晓，所以，如要将大家心目中的书本形象变成看得见的银幕形象，就必然面临两个潜在要求：一是银幕形象必须与读者听众心中的原有印象相吻合，二是银幕形象必须成为更为真切、更为可信的艺术典型。总之，他们应使所有熟悉这个故事的人都接受认可。这也正是我们在整个创作中全力以赴争取达到的目标。任何一个创作者，都希望自己的追求引起观众的共鸣。在《烈火金钢》这部影片中，我追求用朴实自然的语言叙述一段悲慨壮烈的故事，追求以真切生动的画面展现可歌可泣的历史。我想表现电影《烈火金钢》在烈火中炼铸成钢的人们的精神与情操，我要歌颂人民群众抛头洒血、艰苦卓绝的反侵略斗争。

从广大观众和专家对此部影片的高度评价来看，可以说何群导演所努力追求的目标的确实现了。

影片人物众多，有名有姓的角色共二十六人，他们神采不同，性格各异。要塑造观众认可的原作人物形象，首先需要准确地选择演员。原著中的史更新、肖飞、丁尚武、刁世贵、何大拿、高铁杆、毛驴太君、猪头小队长等人，多年来已在人们心中定型，尤其反面人物已经形成很深的印象，猪头小队长好像就应该长得像猪，毛驴太君好像就应该长得像驴。对何大拿、高铁杆、解老转等人，观众也从他们的别名中想象出人物性格及特点。

正如导演何群所说的那样，在影片的叙事方面，必须老老实实、明白顺畅地去向观众讲述一个动人的故事，起到寓教于乐的作用，坚信在电影艺术通俗化创造过程中仍然可以追求高层次的艺术境界，仍然可以塑造出生动可信的人物来。

　　《烈火金钢》在新时期被成功搬上银幕这一事实证明，那些诞生于新中国成立之后的十七年红色经典文学，是与广大人民群众的喜怒哀乐紧紧联系在一起的，是与祖国和民族苦难而辉煌的历史密不可分的，也是在当代依然有着旺盛生命力的，相信在将来的岁月中，仍然能够为更多的后代青年所钟爱和感动！

冀南抗战文学的扛鼎之作

——李晓明、韩安庆与《平原枪声》

人们只要提起河北的红色文学经典，最熟悉的莫过于描写冀中和白洋淀的小说，如《新儿女英雄传》《野火春风斗古城》《小兵张嘎》，再有就是反映冀西和太行山的作品也不少，如《烈火金钢》《狼牙山五壮士》等。而反映河北南部解放区的长篇文学，却是凤毛麟角，并不为读者和专家所特别关注。但是在冀南大地诞生的一部抗战经典小说却不能不说，这就是李晓明创作的曾经风靡一时、家喻户晓的《平原枪声》。

早在二十年之前，我们就曾经与远在湖北武汉的李晓明老师取得了联系，请他回忆当年创作《平原枪声》的经历和故事。

李老不顾年高体衰，总是及时回信解答我们的提问，还寄来了亲笔撰写的回忆录和出版的著作，有求必应，令人非常感动。

后来，我们又通过李老找到了小说中主人公马英的原型人物刘英，专程登门采访，请当时已年近九旬的刘老讲述《平原枪声》中所表现的那段惊心动魄的战斗生涯。

枣强抗日热土孕育《平原枪声》

李晓明是衡水枣强县人，虽然李老是作家，但他更愿意把自己当作一名战士。全面抗战期间，他一直在冀南枣强县工作，先后任枣强青年救国会主任、县委民运部长、五地委青委书记、青年营营长、枣北县委书记兼县大队政委等职务。他一直认为："与其说我写的是小说，不如说我写的是历史，是我亲身经历的那段战火硝烟的历史。"

作家始终清晰记得抗战时期家乡那一幕一幕刻骨铭心的历史场景。1937年10月，日寇占领了石家庄和邢台，离枣强县城还有几百里，国民党的县长带着六七百人吓跑了！临逃时，他们抢了仓库，砸了盐店，向商会索取了巨款，洗劫了枣强县城。其他各县也是如此，冀南形成无政府状态。土匪遍地，到处抢劫烧杀，夜夜一片枪声和火光，闹得民不聊生。会道门也蜂拥而起，互相残杀。还有人暗地组织维持会，准备迎接日寇。此时，八路军东进纵队开到冀南，消灭了土匪，解散了反动会道门，打走了侵入内地的日伪军，组织了五十一个县的抗日政权，壮大了人民的武装，成立了群众的抗日组织，掀起了备战的高潮，准备迎击日寇的进攻。到1938年下半年，向南溃逃的国民党军，惊魂稍定，南北一望，日寇并没有占领各县城，共产党却建立了大片抗日根据地。

1939年形势大变，日寇开始向我腹地进攻，占领了冀南的全部县城，陆续建了七百多个炮楼和据点。年初，时任河北省政府主席的鹿钟麟的保安部队和日寇打了两个小时就溃败下来，保安第三旅旅长周朝贵率部逃到了枣强县的程杨村，二旅住在肖张村。有一天，闹了一场虚惊。有群众在大街上喊："鬼子来啦！"人们纷纷逃出村去，而保安旅则弃枪而逃，解散了！此后鹿钟麟也逃得无影无踪。而石友三部则和日寇秘密勾结，日军盘踞的枣强县城就住着石部的代表,在本县恩察、北大屯一带,石部与日伪军的岗哨几乎脸对着脸,而互不侵犯!到年底,由于石部密谋配合日寇围八路军而被赶跑了。是共产党八路军领导人民坚持了抗战,消灭了大量日伪军,仅枣强县游击队就毙伤俘日伪军一千余名。到1945年日寇投降前夕,冀南五十多个县的广大城乡除几个中等城市外全部得到解放。

在回忆《平原枪声》诞生背景的一篇文章中,李晓明还深情记述了家乡枣强涌现出的两位抗日英雄的感人事迹:

这胜利来之不易,多少的英雄儿女战死沙场,只我们一个村就有烈士十三名。和我一块工作的战友,多少人献出了生命!我县抗日战争中县委书记李朝宗,是我县打死日寇的第一人。1939年春,日寇占领县城之后,敌人出动步兵骑兵和坦克还有飞机配合,四处"扫荡",我刚建立的游击队缺乏战斗经验,遭受不少的损失。李朝宗鼓舞士气说:"鬼子也是肉长的,子弹打在他们的脑袋上,同样可以穿个大窟窿。"有一天,敌人"扫荡"队路经王杨兴村,老百姓都跑了,朝宗手持手榴弹留在村内,大队日军在村边向北行进,朝宗藏在一堵院墙内伺机杀敌,等日军大部队走过后,有几个因抢东西而掉队的日军正走在这墙外,朝宗一个手榴弹扔出去,把一个日军炸成重伤,随之被两个农民用锄头砸死了。过了不久,我们正在王杨兴村朝宗家里开县委会议,黄昏时,估计日军不会来了,我们便擦起枪来,把子弹放在热炕头被窝底下煲着,以免受潮。忽然日军进了村,已经来到了朝宗家的胡同口,我们把枪零件用包枪布包起来就翻墙跑到了村外,在一条路沟里边跑边装枪,当枪装好后,发现子弹没有带出来。这时,敌人的四五十名骑兵追来了,离我们已经很近,朝宗大声喊道：反正跑不了啦，打！于是我们趴在路沟沿上拿着空枪瞄准着敌人，待最前边那个敌人离我们只有十二步的时候（这是事后步量的），朝宗开了枪，打在了最前边那个敌人的脑部，敌人从马上摔了下来。后边的敌人不知遇到了多少八路军，拨转马头向回跑去。我们则借机脱了险。我们问朝宗："你怎么不多打几枪再打死几个敌人？"他说："只有三粒子弹，第二枪没有打响，是个臭子弹，还有一粒子弹不能再打了。"我们问那是为什么，他说，"那一粒是给自己准备的，宁死也不当俘虏！"

区长兼游击队长张岚峰，因他用卖肉的砍刀砍死过几个土匪，绰号小砍刀。他机智勇敢，打枪百发百中，杀汉奸、打鬼子，震破敌胆。在伪军中流传说，谁要做坏事，出门碰上小砍刀。敌人发出通缉令，千方百计想捉住他。一天深夜里，六十多名伪军包围了他住的院子，高喊着："小砍刀，赶快出来投降！"但是谁也不敢近前。他不慌不忙地打开屋门出来搬梯子，说："小砍刀就在北屋里，我给你们搬梯子上房，别叫他跑了！"敌人问："你是谁？"他连声答着"我，我"，就把梯子竖了起来爬上了房。他一梭子弹朝敌人扫去，打倒了两个，然后跳下房去，在夜幕掩护下跑到村外去了。1943年他任参议，不带兵打仗了。5月的一天夜里，敌人包围了村子，天明把人们聚在一起甄别八路。有十几个青年被敌人拉了出来，绳捆索绑地准备押走。这时小砍刀也杂在群众之中，他看到这十几个人中有七个是真八路，于是决心一人换七人，挺身而出说："我就是你们通缉的张老砍，把我捉去报功领赏去吧！他们都不是八路，把他们放了！"那七个人得救了，岚峰被敌人捕到城内，在敌人监狱里，他天天大骂："汉奸们，好好看着你二爷，别人跑了不要紧，你二爷若是跑了，你洋爸爸要你的狗命！"伪县长审讯他，他大骂"你没有中国人味，没有资格审讯我"。日军官审讯他，被他吐了一脸唾沫。一天敌人全城戒严去杀他，他沿途喊口号，在埋人坑前还向伪军讲话，讲得有的伪军流出了眼泪。

最令李老悲痛，直至晚年仍念念不忘的，是跟他形影不离的先后四个警卫员也都壮烈牺牲了！警卫员赵振江牺牲在景官村的伏击战中。邵金虎，在一个深夜，李晓明向敌据点喊话时，被敌人的冷枪打死在他身旁！陈宝义，李晓明派他去送秘密文件，出村只有六里地便遭遇了大批敌人，他奋勇射击抵抗，子弹打光后被敌人俘虏了。敌人当场严刑拷问，要他供出首长的住地，他威武不屈，被敌人枪杀，又被扔到了井里。敌人走后，众人把他捞上来，那文件还在他身上藏着。还有一个叫吴广中，结婚才一个月就跟部队南下到大别山，在一次突围战斗中，被敌人打死在李晓明身后，鲜血喷到了李晓明的身上。

李晓明每当回想起自己一家的遭遇，更是涌起满腔的国仇家恨。他的父亲和两个儿子都坐过日寇的监狱，遭到严刑拷打。他还被抄了三次家，抄得连一床棉被也没有了。一家人流离失所，有家不能归！那时家家遭日寇之灾，户户受日寇之难。1942 年 9 月 12 日，日寇将数百群众围捕在王均，设了三个杀人场，第一杀人场在打谷场上，被用铁丝穿着锁骨成一串串的群众，被绑在许多谷草垛中间，敌人将谷垛点着，熊熊大火把人活活烧死了。第二杀人场，日寇用铡草的铡刀，铡下了十八颗人头！第三杀人场，是把人绑上石头扔到水井里和深水坑里，会游水浮在水面上的就用机枪扫射打死。这三处惨死的群众竟达三百一十人！

对侵略者的无比仇恨，对烈士和死难乡亲的无限怀念，还有灾难的过去与胜利的今日对比，令李晓明的心情多少年后都无法平静。他觉得活着的同志们应该保持并发扬先烈的革命精神，建设新中国的青年们也需要烈士鲜血的灌溉。他决心写一部小说，反映家乡枣强抗日军民在党的领导下组织县游击大队的成长过程——从无到有，从小到大，从弱到强，直至战胜敌人。

李晓明从军旅走上专业创作道路

李晓明（1920—2007），原名李鸿升，1937年毕业于枣强县简易师范，1938年参加革命工作，并在同年3月加入中国共产党。历任中共肖张区委书记、冀南五地委青委书记及青年营营长、中共枣北县委书记、县游击大队政治委员、中共大别山固始县委书记。新中国成立后，先后任武汉市委党校副校长、市委宣传部副部长，湖北省文化局局长，中共湖北省委宣传部副部长，中共中央宣传部文化艺术局局长等职。从1956年起，开始进行业余文艺创作，1960年加入中国作家协会。1959年，作家出版社出版了他的长篇代表作《平原枪声》（与韩安庆合作）。小说出版后，受到读者的欢迎与喜爱，并改编成电影、电视剧和连环画读物。1978年，经他修订后，人民文学出版社再版了《平原枪声》。他的主要作品还有长篇小说《破晓记》《风扫残云》《暗线课影》《歇官亭》、中篇小说《追穷寇》《小机灵和他的伙伴们》《烽火红缨》等。

《平原枪声》一书的写作始于新中国成立初期，那时提倡革命传统教育，使李晓明又回想起抗日战争中艰苦的斗争生活。1955年，党号召老干部搞创作，学校也常请他去讲革命故事。每每讲到革命受挫，台下啧啧连声；讲到斗争胜利，小听众眉开眼笑；讲到烈士殉难，孩子们个个哭成泪人。李晓明深受启发：把革命故事写成书，不是对更多的青少年有所教益吗？我们这些老干部掌握着大量的原始材料，总不能带进棺材里去吧！强烈的愿望在他的心中孕育躁动。写小说谁也不是生来就会的，人家能写自己为啥不能！他看了一些书，如《翻身自卫队》《站起来的人民》等，深受启发。于是，他从 1956 年开始构思，记忆的长河像开了闸的急流一泻而出：威震敌胆的"小砍刀"张岚峰，瘸着腿坐着通信员的自行车，横穿敌军重镇枣强城的英雄形象；面对数千敌人，群众向外跑，他却往里冲，怀揣手榴弹，躲在矮墙后，敌军坦克车隆隆震得大地直颤，他伺机把手榴弹投向敌群——李朝宗的事迹，栩栩如生地呈现在他的面前。然而这样一位好同志，却牺牲在敌人的屠刀之下。抚今追昔，李晓明感慨万千，他茶不思饮，饭不想吃，热血沸腾，文思泉涌。他简直像着了魔，似乎不把《平原枪声》写出来，就愧对党，愧对先烈，无颜再见"江东父老"。正是这种烈士精神的激发，这种强烈的责任感和使命感，令他下定了创作的决心。

长年的战斗生活，赋予他得天独厚的优势。生活是创作的源泉，李晓明既是战斗员，又是指挥员，不仅对生活有深切的体会，而且对历次战况了如指掌。他脑海里装满了翔实可靠的原始材料和令人感佩的英雄人物。打伏击、端炮楼、抓敌特、杀汉奸、破公路、割电线，等等，历历在目，记忆犹新。正如他本人所说："搞创作，老干部有得天独厚的优势。一是接触的人多，小说是写人的，写形形色色的人，什么样的人咱都接触过；二是经历的事多，自个儿身边的事，第一手写起来有真情实感；三是见多识广，思路开阔；四是掌握的语汇多，那些富于地方特色、充满生活气息的民间成语和方言土语，这都是搞创作的物质基础，好比盖房，咱有的是砖瓦灰沙石。好像这些人和事都在自己房间里，写作时信手拈来，用之不竭。""真实是艺术的生命。"

在这部小说里，再现了作者无比亲密的战友，只不过刘英改称了马英，王小宽改叫王二虎，郑润之改名郑敬之……里边也处处闪现着作者自己的身影。小说中马英藏在房东的夹皮墙里躲过敌人的搜查那一章，实际说的就是李老自己遇险的经过。"这是我多少次遇险中最危险的一次。"那天，李老和敌工科科长赫光住在大姑家的东屋里。不知谁告的密，枣强县城里的宪兵队和汉奸连夜出发，黎明到了大姑家，直奔他俩住的屋子。大姑吓得一下子站立不住，斜倚在墙上。到东屋的日军很快失望地出来了，那屋并没有人，被子叠得好好的。小小的两间东屋，无论如何藏不住人，他们藏哪儿了呢？

原来，头天下午，李晓明和老赫商量完工作，李老说："咱们修个隐藏地方吧！多流汗，少流血。"老赫同意了。他们选在了东院北屋的东耳屋，在东耳屋北面又垒了一道墙，就建成了夹皮墙。这两道墙相距有二尺宽，这就是藏人的地方。二道墙下留一个能进得去人的小口，口旁准备几块砖，人爬进去后再把口堵住。夹皮墙外的小耳屋里，放上了一张破木架床，床上堆满了扫帚、农具和破家具。拂晓，他们听到院里有动静，马上起床，穿衣叠被，动作快极了！李老先爬了进去，可是老赫个子太高，只爬进了半截身子，后半截身子还在墙外破床底下，这时敌人就已经端着刺刀进小东屋了。他再也不敢动，就趴在那里。敌人在小东屋没有搜到，就来搜这个小耳屋，几把刺刀把破床上的家具挑得乱响，没有发现他们。好险！后来敌人又向北屋去搜查了，老赫才把下半截身子缩进了夹皮墙。最后敌人又在左邻右舍搜了两三个钟头，一无所获，垂头丧气地走了。

在李老晚年，有一位记者向他提问："对那场全民的抗战，您现在最想说的是什么？"他作出了自己最真实动情的解答：

1942 年是抗战最困难的时期，枣北县大队只剩二十多人，在这样艰苦的环境中，我们靠什么取得了胜利？靠的是觉悟了的人民群众。正如毛主席说的：真正的铜墙铁壁是人民。

那时，我们抗日部队的粮食就藏在群众家里。群众像爱护自己的生命一样爱护抗日的粮食。在严重的饥荒时期，许多人饿死了，他们却未曾动过一粒粮食。我们没有医院，我们的卫生所就在群众家里，距敌人据点只有一公里，近百名伤员先后在这里养好了伤，重赴抗日前线。因为有群众的掩护，卫生所从来没有被敌人发现过。

我们的情报站从来没有被敌人破坏过。每一个群众都是我们忠实的情报员。他们去向敌人汇报假情报，一句顺口溜是："东报西来西报东，次次让敌人扑个空。"回顾战争岁月，如果我们不能紧紧依靠群众，如果没有群众的拥护，就不能取得抗战的胜利。时至今日，当时许多军爱民、民拥军的动人场景依然令我心潮起伏。

1959 年，李晓明的长篇小说《平原枪声》问世后，在社会上引起轰动。小说中那栩栩如生的人物和令人难忘的生动情节，仍留在千千万万个读者的记忆之中。六集电视连续剧《平原枪声》在中央和地方电视台播映后，又吸引了广大的青少年。人们不禁要问，一位军人是怎样成为作家的？李晓明在 1938 年参加革命，1942 年受命于危难之际，肩负起枣北县县委书记兼大队政委的重担，领导枣北人民同日寇进行了艰苦卓绝的斗争，直至胜利。1948 年随军南下湖北，他饱经战患，满脑子的血与火，浑身的硝烟气。从枪杆子到笔杆子，他精彩地完成了这个转变，《平原枪声》一气呵成，他也由此而成名。让我们从《平原枪声》的成书过程，探讨一下李晓明的创作道路，我们每个学习写作的同志无疑是会受到启示的。

强烈的责任感和使命感，令他下定了创作的决心。李晓明是从硝烟炮火中走出来的人。枣北抗战，许多同餐共枕、亲密无间的战友倒下去：军分区司令员赵义京、副司令员陈跃元、县委书记李朝中、区小队队长张岚峰，烈士的鲜血、英雄的业绩、人民的深情时时撞击着他的心。把他们写下来该多好，李晓明不止一次这么想。但苦于自己没写过书，一个门外汉，"隔行如隔山"，怕"画虎不成反类犬"，出了洋相。因此，他几次拿起笔来，又几次放下去。

李晓明仅有初中文化水平，半路改行写小说，确乎有点儿不寻常。李晓明对不利因素自然也作了充分的估计。正是这些不利因素，使他费了很大的周折。他起初甚至不知道"素材"和"构思"是怎么回事，只知道捣弄那些"砖瓦灰沙石"、梳辫子、搭架子、造房子，做了许多徒劳的事。但他有一种锲而不舍的精神，坚信功到自然成。他要土法上马，闯出一条老干部搞创作的路子来。首先是搭架子。李晓明说："砖瓦灰沙石再多，堆起来也不是房。把许多故事杂乱无章地写成块也不是小说，必须下一番设计的功夫。"但说事容易做事难，具体怎么设计，心里就又没谱了。怎么办？学着干。能在战争中学习战争，就能在创作中学习创作。头几个月，他脑子里像一团麻，那些战争年代的人和事一股脑儿地往外涌……渐渐地，他就有了头绪，有了主次，有了整体感，架子也就搭成了。在人物刻画上，李晓明也走过很多弯路，开始都像一个模子里刻的，凡正面人物都勇敢机智，反面人物都丑恶愚蠢，结果都分不清了。言谈举止是表现人物的窗口，作家就从这儿入手，先找出每个人物的个性，再根据每人的个性琢磨他该怎么说、怎么动，慢慢就写活了。

英年早逝的小说合作者韩安庆

李晓明在新中国成立后一直从事党政领导工作，任务繁忙，写作的思路常常被打断，因此写了三稿仍不满意。1958 年，武汉市作协派韩安庆同志脱产与他合作。韩安庆比李晓明小十几岁，没有抗日战争的生活经历，他就给小韩讲故事，一讲就是两个多星期。在这基础上，他们拆散原稿的架子，重新结构故事，列出提纲分出章节，写出人物表进行分析，还绘出了一个县的抗日战争形势图。之后，李晓明就逐章详细地讲故事，这故事已经不受真人真事的局限了，是根据提纲进行了加工创作的。讲完，小韩就去起草，草稿再交他修改，然后再讲第二章的故事。这样用了不到一年的时间，作品完成了。《平原枪声》出版后，他们又用同样的办法，合作写长篇小说《破晓记》。小韩还带着干粮爬山越岭到大别山作了一两个月的访问。不幸，作品只写了一半韩安庆就病了，后一半就由李若完成。

在韩安庆逝世二十五周年之际，李老还将他值得青年人学习的优良品质付诸文字，作为对合作者永远的忆念：

他1948年参军，随大军南下到武汉，在武昌军需工厂当工人，1952年提干，在武昌区工会工作。后到市工会，1959年又回到武昌，在区委办公室工作，最后任武昌电影院经理。他只有小学文化程度，却写了不少短篇小说，成为作家，被吸收为武汉作协会员。其原因就是他勤奋好学，不论严冬酷暑，他都坚持学习、写作，并注意深入实际，深入生活，从不浪费一点儿时间。除阅读文艺书籍外，他还读了很多马列和毛主席的著作，凡他读过的书都写了许多眉批和心得体会。他说："学习马列的书是一个作家的灵魂支柱，否则就没有方向，没有力量。"

他有一颗全心全意为人民服务的红心。写完《平原枪声》后，他主动要求到东西湖去锻炼。在养殖场里养鸡喂猪，过春节时，他主动值班，让别的职工都回家过年，他初三才到家里，拿了一小包荸荠分给家人说："咱们先顾大家再顾小家。"他老家在开封，哥哥在电影院里任经理，妹妹上中学，最爱看电影而不好好学习。韩安庆同志去信要妹妹到武汉来，妹妹很高兴，因为武汉是大城市，一定比开封更好玩。不料，妹妹来后，安庆同志把她送到东西湖当农民去了。安庆说："不了解工农，将来怎么能为工农服务！"

安庆同志的婚姻观点，也很值得称赞。有人给他介绍了个对象，是小学教员，约定星期天到公园会面。安庆同志去等了一上午，女方也没有来，事后介绍人传话说："人家不愿意，因为你是小学文化程度，她是高中毕业，文化程度悬殊太大。"不久，女方知道了安庆是作家，主动找上门来，安庆认为女方动机不好，坚决不同意。之后，几个花枝招展的姑娘，主动向他求婚，他一概不允，他说："结婚也不是为逛马路的。"

李老在和韩安庆合作进行写作时，还有一个长期计划，可惜小韩去世太早了，又经历了十年"文化大革命"，他积存的写作资料都被抄走烧光了！计划无法实现。不过，在合作创作实践中，李晓明向韩安庆学习了一些写作技巧，以后又写了一些他们计划外的小说。李老说："这是可以告慰安庆同志的，也是与安庆同志对我的帮助分不开的。"

武工队队长马英原型

李晓明在创作《平原枪声》时，着力塑造了抗日英雄、武工队队长马英的光辉形象，而这位小说主人公的原型就是当年与他并肩作战的亲密战友刘英。远在武汉的李晓明生前还在给我的来信中特意提到刘英同志就住在石家庄。在抗战胜利六十五周年之际，我们终于在省会东开发区的一栋住宅楼中见到了当年驰骋疆场、令敌寇闻风丧胆的传奇人物刘英。

刘老虽已耄耋高龄，记忆力却好得惊人，每一场战斗的前后经过、人数战果，甚至连细节都讲得无不清晰准确，犹如一幕幕电影镜头，让我们又一次走进了血火交织的抗战硝烟之中。他十二岁参军，十六岁担任枣强县大队基干中队指导员；十八岁被评为冀南五分区战斗英雄，立功受嘉奖。尤其是智取肖张那一战，他创造了以少胜多的模范战例，那一战也活灵活现地体现在小说《一打肖家镇》的章节里。

老人指着一张当年拍摄的老照片回忆道，这就是《平原枪声》中所写的那支屡建奇功的敌后武工队，与敌人作战一百七十余次，全中队一百三十多名战士在抗战结束后活下来的不到三十人。这段可歌可泣的壮烈诗篇在民族解放史册中写下了光辉的一页。那是1942年，鬼子在枣强军卫村西修了一座炮楼。驻守炮楼的是伪军一个小队，这伙人整天抓壮丁，抢粮食，杀人放火，无恶不作。因为炮楼里没有水井，所以每天都让附近村内的老百姓送水。为了除掉这帮"害虫"，马英和副队长张静率领着三个队员，化装成送水的老百姓进入到炮楼内。敌人看着武工队"从天而降"顿时慌了手脚，还没来得及拿枪，就被抓获，吓得一个劲地喊："我们投降！我们投降！"就这样，鬼子修建的炮楼被马英和战友们成功端掉了，附近乡村的老百姓无不拍手称快，敲锣打鼓欢送部队押解着俘虏胜利而归！

刘英因为作战勇敢、足智多谋，在军区召开的群英会上被授予冀南五分区战斗英雄称号，于是，"二十八人奋勇队，刘英任队长……什么人作战最勇敢，刘英作战最勇敢……"，这首歌颂抗日英雄刘英的歌谣在冀南枣强县一带传诵一时。在抗战进入艰苦的时期后，冀南出现了几个叛徒，对我方危害很大。最坏的是原枣强五区游击队班长三友子，他经常带领日本鬼子到各村去捕捉抗日工作人员和村干部，或取走他们埋藏的枪支、粮食，上级指示必须迅速铲除这个叛徒。叛徒三友子很有警惕性，他除了领着敌人出发外，整天不出大门，躲在据点里拷打抓来的人。这天清早，刘英他们化装成赶集的生意人，来到肖张镇十字街的饭馆里，然后叫预先联络好的伪村长到据点里去叫三友子。三友子正在吊打被抓来的人，有的还被用电刑，这时伪村长来报告了："三爷，你出来，有点儿事！"三友子走到室外，伪村长说："你舅舅病得很厉害，抬到街上来了，叫你去找个好医生给治一治。"三友子一听慌了，忙问："在什么地方？""在十字饭馆里。"伪村长十分镇定，三友子丝毫也没有怀疑，说："你头里走吧，我随后就到。"村长回到饭店里，对刘英说了一声，就站到十字街上，等待迎接三友子，刘英他们也做好了准备。一会儿，三友子果然骑着自行车从南街上来了，村长高声喊道："三爷，来啦！"这是给饭馆内的刘英报个信，待三友子来到饭馆门口，刘英他们三人扑上去把三友子活捉了，给全县人民除掉了一大祸害。

　　每次在战斗最困难的时刻，刘英都是挺身而出，承担最艰险的任务。这样的例子不胜枚举，击毙鬼子中队长就是一个突出的战例。刘里仓口战斗中，敌人被我军包围在了村南一个大干水坑里，其中有日军一个中队，有伪军的主力第五中队，火力猛烈，战斗顽强，敌人多次集中火力突围，均被我军击退，可是我军要消灭他们也不容易，就这样从上午10点左右一直对峙到夜晚。夜9点时，军分区司令员下决心组成奋勇队，歼灭被包围的敌人。刘英又是最先报名请战，被批准担任奋勇队长。他带二十多名奋勇队员，每人提上一篮子的手榴弹，在机枪掩护下摸到干水坑沿上，一颗颗手榴弹扔向了敌群之中，炸得敌人尸肉横飞，哭爹叫娘，不一会儿，便纷纷溃散逃命了。我军全部出击，捕捉三五成群的俘虏，不足一小时，就解决了战斗。这场战斗，我军全歼了伪军第五中队及其他伪军，打死日军二十八名，其中包括一个日军中队长，缴枪二百多支。刘英的奋勇队出击，对战斗胜利起了重要的作用。这次战斗给了敌人致命的打击，敌人以后再也无力外出"扫荡"了。1945 年春，刘英带领一中队编入了正规军晋冀鲁豫二纵五旅十四团，之后他又驰骋在解放战争的战场上再展雄风。

硝烟早已散尽，英雄也已解甲数十载。近年来，刘英老人过着儿孙满堂的安详晚年生活，正如老战友李晓明写给他的一副对联："慎始敬终自强不息，光明磊落惟理是循。"当年，电视剧《平原枪声》在枣强开拍时，刘英正在青岛疗养，在李晓明的热情邀请下，刘英不顾重病毅然赶到拍摄现场，和剧中饰演马英的演员对人物特征进行沟通、交流。因为刘老希望让更多的青年了解抗战英雄的动人事迹，让那些牺牲了的战友们——无数"马英"永远活在人们的心中！

不能忘记地下情报英雄

李老直到生命的尽头，仍然惦记着那些默默无闻甚至是历经磨难的情报战线的杰出战士："在战争年代那些顶着骂名、冒着生命危险工作的内线同志，我们不应该忘记他们。在《平原枪声》中，我塑造的打入敌人内部、机智灵活营救同志、打击敌人的革命者郑敬之，他的原型是郑润之，他为党做了许多工作，凡是郑敬之做的，他都做过。他和两个儿子，父子三人当了'汉奸'，在日寇的老虎嘴里秘密进行抗日工作，一直到 1945 年全县解放。"

郑润之是一位打入敌人内部的共产党员。20 世纪 30 年代末，他在南方某警官学校学习时，就秘密加入中国共产党，受党的指派，回家乡枣强警察局做敌工工作，配合游击队的抗日工作。当时枣强县游击队分为枣南大队和枣北大队，小说《平原枪声》主要叙述的是枣北大队的抗日斗争故事。抗战胜利后，1946 年，他随部队南下，在解放军一个师担任参谋长。新中国成立后，他被任命为南昌军分区司令员。

老郑是个久经磨炼的老革命，他说得非常轻松，就像唠家常，丝毫没有悲愤和消沉的情绪。他说，在各种艰苦环境里工作了几十年了，感觉很累，也需要休息休息了。他相信党和毛主席，相信历史会证明他的清白。看着他浓浓的剑眉下那双炯炯有神的眼睛，就像看到了战争年代走过来的革命者，对党的信仰和对革命的忠诚。1974 年初，部队来人找到老郑，他的问题落实了，部队给他补发了这些年的工资，并给他办理了离休手续。县委聘他为政治顾问，地区档案局还对他进行了专访，老革命重又焕发了第二青春。十几年前老郑故去了，他的追悼会来了许多人，连北京都来人了，花圈摆了有两里地长……

在李晓明心目中，像刘英、郑润之这样的抗日将士，才是《平原枪声》小说中真正的英雄人物，而他只不过用手中的笔将英雄的故事讲述出来，还原给读者，并留给历史，告慰无数战斗在冀南家乡的先烈！如今，李老也早已故去，去和曾经生死与共的战友们相聚了。正是因为有了《平原枪声》，他走得从容，走得笃定，今生无悔，经典长存！

来自"初心"的故事

——徐光耀与《小兵张嘎》

1989 年 11 月初，湖南省文联、省作协和岳阳市文联在岳阳市共同举办康濯创作五十周年作品学术讨论会。

河北三位作家——徐光耀、张庆田和申跃中接到邀请，出席这次会议。应该是考虑到徐光耀和张庆田两位同志年长的原因，单位让我随行，一面到会上替刊物组稿，一面为老同志做做服务——负责路上的交通、住宿等诸般事宜。我那时到《长城》编辑部时间不长，满眼都是文坛的当红作家，对他们三位反而不甚了解。就知道张庆田当年以短篇小说《老坚决外传》闻名，得了个"老坚决"的外号，但我并没读过那篇小说。申跃中呢，前几年有长篇小说《挂红灯》出版，随后在中央人民广播电台连播，可谓轰动一时，却也沉寂有年，听说当年他是以短篇小说《社长的头发》蜚声文坛。主办方为什么邀请他们三位？我压根儿没去想。至于康濯，我也只是大学期间读过他的短篇《我的两家房东》，觉得不错。接到通知后，我到单位图书馆找来找去，找到两本有康濯作品的小说选，给徐光耀送了去，问他需要我做些什么准备。当时，我并不知道康濯曾于 1958 年至 1962 年在河北担任过省文联副主席，申跃中应该算是他学生辈的作家，和张庆田曾经是同事，跟徐光耀呢，则有着更深的渊源。

过了两天，徐光耀打电话让我去他家。那时他已从省话剧院宿舍搬到文联院里的"高知楼"上。他让我把那两本书还给图书馆，微笑着说，康濯的作品他都读过。在此之前，我不止一次看过电影《小兵张嘎》，更早还藏有一本同名连环画，但我对徐光耀的经历所知甚少，可以说并没有真正读过他的作品。

11月的岳阳，细雨蒙蒙，时有薄雾。头戴斗笠，挑着萝卜、大葱等时令蔬菜走街串巷卖菜的农民，将筐里的蔬菜洗得干干净净，这让我感受到岳阳人生活的精致，顿时喜欢上这个幽静的小城。

记得参加那次会议的有中国作协主席团委员朱子奇、《第二次握手》的作者张扬、风头正劲的作家彭见明，还有在电视剧《西游记》中扮演观音菩萨的湘剧表演艺术家左大玢和来自天津的张学新，等等，人很是不少。

徐光耀在讨论会上的发言，让我第一次见识、领略了他的风采。

他底气十足、语气铿锵地说道："湖南的朋友们，我们今天来这里，不是跟你们争夺康濯的。但康濯属于湖南，也属于河北。"接着，他高度评价康濯的文学成就、历数康濯在河北工作期间的贡献，还特别提到在一次洪涝灾害发生后，康濯积极为灾区捐款。整个发言，既有恰如其分的"外交辞令"，更洋溢着感人的热情和真诚，完美表达了河北对康濯的深厚感情。他刚发完言，我就见康濯吩咐一个会务人员走上前，将他的发言稿要走了。我相信，那篇稿子是徐光耀自己写的，只是后来却没在任何书刊中见到那篇文字。

康濯是个干瘦的老人，头发差不多全白，驼背，挂着一根细细的木杖。见面后，河北来的三位和他谈起他的夫人、孩子，显然都十分熟悉。直到1999年末，我在《长城》编发徐光耀的《昨夜西风凋碧树》一文时，才得知1950年徐光耀在中央文学研究所学习时，康濯已是研究所副秘书长；1957年徐光耀被打成右派，康濯那时在人看来不免"进退失据"。我从稿子上抬起头，想象不出那个干瘦的老人，当年激动起来是什么样子。但在岳阳讨论会议期间，他们之间就像什么都没发生过。

徐光耀这次发言，彻底改变了他在我心目中的形象。

会议期间，康濯陪同大家游览了洞庭湖上的君山。会后，我们由水路过常德到张家界，途经襄阳、洛阳返回。

一路走来，我和三位老同志逐渐熟络起来。途中闲聊，不知谁说到有人公然声称自己是小兵张嘎原型，和徐光耀关系如何如何密切，等等。徐光耀听后，神色郑重地说，"小兵张嘎"没有原型，他是一个艺术形象！

由此，他谈起创作《小兵张嘎》的缘起和命运。

徐光耀十三岁参军，同年入党，参加过抗日战争、解放战争、抗美援朝战争，亲历大小百余战。他只上过四年初小，能成为作家完全得益于党和八路军这所大学校对他的培养教育，得益于火热的战斗生活给予他的滋养和启迪。从学写家信、开通行证、打宿营报告、投墙报稿、写判决书、汇报、布告开始，到写战斗通讯，直至1947年插班进入华北联大文学系和1950年进入中央文学研究所（后改为讲习所）学习，一步一个脚印，哪一步都离不开党和组织的培养关怀，文学素养也因此提高。

1950年，徐光耀创作的长篇小说《平原烈火》由人民文学出版社出版。这是新中国成立后第一部反映八路军抗战的长篇小说，也是徐光耀的成名作。

小说以冀中根据地"五一大扫荡"为背景，成功塑造了抗日英雄周铁汉的感人形象，当时很是轰动。1953年，周扬在第二次文代会上作大会报告，谈起新中国成立后的文学创作，提到了两部长篇小说，其中之一就是《平原烈火》。丁玲当年在人民大学演讲时，高度评价这部作品，说它比苏联的《日日夜夜》只差了一点点，就是周铁汉的形象还有点儿概念化。几十年后，刘白羽在致徐光耀的信中谈到这部作品时，满怀深情地写道："……抗战时，我到过冀中、冀南，我多么希望有一本血与火的书，终于读到你的《平原烈火》，你为受尽折磨的人民，你为枯骨如霜的死者，发出忠贞之声，只有真正的共产党员，才能写出这样崇高的书，我向你致党的敬礼！"

这一年，徐光耀二十五岁。

激励他创作这部作品的，是他亲身经历的残酷、激剧、壮烈的抗战生活，是战友们为救亡图存和共产主义理想前仆后继、视死如归的昂扬斗志和高尚品德，是千千万万死无葬身之地、化作泥土的无名英雄，是军民、军政、同志之间的鱼水之情和血肉联系，是他们为民族自由、阶级翻身、人类解放的伟大实践和感天地泣鬼神的高尚精神。在徐光耀心中，"这精神，是中华民族生存的支柱、前进的脊梁，是辉耀千古的民族骄傲"。

正是心中装着这份精神，徐光耀在中央文学研究所学习期间，以一个战士的自觉，主动要求奔赴抗美援朝前线，在坑道中一待就是七个月。还是因为这份情怀，1953年从文研所一毕业，他又以一个共产党员的自觉，带着军职跑到故乡雄县，做了区委副书记，专管互助组和合作社，日日与农民"三同"，一待就是三年。

1956年，徐光耀结束下乡生活，工作关系也由华北军区调到总政文化部创作室，一心一意投入到创作合作化的长篇小说中。他想写出一部比《平原烈火》更完美的作品。

然而，平地一声雷。1957年，徐光耀因为和"丁（玲）、陈（企霞）反党集团"的关联，被打成右派。于是，开了数不清的会，写了几大摞"检查"，从8月批斗到11月，批透了，斗熟了，终于宣布：从即日起徐光耀还要继续检查，继续反省，想起新的问题，随时向党交代。无事不要出门，需出门时要向党小组组长请假。这就是说他被"挂"起来了，听候处理。关于这段经历的始末，徐光耀在古稀之年后所写的《昨夜西风凋碧树》一书中，有详尽记载，这里不再赘述。

1958 年 9 月 25 日，徐光耀终于等来决定命运的"判决"。

总政机关党委的处理"决定"和军事法庭的军法"判决书"内容几乎相同。"决定"写道："由于徐光耀反党反人民反社会主义，定为资产阶级右派分子，开除党籍，开除军籍，剥夺军衔，降职降薪（降为行政十七级），转地方另行分配工作。"

等来的"结果"固然是灾难性的，等待的煎熬同样不好过。在将近一年被"挂"起来的日子里，徐光耀经历了一场炼狱般的磨难。

他陷入了一个无解的"死结"。因为，他的"罪行"之一是"反党"，这使他内心挽起了一连串的"疙瘩"，自己和自己在脑子里没日没夜地不停"战斗"——

　　　　我十三岁当兵，当年入党，二十年没有离开过党的怀抱，怎么，我要"反党"？即使做梦也做不出这样的噩梦！难道蒋介石真的反攻过来，不是首先就割我的脑袋吗？把党反倒，哪还有我的站脚之地？莫非我要自己打倒自己？……我一生有过无数次的思想斗争，唯有这次最为痛苦、激烈。自参军以来，整日闲着没有工作可做的日子从未遇到过，如今大门不能出，亲友不来访，日日枯坐愁城，精力闲置，四顾无靠，真是度日如年啊。更何况那时血气方刚，志高气盛，突然这么一闲一闷，实在憋得难受。如此煎熬半年，我猛然变得暴躁乖张，迥异寻常，仿佛成了一颗炸弹，不知几时便会"嘣"的一声，炸成粉尘。有一天，我刚满周岁的小女儿，蹒跚着跑来跟前，央求抱她玩耍时，我突然火从烦生，认定她就是催逼性命的坏蛋，便大吼一声，把她吓跑。当我看着她跌跌撞撞狼狈奔逃的后影时，陡地心下一沉，把自己也吓了一跳：这是怎么了？难道我已失去人性，竟是一个疯子了吗？

一想到可能精神分裂，我真的害怕了：疯子，这是人世最为凄惨的悲剧，非但不能生活自理，还要惹是生非，骚扰和拖累旁人，假如成为这样的废物，真比死掉还要坏上万分！……是的，确有一位赤城的朋友私下劝过我："无论如何可不要寻短见啊！"可我怎么办呢？

在这生死关头，我忽然记起了《心理学》上的两句话。上面说，在精神分裂的苗头出现时，必须自我控制，不然后果不堪设想；控制之法，是八个字："集中精力，转移方向。"就是说，必须找到一个新的兴奋点，并把全副身心深陷其中，以使思维从现状拔出，走上一个全新的轨道。我反复掂量了这八个字，觉得最切实的"集中精力"，莫过于写作。然而，一开头我就否定了它，以为像我这个样子，生活下去都难，还要写作，岂非异想天开嘛！可我读书不行（其时已完全读不下书去），看影戏不行，遛大街、逛商店更不行，还能干什么呢？再憋两天，忽又转念：如此闲暇，如此安静，有大块光阴，绝无人干扰，以往求之不得的条件，而今全到眼前，谁阻挡你写作了？你不写，只怪你脆弱、没出息罢了！说怪也怪，就此豁然开通，精神也随之蘧然一振。

1993 年 11 月，徐光耀在为《青春岁月》杂志所写的《我和小兵张嘎》一文中，从"生活来源""思想动机""形象塑造"到"写作环境和特殊机遇"几个方面，完整讲述了创作《小兵张嘎》的全过程。我直接将其中一部分"采用"在这里，是因为他本人的表述更为准确、可靠。

写作的念头一起，"瞪眼虎"便马上跳来眼前，而我需要的正是他。我必须找个使我心神轻松、乐以忘忧的题材，而他恰是这样的"活宝"。在他后面，还跟来往日英豪、少年伙伴，活跳热烈，一队人马。一时间，在我身前身后，军歌嘹亮，战火纷飞，人欢马叫，枪炮轰鸣，当年战斗的景象，不但占据了我的整个生活，甚至挤进了我的梦境。为了给这跳跃的一群一个优美轻松的环境，又特地把故事背景选在了风光旖旎的白洋淀。写作开始后，几天之间，我就吃多了，睡实了，脸色又显红润，愁云惨雾一扫而光。"集中精力，转移方向"的灵验，连我自己也感到吃惊。

　　写小说是很费劲的，必须每字每句细抠，语言不讲究，读者看不下去，故事再好，也是枉然。当时我的体力正像大病初愈还很虚弱，极想找个省力偷懒的法子，于是想到电影剧本。电影剧本只讲究对话，故事架子一搭起来，叙述性文字可以不必过于严格，勉强看懂就成；而对话，导演们喜欢越少越好。这样权衡起来，写电影就比写小说宽松省力。然而，我想错了，电影写到半截，便遇到"拦路虎"，沉思三天，无法突过，一时失去信心，觉得本来对电影不熟，何苦自讨没趣，小说是先前摸过的，总多几分把握。于是搁置电影，改写小说。

　　算不算精诚所至或老天保佑呢？总之，小说写得相当顺利，在得意时，甚至手舞足蹈，向着想象的敌人"冲锋"，完全忘了自己是个"待决之囚"。一个月内，小说完成，"张嘎"终于落实在纸面上。小小喘过一口气，回头再看那半截电影，发现按照小说的路子往下"榜"，"拦路虎"也能将就突过。于是又半个月，电影本子也完成了。世事确乎存在辩证法，好事坏事，常在转化之间，绝对的张狂或悲观，把事情一眼看死，是没有道理的。

就在我兴致勃勃，开始写另一长篇的时候，"军法判决书"下来了，定我"三反"罪名，戴上右派帽子，"双开除"之后，立即发往保定农场劳动改造。是在国家经历了一场"三年经济困难时期"，党的知识分子政策放宽的时候，《小兵张嘎》小说才得以在1961年底发表，次年发行单行本；这使我有了把电影本子也拿出去的勇气，于是就寄给了曾经给我当过创作组长的崔嵬同志。老崔是当时正走红的大导演，他又约邀了另一位女才人欧阳红樱，于是1963年把电影也拍成了。

11月的张家界时雨时晴，云雾缥缈，美如仙境。

那时，张家界刚刚开发，并没多少游客，半天路程上设有一个简易招待所，泥泞的路边还住着零散人家。我们有时步行，有时乘坐招待所的吉普车到下一处景点。赶不上饭点时就在路边的农家花钱吃饭。在那如诗如画的风景中，徐光耀简略讲起自己那段"头朝下脚朝上"的日子，讲他为"反党"罪名百思不得其解，吃不下饭，睡不着觉；讲他"待罪"在家，看到椅子都想踢一脚，无名地冲孩子怒吼；读完莎士比亚全集，脑海竟然一片空白，一句话都想不起来；讲他想以死解脱。这段经历，徐光耀后来不止一次写到过，但我觉得都没有当初听他三言两语地讲述更为震撼。他讲如何强迫自己从精神分裂的苗头中解脱，想到必须找一个活泼轻松的题材。于是，《平原烈火》中"写丢"的那个小八路"瞪眼虎"的形象，首先出现在他面前；接着就是赵县县大队倒挎马枪、斜翘帽檐，外号"瞪眼虎""希特勒"的两个小侦察员和他们的传说；随后"那些嘎不溜丢的小八路们，竟伴着硝烟炮火，笑眯眯地争先赶来"……徐光耀把一张纸放在桌上，将自己从小到大耳闻目睹的嘎人嘎事，不论民间的还是队伍上的，想起一条记下一条，拉出一个长长的清单。他在华北联大学习时，肖殷老师讲：文学的最终目的是写人，写人的性格。性格是由个性和共性两者组成，而共性是通过个性表现出来的。这句话成为徐光耀创作的座右铭，他将抓个性作为头等大事，凡符合"嘎子"个性的拼命强化，凡与"嘎子"个性无关的一律割舍。就这样开始了《小兵张嘎》的创作。

到1958年五六月间，小说和电影剧本两个"张嘎"均已杀青并装订成册，当然都还是"黑户口"。

铁凝曾经感慨说："他用他的笔让嘎子活了，而被他创造的嘎子也让他活了下去。他们在一个非常时刻相互成全了彼此。"

为什么嘎子能让他活下来，而不是其他？归根结底是因为嘎子这个形象凝聚着战争岁月纯洁的党群关系、干群关系、同志关系，体现了我党我军的优良传统和作风，这一点对于徐光耀可谓刻骨铭心。所以，嘎子能给他带来超越个人荣辱的信念、力量和温暖。

此前徐光耀内心深处的纠结和痛苦源于此，现在将他"拔"出苦海的力量和温暖也源于此。

当年创作《平原烈火》，他就把抗战中牺牲的司令员王先臣的遗像挂在墙上，在烈士的目光里进行创作。他认为"那么多战士死在疆场，活下来的人有责任、有义务，来传扬他们的英勇精神"。这是徐光耀坚定的信念。

战火洗礼赋予了徐光耀水晶般的党性品格。他赤诚、坦荡、耿直，事无不可对人言的个性会让不熟悉的人尴尬、难堪、不解，但熟知的人却能从他身上感受到质朴、真挚与纯粹！

有两件小事，最能体现他的品质。一件事是当年"鸣放"阶段，总政宣传部和文化部联合开会，给陈沂部长提意见。陈沂不但是老革命，还是那时文艺界唯一的少将。徐光耀觉得陈沂平时说话生硬，办事武断，文艺观点偏"左"。那天到了开会时间，陈沂因为没处理完手头的事，未能及时到会。

有位首长说："徐光耀，听说你有些意见，你先说吧。"

徐光耀站起来，摇着头说："我不，我要等着陈部长来了当面讲。"

引起会场一阵哄笑。

另一件事是，创作室的党员干部奉命去参加中国作协的党组扩大会议。当他们乘坐的卡车开到文联大楼门口时，有人说："丁玲来了。"

徐光耀连忙问道："在哪儿呢？"

有人一指说："那不是？"

看见陈明搀着丁玲蹒跚走来，徐光耀跳下车厢，跑过去把手伸向丁玲，说："您好！"

丁玲沉着脸不吭声，也没握他的手；而陈明则是满眼的惶恐和疑惧。徐光耀这才觉出不对头，急忙返回，傻呵呵地和创作室的同事一同进了大楼。

旅途中，徐光耀特别说到画家黄胄。

他说，在一次次作检查、被批斗，"烈火烧身"期间，美术组的黄胄几乎是强拉硬拽地带他到琉璃厂去看画。那时琉璃厂还有很多公私合营的画店，一面转，黄胄一面给他指点、解说，还撺掇他："买一张，买一张，画是陶冶性情的。"徐光耀深知黄胄的良苦用心，就买了一张齐白石的《群虾》。回到家，看着水藻中那一群生动鲜活的小生命，徐光耀的心神竟然暂时飞离了身边的狂风暴雨……有一就有二，一来二去，由此入门，赏画竟成为徐光耀的业余爱好。正是这一爱好，使他深深体会到绘画艺术对人精神世界的陶冶和滋养。

离休后，每逢周六日，徐光耀必去古玩市场转转。这自然是源于黄胄当年的"启蒙"。与这一兴趣相关的一件事，颇能见出徐光耀的性格。一次，徐光耀去古玩市场，遇到一位同事从市场出来。他随口问人家买了点儿什么。

"买了块玉。"人家从兜里掏出来给他看。

要是别人，看一眼，点点头就过去了。

徐光耀却问："你怎么知道这是玉？"

人家就给他讲解，玉呢，在砖上划一下，玉无损，砖有痕。反之则是假的。

要是别人，人家一说，自己一听，也就算了。但正好旁边有块儿废砖，徐光耀拿过砖来说："你试试。"

一试，砖无恙，玉却被磨掉一角。同事不好意思地起身而去。

徐光耀没想让同事难堪，就是想弄清真假。

1959 年 10 月，徐光耀作为"摘帽右派"，离开农场，工作关系落到保定市文联。

1961 年，传来小道消息：上边有了文件，"摘帽右派"，一贯表现好的，可以有选择地发表他们的文章。

果然，有一天，徐光耀在单位碰到《河北文学》到保定组稿的编辑张庆田。张庆田一见他就说："老徐，给我们写个稿吧。"

徐光耀忐忑地问："我？行吗？"

张庆田说："我问你，就是行。"

于是，张庆田带走了小说《小兵张嘎》，并发表在当年《河北文学》六、七期合刊上。

第二年，小说单行本出版发行，《北京晚报》进行了连载。

1963 年，电影《小兵张嘎》在全国上映，一时间好评如潮。

至此，两个"嘎子"都获得公开身份。

小说发表后，徐光耀利用去天津的机会，到《河北文学》编辑部领取稿费。领出稿费，他看看还有时间，不由自主就转到天津工艺美术商店。一进门，迎面挂着一幅张大千临摹唐伯虎的牡丹图，标价四百元。而《小兵张嘎》的稿费恰好正是四百元。买还是不买？画他是真喜欢，可一想到家里好多张嘴在等着吃饭，又令他犹豫不决。徐光耀在那幅画前踅来踅去，踟蹰了一上午，最后一咬牙走出了商店大门。在湖南途中，徐光耀说到此事仍然满脸遗憾。

徐光耀和"张嘎"的缘分并未就此结束。转眼到了"文革"，上级交给他一个任务：将《小兵张嘎》改为革命现代京剧。徐光耀深知"嘎子"的形象不适合搬上京剧舞台，又不敢推辞，于是乎，写作——讨论——修改，循环往复，无休无止，把徐光耀折腾得精疲力竭，终因"文革"结束才得以解脱。

在湖南，我没有组到稿件，徐光耀的发言稿被主办方要去，他没留底稿。但这之后，徐光耀和申跃中在《长城》发表作品大都由我编发。徐光耀的作品，主要是他古稀之年后创作的系列短篇"我的喜剧系列"和《昨夜西风凋碧树》与《滚在刺刀尖上的日子》。从某种意义上说，《昨夜西风凋碧树》和《滚在刺刀尖上的日子》是徐光耀最重要的两篇作品，前者记录"反右"，后者描写冀中"五一大扫荡"。应该说，这两段历史直接导致了《小兵张嘎》的产生。也正是这两篇纪实性作品，让我们深刻理解了一个老作家、老战士、老党员的理想信念和初心与忠诚。面向历史，它们和《平原烈火》《小兵张嘎》一并展示出作家的伟岸、丰厚与久远。

在旅途中，徐光耀偶然说起自己业余练习书法，我请他为我写一句鼓励的话。他说："等我练好了给你写吧。"我并没见过他的字，冒昧索求是因为心中对他多了一份敬意。这事随着出差结束也就放到脑后，没承想他却记在心里。1995 年中秋过后，他把一幅书法作品拿给我："入木鏊（凿）石，锲而不舍。"上款题"延青同志留念并祈正之"。我一直珍藏至今。

至暗牢狱诞生不朽名著

——罗广斌、杨益言与《红岩》

"当——啷，当——啷！"这声音出现在渣滓洞最宁静的早晨，这声音使楼七室的人都坐了起来，肃静聆听，这声音好像是一个勇敢的战士，在弹奏着一支战斗进行曲！……

在 2021 年世界读书日，石家庄日报社、石家庄市图书馆共同主办的"读书传递力量·红色经典诵读"活动中，来自河北传媒学院的杜庭祎等同学为大家朗诵了小说《红岩》的片段，几位"00 后"的大学生分不同角色诵读这部经典作品，以其声情并茂的表演荣获了优秀奖。半个多世纪以来，很少有哪部小说能够像《红岩》这样，给中国人带来如此强烈、深刻而又持久的感动和影响，特别是对一代又一代青少年产生了强大的精神号召力。

一本《红岩》，已成为新中国几代人共同的文化记忆。江姐、许云峰、成岗、齐晓轩、华子良、刘思扬、龙光华、余新江、"双枪老太婆"……个个都以独具的光彩，给我们以前行的力量。作为那场惨烈屠杀的幸存者和见证者——罗广斌、杨益言，历时十年之久，完成了这部气势恢宏的巨著。这部感动中国人民的不朽名著甫一出版，便被评论者称为"黎明时刻的一首悲壮史诗""一部震撼人心的共产主义教科书"。

歌乐山：黎明前的黑暗

"夜色之浓，莫过于黎明前的黑暗。"那是解放战争尾声中的重庆，因国民党反动派的统治变得异常黑暗。"中美合作所"集中营的渣滓洞、白公馆，又把这里带入至暗时刻。而身陷囹圄的共产党人与穷途末路的敌人就此展开了殊死搏斗。这是新中国成立前夕光明与黑暗进行的最后决战。

"抗战胜利纪功碑浓黑，隐没在灰蒙蒙的雾海里，长江、嘉陵江汇合处的山城，被浓云迷雾笼罩着。这个阴沉沉的早晨，把人们带进了动荡年代里的又一个年头。"小说开头把我们带入那个"动荡年代"。当时，解放战争正以雷霆万钧之势向前推进，盘踞在反革命的最后堡垒重庆的国民党反动派进行着垂死的挣扎。

小说讲述了解放战争前夕，国民党对重庆地下党进行疯狂压制，重庆先后爆发了学生运动和工人运动。许云峰来到重庆领导工人运动。为了配合工人运动，成岗在工厂秘密建立党支部，并且承担起了印刷《挺进报》的任务。敌人特务郑克昌打入沙坪书店，甫志高被捕成为可耻的叛徒，江姐、许云峰、成岗等人先后被关进白公馆和渣滓洞。他们以坚如磐石的理想信念、正义凛然的英雄气概经受住种种酷刑折磨，为中国人民解放事业献出了宝贵生命。他们以感天动地的英雄人生，谱写了彪炳史册的红岩精神。

歌乐山位于重庆市沙坪坝区中部，因大禹治水，召众宾歌乐于此而得名，而它享誉国内的名气，确是源于 1949 年的那一场惨烈牺牲。在这里，军统特务头子戴笠和美国海军情报机关代表梅乐斯建立了中美特种技术合作所（简称"中美合作所"），成为中国历史上最大的集中营系统。"沿着终年雾气沉沉的歌乐山脉，便设有渣滓洞、白公馆等秘密集中营，被囚禁在这些营地的人，不少是全国著名的和全国人民一再公开要求释放的人士，比如爱国抗日名将张学良、杨虎城、叶挺等。"杨益言在他所著的《〈红岩〉的故事》中写道。

白公馆就位于歌乐山山腰，这里地形险要而隐蔽，原是四川军阀白驹的郊外别墅，后被改为军统本部的看守所。十余间住房成了牢房，地下储藏室成了地牢，防空洞成了专门审讯拷打革命者的刑讯洞。抗日爱国将领黄显声，爱国人士廖承志，共产党员宋绮云、徐林侠夫妇及幼子"小萝卜头"都曾被囚于此。

渣滓洞看守所，距离白公馆不算远。这里原本是一个小煤窑，废渣很多，所以被叫作渣滓洞煤窑。1943 年，军统特务看上了此地的特殊地形，逼死矿主，霸占煤窑设立看守所，分内外两院，外院为特务办公室、刑讯室等，内院一楼一底十六间房间为男牢，另有两间平房为女牢。这里主要关押白公馆迁移来的"政治犯"。军统关押在此的有"六一大逮捕"案、"小民革"案、《挺进报》案、上下川东三次武装起义失败后被捕的革命者，如江竹筠（江姐原型）、许建业（许云峰原型）等，最多时达三百余人。

杨益言在《〈红岩〉的故事》中说："白公馆、渣滓洞集中营也在歌乐山麓之下，它是靠近中美所庞大的训练中心的两处最大的监狱。""白公馆一般情况下可以囚禁一百多人，渣滓洞也只能关三百多人；应该说被囚禁的总人数并不太多。但是根据被囚禁者流传下来的口头记录，这里被杀害的革命者远比它的容量大。因为每一个革命者被捕以后一般经过三个月、半年，陆续就被'密裁'，即被秘密杀害了！""仅白公馆一处，据老前辈一个个传留下来的口头材料，那里从 1939 年到 1949 年十年间，就牺牲了两千多人。渣滓洞比白公馆容量大三倍，牺牲的人数可能更多；但因为在 1946

年以后，传闻被囚禁在这里的'政治犯'被全部枪杀了，没有留下一个人，所以后来被囚禁在这里的革命者不可能从前辈口中获悉它在历史上曾牺牲多少人，那庞大的数字只能是一个谜！"

1949年4月，人民解放军解放了南京，国民党特务便开始分批屠杀狱中革命志士。11月27日，新中国刚刚成立五十八天，歌乐山却仰天长啸，悲声壮绝！国民党反动派对关押在白公馆、渣滓洞的革命者实行集体大屠杀，制造了惨绝人寰的重庆"11·27"大屠杀。被关押在歌乐山下白公馆和渣滓洞的近三百名革命烈士恨饮枪弹，倒在了重庆解放的前夕。

正义与邪恶的最后决战

歌乐山不曾言语，人们却记住了这一句话："他们在烈火中永生。"在白公馆、渣滓洞里，老虎凳、辣椒水、吊飞机、电刑……一个个酷刑惨无人道地摧残着革命者的身体，但他们坚贞不屈，时时刻刻彰显着共产党人和革命志士的铮铮铁骨、钢铁意志。

在《〈红岩〉的故事》中，杨益言曾说，这里的刑罚"有一百三十多种，有中国古代流传下来的野蛮残酷刑罚，如灌辣椒水、背火背篼；也有不少近代新式'科学'的刑罚，即由美海军情报机关从美国引进的什么电刑、测谎器等"。

这是被施刑后的许云峰："一床破旧的毯子盖在担架上，毯子底下，躺着一个毫无知觉的躯体……担架从牢门口缓缓抬过，看不见被破毯蒙着的面孔，只看到毯子外面的一双鲜血淋漓的赤脚。一副粗大沉重的铁镣，拖在地上，长长的链环在楼板上拖得当啷当啷地响……被铁镣箍破的脚胫，血肉模糊，带脓的血水，一滴一滴地沿着铁链往下流……担架猛烈地摇摆着，向前移动，钉死在浮肿的脚胫上的铁镣，像钢锯似的锯着那皮绽肉开的、沾满脓血的踝骨……

担架抬进空无一人的楼七室隔壁的牢房。走廊外边的楼板上，遗留着点点滴滴暗红的血水。"那点点滴滴暗红的血水刺激着我们的灵魂，军统特务的迫害是多么惨无人道。但被担架抬进来还奄奄一息的许云峰，几天后"他竟挺身站起，哪怕拖着满身刑具，哪怕即将到临的更残酷的摧残，哪怕那沉重的铁镣钢锯似的磨锯着皮开肉绽沾满脓血的踝骨……"。共产党人的意志是那样坚强！面对特务的逼迫，许云峰说："人生自古谁无死？可是一个人的生命和无产阶级永葆青春的革命事业联系在一起，那是无上的光荣！"面对死亡，许云峰那么镇定自若，因为在他看来，"死亡，对于一个革命者是多么无用的威胁"。

江姐被捕当晚即遭重刑，并多次重刑！小说中写道："江姐被押到渣滓洞里来，日夜拷问的次数已经无从计算了。""多次经受毒刑拷打、经常昏迷不醒……"而接下来，凶残的敌人竟然用竹签钉她的手指，"绳子紧紧绑着她的双手，一根竹签对准她的指尖……血水飞溅……""一根，两根！……竹签深深地撕裂着血肉……左手、右手，两只手钉满了粗长的竹签……"在一次次昏死过去后，被泼醒的她是那样坚强勇敢、宁死不屈。她坚定地说道："毒刑拷打算不了什么，竹签子是竹做的，共产党人的意志是钢铁！"那一瞬间，江姐身上散发出来的光芒足以灼痛特务们凶残的双眼，足以让他们胆战到无可奈何却又恨得咬牙切齿。

《〈红岩〉的故事》中写道，在众多刑罚中，有一种叫"披麻戴孝"，特别残酷。这是从美国引进来的。受刑者全身衣服被扒光，行刑者随即拿来一根满是钢针的木棍，打在受刑者身上，"便是一片针眼；木棍拿开，立刻渗出一片鲜血。全身打遍，全身针眼，全身鲜血"。行刑者接着用酒精和盐水涂在伤口上，刺激受刑者的神经，然后把一条条的纱布贴到渗血的伤口上，等到纱布与血凝结在一起，再将带着血和肉的纱布一条条撕下来。一些革命先烈就曾被用这种酷刑，比如成岗。

有人说，《红岩》写尽了黎明前的苦难，但也写出了黎明的希望。就是在敌人的残酷迫害下，革命战士们却都乐观地抗争着，同志们唱歌、交换礼物、贴春联、跳舞欢庆元旦、继续办《挺进报》、绣红旗……当得知新中国成立时，江姐他们决定绣一面五星红旗，小说中写道："五星红旗！五颗星绣在哪里？""一颗红星绣在中央，光芒四射，象征着党。四颗小星摆在四方，祖国大地，一片光明，一齐解放！"尽管他们并不知道五星红旗的图案，但他们却通过炽热的心，把自己无穷的向往付与祖国。

这是胜利的曙光！更是光明战胜黑暗的希望！

一个共产党员的"自白"书

"晨星闪闪，迎接黎明。林间，群鸟争鸣，天将破晓。东方的地平线上，渐渐透出一派红光，闪烁在碧绿的嘉陵江，湛蓝的天空，万里无云，绚丽的朝霞，放射出万道光芒。"这是《红岩》中最后的描述，这一片生机勃勃的景象，这是新中国的黎明，正是无数像许云峰、江姐一样的共产党员和英雄志士用鲜血换来的。

其实，这些革命先烈们并不一定要经历这些严刑拷打，并不一定要献出生命，只要写份自白书，或者仅仅在悔过书上签个字，也许就能活下去。但他们却作出别样的选择。

在小说中，中共重庆地下党主办的《挺进报》负责人成岗，面对敌人的严刑拷打，高歌一首《我的"自白"书》，振聋发聩。

> 任脚下响着沉重的铁镣，
> 任你把皮鞭举得高高，
> 我不需要什么"自白"，

哪怕胸口对着带血的刺刀!

人,不能低下高贵的头,

只有怕死鬼才乞求"自由";

毒刑拷打算得了什么?

死亡也无法叫我开口!

对着死亡我放声大笑,

魔鬼的宫殿在笑声中动摇;

这就是我——一个共产党员的"自白",

高唱凯歌埋葬蒋家王朝!

这就是一个共产党员的"自白",他以此向敌人表明一个共产党人的革命心志。这也是众多被关在渣滓洞、白公馆的革命先烈的"自白",正是千千万万个革命志士凭着内心的坚定信念,用青春和生命换来了我们今天的幸福生活。

成岗的原型是中共地下党员陈然。当时处于地下状态的中共重庆市委机关报《挺进报》被国民党当局破获,《挺进报》特支书记陈然接到密报本可以马上脱离险境,但他一直坚持到印完最后一期《挺进报》,结果被捕。

在狱中,陈然把从国民党高级将领黄显声那里得到的消息写在纸条上,秘密传给难友,被称为"狱中《挺进报》"。他受尽种种酷刑,据说"中美合作所"的所有重刑,差不多都对陈然用过了。但酷刑对他根本没有用,它们只能摧残陈然的身体,但从来不曾动摇过他为党奉献一切的决心。他决心牺牲自己,保护组织和同志们,始终只承认《挺进报》从编辑、印刷到发行,全部是他一人所为。

1949 年 10 月 28 日,距离重庆解放前一个月,年仅二十六岁的陈然和其他烈士在重庆大坪刑场被敌人枪杀。虽然他只走过了二十六年的短暂人生，但却给后人留下了这首惊天动地的诗篇——
《我的"自白"书》。

《红梅赞》：永远的江姐

在《红岩》里，给中国人留下记忆最深的当属江姐。江姐的故事也是其中最有华彩的篇章。"你，暴风雨中的海燕，迎接着黎明前的黑暗。飞翔吧！战斗吧！永远朝着东方，永远朝着党！"就像狱友献给江姐的这首诗一样，她像一只海燕引领着我们冲破黎明前的黑暗。

江姐初到华蓥山，想着要与丈夫华蓥山纵队政委彭松涛见面，满心都是相逢的欢喜，却不承想看到的是丈夫人头被高挂城头。她强忍悲痛，和华为继续赶路，她"脚步越来越急，行李在她手上仿佛失去了重量"，"提着箱子伴随她的华为，渐渐跟不上了……失去亲人的巨大悲痛，对敌人的千仇万恨，坚定不移的革命意志，让她决心化悲愤为力量，代替丈夫投入战斗"。

然而由于叛徒甫志高的出卖，江姐不幸被捕，被关押在渣滓洞里。在狱中，敌人想从她的口中知道我党的秘密，对她实施了各种酷刑。但面对疯狂敌人的严刑审讯，她回答说："上级的姓名住址，我知道；下级的姓名住址，我也知道。但是，这些都是我们党的秘密，不能告诉你们。"

行将就义，她神态平静，举止从容，梳理头发，整理衣衫，吻别"监狱之花"，始终带着胜利的笑容，她劝导同志们"不要用眼泪告别"，因为在她的心中，"如果需要为共产主义理想而牺牲，我们每一个人，都应该，也可以做到脸不变色，心不跳"。她始终坚信："胜利属于我们，属于我们的党！"

江姐，如今几乎成了中国共产党员完美的化身。特别是解放军空政文工团 1964 年改编的歌剧《江姐》获得巨大成功，使江姐成为中国当代最光彩夺目的女英雄形象。1965 年上映的电影《烈火中永生》又生动地再现了江姐视死如归的英雄气概，江姐形象更深入人心。中国著名电影表演艺术家于蓝扮演了江姐，并成为她一生扮演的最重要角色。

　　这部电影最初定名《红岩》，周恩来总理看过后，建议改名为《江姐》。但江姐的饰演者于蓝提出，江姐在影片中并不是唯一的主人公。于是经过讨论，周恩来总理从叶挺将军的一首诗中取"烈火中永生"为这部电影命名。

　　"红岩上红梅开，千里冰霜脚下踩，三九严寒何所惧，一片丹心向阳开，向阳开……"时至今日，歌剧《江姐》主题曲《红梅赞》的旋律仍时常回荡在大型晚会和演出现场。

　　"江姐"江雪琴的原型江竹筠，1939 年加入中国共产党，1945 年与彭咏梧结婚，婚后负责中共重庆市委地下刊物《挺进报》的组织发行工作。1948 年，彭咏梧在中共川东临时委员会委员兼下川东地委副书记任上战死，江竹筠接任其工作。1948 年 6 月 14 日，江竹筠在万县被捕，被关押于重庆军统渣滓洞监狱，受尽酷刑仍坚贞不屈，并领导狱中的难友同敌人展开坚决的斗争。1949 年 11 月 14 日，江竹筠被敌人秘密杀害并毁尸灭迹，年仅二十九岁。

《红岩》英雄谱与原型人物

　　《红岩》因为塑造了众多英雄人物，也成为一部当代文学中少见的光辉灿烂的无产阶级英雄谱。威武不屈的许云峰，坚韧倔强的江姐，勇敢沉着的成岗，为了党的事业勇于承受巨大精神痛苦而长期装疯的华子良……他们衣衫褴褛却昂首挺胸，他们脚镣系绊却步履铿锵，他们身陷囹圄却充满希望……

许云峰是地下党的领导者，在他身上比较集中地体现了无产阶级革命者的才干、品质和气魄。他坚强勇敢，毫不畏惧，关键时刻挺身而出。他与中国共产党的地下工作者李敬原在新生茶园碰头，叛徒甫志高带领特务突然袭击，许云峰不顾个人安危，挺身而出，沉着掩护革命同志，自己被捕入狱。

许云峰足智多谋，立场坚定，具有非凡的胆识和善于应付瞬息万变的局势的才能。在狱中，他巧妙地引导徐鹏飞作出错误的判断，承担《挺进报》的领导责任，保护了地下党组织。面对敌人精心设计的酒宴，随机应变，戳穿了敌人的阴谋，把宴席变成了揭露敌人的讲台，机智地引出特务头子毛人凤出场。许云峰具有压倒任何敌人而不被敌人压倒的大无畏气概和勇于献身的崇高精神。在狱中，他赤手空拳，以顽强的毅力挖通了监狱通向狱外的洞口，并把它留给了战友，自己带着必胜的信念从容就义。

许云峰主要是根据许建业为原型塑造出来的。许建业，1921年生，四川邻水人，真实身份是中共重庆市委委员，负责工运工作。许建业虽是许云峰的原型，但又不等于是许云峰。其中还有罗世文和车耀先的影子，两人于1940年3月18日被捕，都是我党的高级领导干部，1946年8月18日在歌乐山松林坡被特务用绳索勒死，然后焚尸灭迹。

刘思扬，他虽然出身于大地主家庭，但他却投身革命；本可锦衣玉食，却偏偏散尽家财，为信仰劳碌奔波。他是革命者中一面别样的旗帜，他是知识分子中的楷模。《挺进报》组织局部暴露及数名同志被捕后，这个富家少爷，入党不到三个月的新党员遭到同志误解，甚至被当作叛徒。刘思扬的大哥几次出面营救，而刘思扬宁可把牢底坐穿也不愿在悔过书上签上自己的名字，他至死没有玷污党的荣誉。刘思扬在重庆"11·27"大屠杀中殉难。

刘思扬的原型是革命烈士刘国鋕。刘国鋕的家庭在四川有权有势，当刘国铤被捕后，刘家通过各种途径进行营救，并从香港请回刘国铤的五哥刘国锓，他是国民党四川省建设厅厅长何北衡的女婿。刘国锓第一次来，在丰厚的利诱下，徐远举同意放人，但提出：刘国铤必须在报纸上发表声明退出中共组织。刘国铤毫不犹豫地说："不行。我死了，有共产党，我等于没有死；如果出卖组织，我活着也没有什么意义。"刘国锓第二次来，带来了空白支票，要多少钱自己填。徐远举同意刘国铤可以不声明退党，但要在刘国锓替他写的悔过书上签字，才能将其释放。然而，刘国铤宁死不签。1949 年 11 月 27 日，刘国铤在国民党特务的大屠杀中殉难，时年二十八岁。

人人都知道的"小萝卜头"，1941 年，才八个月大的他随父母被抓，从此被囚白公馆。由于缺乏营养，他长得头大身小，难友们都亲切地叫他"小萝卜头"。他利用年龄小、相对自由的条件为难友们传信、递字条，深得大家的喜爱。他的原型宋振中，父母亲都是地下党员。八岁过生日的时候，狱友黄显声将军送给他一支红蓝颜色的铅笔，他一直舍不得用。新中国成立后人们挖出他的遗体，小手里还紧紧握着这支铅笔。

华子良，潜伏最深的共产党员，忍辱负重、忠贞不屈，因装疯卖傻而被特务称为"疯老头"，被关押在白公馆。特务对他比较放心，常让他去磁器口买菜。得知"提前分批密裁"的罪恶计划后，他逃到了解放区，为越狱的计划作了巨大的贡献。华子良原型是地下党英雄韩子栋。他于 1933 年入党，同年打入敌特机关，后暴露被捕。韩子栋在国民党贵阳息烽监狱和重庆白公馆都被关押过。在白公馆监狱，他什么酷刑都受过，但他就是不招供，不低头，特务们渐渐对他放松了戒备。以后新到白公馆的特务，只知道他是一个老嫌疑犯，人也傻乎乎的。担任采买的看守王愗才就经常把他带出去挑菜，最终逃脱魔窟。

"双枪老太婆"为华蓥山游击队的成员，因善使双枪被人誉为"双枪老太婆"，叛徒甫志高就死于她手下。她的原型是中共党员陈联诗同志和邓惠中烈士。陈联诗是四川岳池人，在川北起义中亲自主管后勤军需，下山搞粮食筹物，到重庆购买枪支弹药护送回华蓥山。新中国成立后，陈联诗在重庆市妇联任生产部副部长，以后调市文联任专业画家。1960年，这位一生充满革命传奇的女英雄因患淋巴癌病逝，终年六十岁。

"双枪老太婆"的另一位原型邓惠中，原名张惠中、张若兰，1938年到延安后，进行抗日宣传，秘密从事党的地下工作。1939年8月，她加入中国共产党。在实际武装斗争的锻炼中，她学会了射击，逐渐练成一名神枪手，经常腰插双枪，下乡筹粮。由于她来去无定，巧妙与敌人周旋，成了当地人民群众中的传奇人物和让敌人闻风丧胆的"双枪老太婆"。

"十年磨一剑"的创作历程

作为幸存者和直接见证人，作者罗广斌、杨益言曾被共同关押在"中美合作所"的集中营里，他们和小说中的英雄人物，共同经历了敌人的种种野蛮暴行和共产党人不屈不挠的斗争生活。新中国成立后，为了"把这里的斗争告诉后代"，他们先后写了《圣洁的鲜花》《江姐》《小萝卜头》等报告文学与革命回忆录《在烈火中永生》。接着，又在这些叙写真人真事作品的基础上，进行加工、提炼和艺术概括，创作了长篇小说《红岩》。从准备到成书，前后费时十年之久，写了三百多万字的稿子，彻底返工过三次，大改过五六次。

重庆红岩革命历史博物馆文博副研究馆员王浩在一次接受记者的采访时说："《红岩》之所以能保持着旺盛的生命力和感染力，正因为书中的人物、故事和精神均来源于真实的历史。"

当时，重庆刚刚解放二十八天后，在大屠杀时从白公馆越狱脱险的罗广斌牢记烈士们的嘱托，不顾身体的伤痛，以顽强的毅力写下两万多字的《关于重庆组织破坏经过和狱中情形的报告》，递交给党组织，该报告包括"案情发展""叛徒群像""狱中情形""脱险人物——白公馆（全部）"和"狱中意见"等七个部分，为这段历史留下了珍贵的史料。1950年1月中旬，从渣滓洞逃生的刘德彬和罗广斌一起汇编了《蒋美特务重庆大屠杀之血录》，罗广斌写了《血染白公馆》，刘德彬写了《火烧渣滓洞》。曾被捕囚禁于渣滓洞的杨益言参与了校对文稿。

1950年抗美援朝战争爆发后，罗广斌、杨益言和刘德彬奉重庆共青团市委的要求，大力宣传重庆解放前那些革命志士的英雄事迹，以鼓舞人民努力生产、积极为抗美援朝作贡献的昂扬斗志。他们三人马不停蹄地来往于各机关单位、学校、人民团体，以亲身经历的真实事件为素材进行演讲，深受广大听众欢迎。

后来，罗广斌、杨益言、刘德彬便决定将在狱中与敌人英勇斗争的切身经历写出来。他们首度合作撰写的报告文学《圣洁的鲜花》，发表在重庆《大众文艺》杂志上。众多读者在来信中表示，热切期盼能读到更多的有关地下党领导人民与国民党反动派进行英勇斗争的真实故事。故而，他们三人又撰写发表了革命回忆录。三人共同讨论确定了作品的主题、人物、材料的详略，然后，根据各自经历分工写作。罗广斌写《挺进报》《小萝卜头》，和江姐同在川东被捕，又一起被押往渣滓洞的刘德彬写《江竹筠》《云雾山》《春节联欢》，杨益言写《饮水斗争》。其中塑造的主要英雄形象是江姐。她的原型江竹筠是刘德彬的战友、罗广斌的入党介绍人。在三位作者中，数刘德彬最了解江竹筠。

江竹筠在1938年入党，任中共川东临委和下川东联络员时，1939年入党的刘德彬是暴动中心汤溪特支委员，正担任汤溪特支和下川东的联络员，又是政委彭咏梧的部下，因此与江姐接触频繁。当地方党遭到特务破坏后，江姐和刘德彬在同一地点、同一时间被捕。在狱中，他俩又一起对敌斗争。他写起江姐来自然得心应手。1957年2月19日，《重庆团讯》第三期开始连载他执笔的《江竹筠》《云雾山》《小萝卜头》等篇目，编者在按语中说明："选自罗广斌、刘德彬、杨益言三位同志即将完成的，反映中美合作所集中营革命烈士英勇斗争史实的题为《锢禁的世界》中的几章。"近五十万字的《锢禁的世界》（后改称《禁锢的世界》）是三人分工后于1956年秋天开始写作的，这就是《红岩》的第一稿。同年7月1日，《中国青年报》发表了《江姐在狱中》。1957年，中国青年出版社向他们约小说稿，1958年2月，中国青年出版社专门刊载革命回忆录丛书《红旗飘飘》，又发表了《在烈火中得到永生》。这也是红岩故事第一次以回忆录的方式与全国读者见面。

　　1959年2月，中国青年出版社又将修改后的《在烈火中得到永生》作为重点图书，出版了单行本《在烈火中永生》，使红岩故事在全国广为传播。之后，小说被改编成电影，产生巨大影响，成为新中国红色经典的代表性作品之一。

　　重庆市委第一书记任白戈、书记李唐彬都很重视团中央常委、中国青年出版社党委书记、社长、总编辑朱语今提出的写长篇小说的建议，决定要把长篇小说的创作当作一项严肃的政治任务来考虑，并指定市委组织部部长肖泽宽代表市委负责组织领导小说的创作。

　　重庆市委提供了许多有利的条件，比如准许他们查看有关敌特档案，提供在押的敌特分子名单。他们终于在众多的敌特档案中，发现了一整套跨度长达十五年之久的特务日记，这为他们后来在小说中成功地塑造了几个高层的军统大特务的形象提供了宝贵的素材。

　　中国青年出版社在1959年8月收到第二稿后，将它排印了六十本，广泛征求意见，一致认为，正如《禁锢的世界》书名，小说的基调不够高昂，把监狱里的残酷气氛和惨烈的牺牲渲染过多，而没有能把监狱当作我们地下党的第二战场和共产主义学校来写，革命先烈的英雄风貌未能得到充分的展现。于是，出版社便于1960年6月请罗广斌、杨益言来京修改作品。

《红岩》书名的修改也是神来之笔。长篇小说《红岩》在此前的写作中，一直都是使用作者早先所起的《禁锢的世界》这个书名。直到小说最后修改定稿时，才被确定为《红岩》。以周恩来为领导的中共中央南方局，曾在嘉陵江畔的红岩村，构筑起抗日民族统一战线的战斗堡垒。该书名不仅格调高昂，而且预示了渣滓洞、白公馆的斗争与红岩村（中共南方局所在地）的关系，受到各方面一致认可。

两位作者的传奇人生

《红岩》这部感动了全国人民的不朽名著的两位作者又有着怎样的传奇人生？

罗广斌有个举世闻名的老师，就是杨振宁教授。罗广斌还有一位国民党军官哥哥，是统率十七万大军、负责西南防务的国民党第四兵团司令罗广文。这足见他家庭条件的优越。1944年，在同乡、中共西南联大地下党组织负责人马识途的帮助下，他离开家乡到西南联大附中读书，1948年，经江姐介绍，加入了中国共产党。1948年9月10日，因叛徒出卖，罗广斌在成都家中被捕，先后被囚禁于渣滓洞和白公馆两处监狱。

本来凭着哥哥的关系，罗广斌完全可以不坐牢房。罗广斌的哥哥罗广文最初的想法，是让罗广斌在狱中吃点儿苦头转变立场。但他没想到的是，经过监狱里的艰苦锻炼，面对严刑拷打，罗广斌对共产主义信念和对党组织更加忠诚坚定。

国民党特务于 1949 年 11 月 27 日在白公馆、渣滓洞集中营进行了疯狂大屠杀，近三百名革命志士英勇就义，但有三十五人从特务的枪口下侥幸脱险，其中有十九名革命志士是由罗广斌率领从白公馆监狱逃出来的。原来，早在大屠杀前，罗广斌就已经劝说、策反了白公馆看守杨钦典，使其下决心放人。这其中有位黔军爱国将领杨其昌，他曾于 1948 年冬和旧友陈铭枢等在重庆组织"民革"，密谋倒蒋，故半年多后被蒋介石下令逮捕，囚于白公馆监狱。两人躲进杨其昌的一个老部下的家中，最终迎来了黎明的曙光。

另一位作者杨益言，1925 年出生于重庆朝天门，父亲为银行职员却辛劳早逝，是母亲靠着老家武胜县的十几亩薄田供养他和哥哥读书并上大学。杨益言少年时代就赶上了九一八事变、七七事变以及后来的"重庆大轰炸"，目睹了国难与民苦，怀着科学救国之心考入同济大学。读书期间，他担任上海地下学联机关报负责人和主笔，1948 年初因参加反美反蒋反内战的学生运动，被学校除名并遭缉捕。获释后他回到故乡，在重庆中国铅笔厂职工夜校执教，很快与重庆大学地下党组织取得了联系。8 月，他被国民党特务逮捕，囚禁于渣滓洞监狱，后在大屠杀前夜成功地逃了出来。

1963 年，杨益言加入中国作家协会，为四川省重庆文联专业作家。"文革"之后他又续写了《红岩》前续的《大后方》、《红岩》延续的《秘密世界》，一生笔耕不辍。1980 年，他当选为中国作家协会四川分会副主席。2017 年逝世，享年九十二岁。

"黎明时刻的一首悲壮史诗"

1961 年 12 月，长篇小说《红岩》由中国青年出版社出版，好评如潮，成为红色经典作品，轰动全国，被誉为"共产主义的奇书"。社会上迅速掀起了一股"《红岩》热"，也使《红岩》迅速进入了文学经典化进程。小说还被翻译成多种外国文字，在国内外为中国社会主义文学赢得了巨大声誉。此书重印一百一十三次，再版两次，册数超过了一千万。

用该书初版责任编辑张羽的话说，"小说一出，洛阳纸贵"。《红岩》一出版，就在广大读者中引起了强烈的反应。"这是一部震撼人心的共产主义教科书，无论是所反映的生活的广度、思想上所达到的深度和所发挥的艺术感染力量，都有巨大的成就。"罗荪、晓立专门为《红岩》书写的《黎明时刻的一首悲壮史诗》开篇就明确提出。

阎纲则认为《红岩》是《共产党人的"正气歌"》："作者以他们高亢的革命音调和现实主义真切动人的力量，讴歌马克思主义者震惊古今的博大胸襟，伸张了共产党人的浩然正气，激发起人们向一切反动派作殊死斗争的意志，而使他们的这部作品成为1961年长篇小说中十分突出的一部佳作。"

20世纪60年代，《红岩》被中宣部、教育部和共青团中央推荐为爱国主义教科书，小说《红岩》中的一些片段被选入教材，使得成千上万的青少年受到《红岩》影响，《红岩》中的人物故事也因此在中国家喻户晓。2020年4月，《红岩》被列入《教育部基础教育课程教材发展中心中小学生阅读指导目录（2020年版）》初中段，旨在让更多的新一代青少年受到教育熏陶。《红岩》后来还被改编成快板书、京韵大鼓等各剧种，以及诗歌、散文、版画等艺术形式，传播着红岩精神。

《红岩》和红岩精神影响了几代中国人，至今仍在发挥革命的生活教科书的作用。它们作为一面旗帜，穿越时代，光芒万丈，鼓舞着新时代的我们不忘初心、砥砺前行。